《山西抗日根据地红色文化经典文献大系》
编纂委员会 编

山西抗日根据地红色新闻经典文献

晋冀鲁豫根据地卷（七）

张汉静 主编

山西出版传媒集团 山西人民出版社

山西抗日根据地红色新闻经典文献

晋冀鲁豫根据地卷（七）

王 博 编撰

《太岳日报》

一九四〇
YI JIU SI LING

一九四〇

迎接"九一八"

转瞬就是"九一八"九周年纪念了。

这九年写在中华民族历史上的是一笔沉痛的血账，日本帝国主义，在九年前的这一天，开始了对我国疯狂的侵略；占领了我东北的肥沃土地，掠夺了我东北的丰富资源，用枪刺和酷刑，把我三千万同胞，沦入悲惨的奴隶境地。但同时，这九年写在中华民族历史上的，也是空前光辉灿烂的一页，我伟大的中华民族，以"九一八"为起点，展开了英勇的民族解放斗争，显示了中华民族不是为受宰杀而生的牛马，而是气魄雄厚的巨人。

时至今日，日寇已陷入穷途末路，沦陷已九年的东北，我们的同胞虽受尽凶惨的压迫，但并不能消磨他们的反抗，相反的，而他们更加觉悟、更加坚决了，在黑山白水间，遥遥传播着他们英勇的事迹；沦陷已三年的华北敌后，它也并没有成为日寇的"乐园"，而是到处展开抗日游击战争，连续的给日寇以重大的击□。而震动世界的"百团大战"也正爆发在敌寇的腹地之上，我们在庆祝"百团大战"的胜利声中，来纪念这一沉痛的日子，我们的感觉已不是悲痛，而是万分的奋发。

今天，我们应以百倍坚决的行动，作为迎接"九一八"的献礼。

首先，我们应该继续"百团大战"的胜利，扩大"百团大战"的战果，动员全区的民众武装——游击队、基干队、游击小组，配合正规军，对敌展开猛烈的交通战争，打击敌寇修复交通的企图，且更继续破坏其公路、铁路、隧道、桥梁，使敌寇长期的处于支离破碎断绝联系的状态，彻底粉碎敌寇的"囚笼政策"，更严密组织对敌的粮食斗争，使敌寇不能从我们手里掠夺一粒米，把敌人困死在据点之上。

其次，我们应该加紧开展敌占区工作，巩固"百团大战"已获得的战果，使已经恢复的国土和资源，不再沦入敌手，使已经解放的同胞，不再重复悲惨的遭遇，应□这一时机，把他们组织起来，武装起来，把他们团结成强国的力量，准备迎击敌人的新的进攻，更要深入敌占区，利用各种形式，广泛组织敌占区群众，在敌人的胸腹之内，组织下深厚的抗日力量，把敌占区黑暗的地狱变成光明的抗日的战壕。

再其次，我们应该掀起广泛的劳军优抗运动，在"九一八"这天，各地要给抗属以精神的安慰，再给抗属以优质的切实的帮助，现在在战场杀敌□□的，是"抗属"的父子兄弟，他们在抗日战争中，是最光荣最有功劳的人，他们应受到国家的优遇，在广泛的优抗运动中，使前方的战士，解决后顾之忧，使母亲能于□子去打东洋，使妻子能于送郎去上战场，一万条事实证明，只有切实的优待抗属，才能造成农村中参军的热潮。

最后，我们应该拥护"太行、太岳、冀南行政联合办事处"，因为"联办"是抗日的民主的政权，它是敌后抗日政权的堡垒，它打击了敌寇的政治、经济封锁的阴谋，它是巩固□扩大抗日根据地的英明的领导机关，它是实施民主、□□民主的有力保证。我们号召每一个人要以坚决的抗日行动，响应与实现"联办"的正确号召。

转瞬就是"九一八"九周纪念了，我们面前已展开光辉的前景，我们要以坚韧的抗日行动，来纪念这个沉痛的日子，直到最后胜利的一天。

（原载一九四〇年九月十三日《太岳日报》第一版社论）

准备秋收

时到"中秋",秋禾已先后成熟,一件大事——秋收又来到了。

在论秋收之前,首先,对于秋收的意义,必须有足够的认识:第一,秋收量的数目,比夏收要多几倍。第二,由于敌寇的食粮恐慌,以及今年夏天抢夺我们麦子的经验,敌寇一定要以更毒辣更巧妙的方法,破坏我们的秋禾,抢夺我们的粮食。第三,由于过去敌寇的破坏以及水灾旱灾的影响,粮食的收成已经减少,若再任粮食有所损失,今后,则一定要感到食粮的恐慌。因此,加紧秋收准备,武装保卫秋收,胜利的完成秋收,已经成为我们太岳区全体抗日军政民当前的头一件大事情。

其次，关于准备秋收的步骤和保卫秋收的具体办法，我们以为：

第一，各县区政府、群众团体（特别是农会）及驻在当地的军联□共同组织秋收运动委员会，切实领导秋收运动，秋收运动委员会的具体任务，为讨论并决定下列问题：（一）深入秋收运动的宣传鼓动工作，使每一个军民了解秋收运动，不仅关系抗日军民的粮食问题，而且是关系根据地的坚持与巩固问题。（二）动员组织根据地的民众到敌占区接□区进行突击的秋收——快割、快打、快收藏，并特别注意有组织的使用劳动力，按秋禾成熟的先后，进行早割或迟割。消灭过去秋禾因黄熟而剥脱，因搬运而损失的现象。（三）有计划的配备武装，担任秋收的保卫工作。（四）秋收运动中，号召军民开同乐晚会，提高群众情绪，密切军民关系，并随时进行保卫秋收的教育。这准备工作做得好，就等于完成秋收工作的一半。

第二，地方武装加紧扰敌破路。所谓武装保卫秋收的意义，应该了解，不仅是消极的掩护，而且是积极的进行破袭。在秋收期间，我武装健儿应继续"百团大战"的精神，展开大大小小连续不断的破袭活动，今天破路断桥，明天袭扰敌人，使敌人疲于奔命，自顾不暇，不能施行其抢粮诡计。

第三，有组织的使用劳动力，是农业生产合作事业的雏形。秋收中应尽量有组织的使用劳动力，并注意经验教训的总结，使能在此基础之上，逐渐发展农业生产合作事业。

粮食斗争是整个抗日斗争中的重要一环，古人说过"民以食为天"，又说"衣食住行"，足见粮食的重要，是自古皆然的，在今天，我们更应该认识到：为粮食而斗争，就是为抗日而斗争；解决了粮食问题，就等于解决了根据地全部经济问题的三分之二。

（原载一九四〇年九月十五日《太岳日报》第一版社论）

怎样爱护根据地

爱护根据地的口号提出很久了,大家也喊得很高,嚷得很凶,但在实际工作上,却没有真正的做到爱护根据地。

要爱护根据地,第一件事情就是节省人力、物力和财力,确实减轻人民的负担,今天在这些工作上做得十分不够,举几个例子来说吧:(一)有的部队和机关,不遵守支差条例,随便使用民夫和牲口;有的虽经过一定的动员手续,但浪费人力的地方却也不少,××一带的人民每月总有七天至十二天的时间为公家来劳动,其他的地方也不会好多少。(二)某些区村政府,不执行严格的预决算制度,随便开支,乱用公粮,村款摊派没有一定的限度,如×村在五个月内就负担了六百余元。(三)某些合作社的工作人员,吃的好，穿的好，津贴又多，任何一个工人的工资，每月总在廿元至卅元。以上这些现象是相当普遍的，因此，人民的经济负担和劳力负担，统统加重了，因之也影响了人民的生产情绪和农村的生产，根据地的建设和巩固，也就受到很大的损害，今天我们必须下定最大的决心，确实开放的财政经济制度，减轻人民的经济上和劳力上的负担，节省根据地的人力、物力和财力。那怕是一草一木、一文钱、一分钟的劳力，都应该合理的使用。一切坏的现象，都应立即彻底的纠正，谁要是不注意这个问题，谁就是不爱护根据地。

要爱护根据地，第二件事情就要有长期的打算，不要光顾眼前一时的痛快，不管将来的好坏。现在大家固然都很困难，但还算不上是最困难的时候，如果现在不准备到将来，那么，我们就无法渡过最严重的难关，如果现在有长期的打算和准备，那么，我们就能够在最困难的时候应付过去，就能够支持长期的敌后抗战。今天全区军政民，无论在大的问题上、小的问题上，统统应作长久的打算、统盘的筹划，顾到自己，也要顾到大家，顾到现在也要顾到将来。最好的办法就是统筹统支，严格编制，努力节约，减轻人民的经济负担和劳力负担，努力生产事业，繁荣农村经济，以准备下坚持长期抗战的物质基础。

要爱护根据地，第三件事情就要积极开展敌占区工作，加强对敌斗争，缩小敌占区，扩大根据地。现在敌寇正在加强对我们的经济封锁，到处编练伪军，扩大伪组织，推销伪币，敌人用这些方法扩展他的面的占领，发展他的经济，摧毁我们的经济，企图利用我国的人力、物力和财力，支持他的长期侵略战争。我们必须执行正确的政策，配合百团大战的胜利积极开展敌占区工作，拿出高度的勇气和艰苦的工作精神，克服害怕到敌占区去，不敢接近敌人工作的种种现象。必须从政治上、军事上、经济上、文化上各方面展开对敌斗争，逐渐缩小敌占区，扩大抗战区，把敌占区的人力、物力和财力，从敌人手中夺取过来，合理的使用到根据地的建设和长期的抗战上，今天全区军政民，必须一致动员起来。抓紧百团大战胜利的良好机会，进行这个工作，并在短期内做出成绩来。

爱护根据地不是我们的口号，而是我们的实际的行动，必须从实际工作中来爱护根据地，只有这样，才能巩固根据地。

（原载一九四〇年九月二十三日《太岳日报》第一版社论）

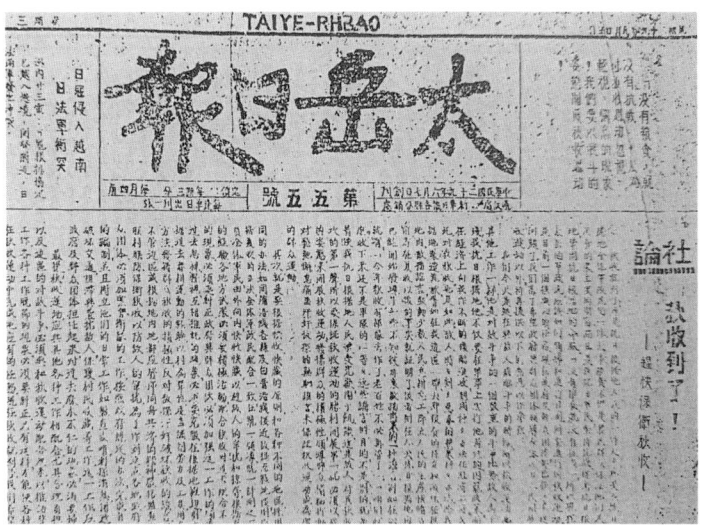

秋收到了！

——赶快保卫秋收

秋收就到了！这是抗日根据地人民的一件大事，也是我抗日根据地全体军政民的一件大事。粮食不仅是农民群众保证他们足不足食的最主要的财富，而且是我抗日军民坚持抗战、保卫抗日根据地、巩固抗日根据地的命脉。"没有粮食就没有抗战"，所以现在我太岳的军政民，应该如何领导和进行目前所要进行的秋收运动，这是目前一个很迫切的任务。现在政府及群众团体都已经□□这一问题了。我们除了希望政府与群众团体领导全体抗日人民开展秋收运动以外，特再提供以下的意见，以供参考：

我们今天是处在与敌人残酷斗争的时候，所以秋收运动也同其他工作一样，他是对敌斗争的一个严重的斗争任务。敌人为了摧残我抗日根据地，他不仅要在军事上实行他毒辣的"囚笼政策"，而且在经济上向我作不断的残酷进攻，想用种种办法在经济上将我窒死，对我秋收也是如此。敌人时时刻刻恶毒的想尽种种办法，给我根据地制造荒歉，譬如在我边区一带大肆粮食的掠夺和破坏，在根据地内，散播谣言，鼓动少数人民怠耕怠工，降低人民的生产情绪等等，□□在夏收以后的事实就证明了，后者则在今天抗日根据地内部已经开始发现了一些不知从那里散播出来的一种谣言。例如在沁源就有："今年秋收有军队去作了，老百姓不必再管了""咱们收什么？收下来还不是军队的"等等。这些谣言的目的，不是别的，就是为着使我抗日根据地人民遭受荒歉，陷于饥饿，这是敌人对我秋收进攻的第一声。所以要保证秋收运动的胜利开展，第一就必须以战斗的姿态，来开展秋收运动，发扬群众的积极性，领导群众积极行动，反对松弛懈怠，痛击汉奸敌探的无耻谣言，来保证秋收运动成为广泛的群众运动。

其次就是要根据快收、快藏的原则和各种不同的地区，采用不同的办法，如同蒲沿线各县及白晋沿线接近敌据点线地区，则应根据夏收的办法，全体军政民配合一致，在统一领导、统一计划之下，动员全体军民，由外向内，快收快藏，以避敌人的窜扰和掠夺。根据夏收的经验，各地方武装必须要积极活动，配合秋收时过去配合不一致的现象，必须要纠正政府与群众团体，必须加强这一工作的领导，对过去忽视、轻视互相推托的现象，必须要克服。在根据地里边，则应根据过去春耕运动的经验，以村为单位，适当调剂劳力及工具，用各种方法发扬群众秋收的积极性，反对敌探汉奸破坏秋收的谣言，同时不管边区或根据地内地，都应发挥同舟共济的精神，严格盘查放哨，联村联防，保卫秋收，以防敌人的窜扰。为了作到这点，各地政府及群众团体，必须加紧保卫队的工作，按照政府规定的办法，完成自卫队的编制，并且树立他们的日常工作，如盘查放哨、刺探消息、传递情报、破坏交通，阻滞与袭扰敌人，保护村民收藏等工作。这一工作应即由政府及群众团体担任起来，对过去麻木不仁的现象，必须要扫清。

最后，秋收运动应与其他各种工作相配合，尤其合理负担运动，以及边区的对敌斗争，必须要和秋收运动配合起来，以推动整个的工作，各种工作脱节的现象必须要纠正，只有这样，才能使各种工作在秋收运动中完成他应有的任务。现在秋收就到了，我们希望各地军政民即刻动员起来，开展秋收运动。

（原载一九四〇年九月二十五日《太岳日报》第一版社论）

开展农村民主斗争

农村民主问题,是建设巩固的抗日民主根据地的基本问题。

三年来,我们太岳区在这方面已收到不少成绩,但是不可否认的,直到今天,我们的农村中还存在着各式各样的、不民主的、封建落后的、使群众感到极大痛苦的严重现象。

这就表现在:许多地方还存在着使人难以想像的贪污现象,比如:某村,村长公然用公家麦子磨面卖钱,群众人人皆知,但都是敢怒不敢言。某村,村干部大家商量一下,把公粮拿回各人家去,却美其名曰"接济穷人",某村,三年不算账,群众无一人敢问。某村,村长把政府发给作鞋的布,每双鞋三尺二寸布,每只发给群众二尺九寸,那剩下的三寸自己吞下，一百多双鞋就吞下四五丈布，后来群众质问，他竟说是用这些布来包了村公所图章。某些村，假冒政府名义，私自派群众作袜子。某些村，用公家粮食喂猪，用公款开粉房，而获得只归个人。再比如：沿同蒲线的某些接近敌占区的地方，竟有的村公所经常吃席，吃海参、鱼翅，一月开支至千余元。

这就表现在：许多地方还存在着绝不容忽视的徇私舞弊、摊派不公，少数人形成"特权分子"的现象。比如：某村，某干部家中有三十亩地，另一个老汉也是三十亩地，但是出公粮的时候，这干部出五斗，而叫那老汉出五石，老汉说了些不满意的话，这干部强迫他参加游击小组，以图报复。某村，某大户按旧的"合理负担"办法，本应为"头等"户，但因为他在村中横行，干部们怕他，就改成"二等"。某村，三十几家人家，只有六个人支差，因为除这六个人之外都请该村村长吃过饭或送过纸烟。

这就表现在：许多地方还存在着令人发指的少数人，作威作福，蹂躏人权的现象。比如：某村，村长人称"元帅"，另一个村长，人称"二皇帝"，都是横行乡里，欺压善良，无恶不作，其罪状群众可列举至十几项的。某地，某群众团体干部，威迫群众，叫群众见了他，必得称"司令"，立正。某村，村长命令小学教员给他私人作事，因教员不肯作，就把那教员捆了起来。这些例子，真是举不胜举。

造成这些现象的基本原因，是中国几千年来的封建传统，至今未经过一次真正彻底的民主改革；在太岳区，更由于至今未曾进行过真正广泛深入的群众性的民主运动，所以，在某些干部以至群众的意识中，都认上述那些严重现象为当然，大多数群众虽然感到极大痛苦，但还不敢起来反抗、斗争。

所以开展农村中的民主斗争，就成为今天本□万分迫切的任务。为了完成这个任务，我们以为：一、必须建立农村的民主制度。首先，就应该建立农村行政方向的会议制度，我们以为可以先建立一种，由村行政干部与各个村群众团体干部（代表群众）共同组成的会议制度，作为将来成立村"行政委员会"的过渡办法。定期开会讨论村政，建立农村的民主制度，发动群众进行反对贪污、反对徇私舞弊、反对蹂躏人权的斗争。

（原载一九四〇年九月二十九日《太岳日报》第一版社论）

肃清汉奸特务机关

锄奸工作是巩固抗日根据地的重要工作之一。在敌寇包围之下的根据地，尤其是日寇这样阴险狡猾的帝国主义的包围之下的根据地，若没有坚强的锄奸工作，粉碎敌人在根据地内的特务活动，肃清根据地内潜藏的敌探汉奸及其内应，要想巩固根据地，要想使根据地不遭受敌寇的阴谋破坏，是不可能的。事实告诉我们，在我太岳区，不但有敌寇汉奸特务机关的秘密活动（与敌寇里应外合密谋不轨的投降反共分子的奸细机关也在内），而且其活动的规模是很大的。他们经常的经过他们各地的汉奸组织，勾结坏人，收买无赖，胁迫懦怯群众，组织特务活动，刺探军情，散布谣言，鼓动落后群众反对政府法令，反对进步设施，散布失败情绪。或煽惑民心，制造危言，假造情报，扰乱社会秩序，或者打入我抗日部队，收买个别不良份子，鼓动抗日军人开小差，瓦解部队，破坏政府机关，或者以种种面目，潜入各职业机关团体，为非作歹，希图非法，以进行其特务活动。这一次公审大会更明白的告诉我们敌寇的特务在我区的活动，是怎样的猖狂的，所以我们一切抗日的人民、群众团体、政府工作人员、部队，若不百倍的提高警觉性，真正加强锄奸工作，扫清特务机关，我们就没有法子保卫我们的根据地。

所以，第一，一切抗日人民、部队、政府机关、各团体，必须真正警觉起来，消灭那种麻木不仁的现象，消灭那种毫无根据的太平观念、乐观主义，消灭那种苟且偷安的思想。抗日就是战争，根据地就是战争的根据地；我们是在敌人各种各样的阴谋进攻之中生活着，现在并没有天下太平，根据地也只有在与敌寇不断的在各方面的残酷斗争中才能巩固，才能保证根据地的巩固，天上飞来的巩固是没有的。因此，斗争、斗争、锄奸、锄奸，必须在每一个人的面前提出来，每一个人必须了解，锄奸，不仅仅是锄奸人员的战斗任务，而且是我们每一个人的战斗任务，每一个抗日人民的责任。没有坚强的锄奸工作，便不能保卫抗日根据地，保卫我们自己的幸福。

第二，各群众团体、各政府机关的工作人员，及各职业团体，必须要消灭锄奸只是锄奸人员的工作的错误观念。各级政府的人员，必须以负责任的态度，负起锄奸工作的责任来；严格各区村行政工作，村行政人员、区行政人员，必须以负责的态度，清除自己所在区村的奸细，否则行政人员则应负责任，各群众团体的工作人员，必须发动群众进行锄奸工作，真正了解自己所在区域的各种情况，反对麻木不仁。

第三，对各种不同的汉奸特务机关应分别处理，凡被胁迫者，及一切情节轻微者，应免罚，或从轻处罚。因为这些人有的是受欺骗被胁迫，有的是贪图一时金钱物质利益以致误入歧途的，这些人只要悔悟，即应从宽发落，并与其他公民享同样权利，同时号召奸细自首，凡奸细觉悟，愿悔过自新者，准其自首，特别从宽，使得同享公民权利，不得随意侮辱，其死心塌地的汉奸奸细，怙恶不悛者，像惩治汉奸条例严办之，对任何汉奸，就捕者或自首者，均不得任意侮辱打骂，一切侮辱报复行为不是大国民的风度。

（原载一九四〇年十月十八日《太岳日报》第一版社论）

《太岳日报》

一九四一
YI JIU SI YI

一九四一

怎样健全村自卫队的工作

这一次敌人对我太岳区的残酷烧杀，给了我们全区人民一个惨痛的经验教训，就是我们的损失并不是因为敌人的力量有多么强大（事实上证明，敌人的力量是相当的薄弱的，他"扫荡"我区的兵力完全是从其他地方抽调来的，其中民夫和伪军还占着很大的数目），而是因为我们自己的准备不够，特别是我们内部所隐藏的伟大力量没有充分发挥出来。这种伟大的力量，就是全体人民的总武装。

这次反"扫荡"战争证明了，广泛的群众性的游击战争是粉碎敌人进攻的最有力的武器，所以我们应该立即接受这个经验教训，加紧为完成全体人民的总武装，首先为健全村自卫队而斗争！

怎样进行健全村自卫队的工作呢？

第一，必须把组织自卫队的必要，以及他的任务、组织条例等向广大的抗日人民进行耐心地不疲倦地深入地宣传和解释，使每个抗日人民从心底里感到需要这个组织，愿意参加这个组织，必须抓紧一切机会来进行这个工作，利用大家的闲暇，大家的吃饭时候，修盖房子的时候，进行个别的谈话。利用一切公共集会的场合，公祭的时候、施放赈款的时候、施放借粮的时候，以及自卫队宣誓的时候，进行集体的鼓动。有民革室和小学的地方，必须使他们成为宣传鼓动的中心，这个工作的进行还必须能掌握住在农村中素有威望的人与积极热诚的人，首先使这些人充分认识组织与健全自卫队的重要，然后再推动他们向其他群众进行解释宣传。

第二，当一般的宣传解释已经进行到相当程度的时候，可以进一步地召开村中素有威望的人士与积极份子的会议，来进行比较深入的讨论，研究困难和解决的办法，研究大家提出来的不同的意见，对不正确的意见进行解释说服，并经过这个会议发现真正的积极份子，为筹备小组准备人材。

第三，就应该正式建立筹备小组，参加筹备小组的人中素有威望的人都有参加筹备小组的资格（但是，人数也不能太多，否则就会互相推诿，大家都不负责）。而那些不得人心为众所恶的坏干部应该取消其参加筹备小组的资格——过去那种不问其是否胜任、只看他担任什么名义的办法，是绝要不得的。筹备小组一成立，就应该立即积极活动起来，一方面继续深入宣传解释，一方面搜集大家的意见、困难和办法。如果有些困难问题自己无法解决，就应该迅速地呈报上级政府帮助解决。

第四，就应该办理自卫队的审查、登记和编制，同时设法解决武器问题——主要地是依靠群众自己的武器：鸟枪、土炮、矛子、大刀以及手榴弹等。如果实在没有办法，应该要求上级政府设法解决。

第五，建立的程序，应该按具体情况决定：有些地方有英勇的热血青年愿意首先武装起来，那就可以先建立青抗先、基干自卫队。有些地方，群众迫切需要恢复岗哨，联村联防，那就可以先建立一般自卫队，机械地规定是不好的。

第六，自卫队建立起来后，必须迅速地建立起正规的制度来，首先就须要加强教育，以提高其民族觉悟，坚定其抗战胜利的信心，并与一切悲观失望情绪作斗争。同时必须立即展开各种活动，具体说来就是：一、侦察传送情报。二、盘查放哨，铲除汉奸。三、实行联村联防，警卫地方。四、在敌人进攻时，进行空舍清野。五、实行武装自卫保护自家的生命财产。六、帮助军队作战。

最后，这一次的健全自卫队工作，必须建立在全体抗日人民的政治觉悟上，任何强迫命令都必须反对，都应该看成一种破坏根据地的罪恶行为。

（原载一九四一年一月三日《太岳日报》第一版社论）

反对工作上的空谈主义

　　工作上的空谈主义，几乎可以说是我们工作上的主要敌人。开空费时间而毫不能解决实际问题的大会，作非常一般的公式化的决定，发词句生硬、内容空泛、对下级工作没有任何具体帮助的指示；谈起来人人都高谈阔论地来一套，而谈过后就烟消云散，并不能从头到尾地解决一两个小问题，更不能根据具体环境的变化，去研究办法，认真组织工作的执行；即使把工作布置下去，也从不去作细心深入的有系统的检查，帮助下级解决在工作过程中所遇到的实际困难，好像工作布置下去后就算"万事大吉"。——这种以空谈代替实际工作的倾向，过去曾使我们的工作遭受了重大的损害，可是直到今天还严重地存在我们的某些工作干部与机关之中。

由于敌寇在此次"扫荡"战争中的残酷烧杀与我们过去不够切实与深入，今天确实有许多严重的工作任务，摆在我们面前亟待解决。这些实际而又迫切的问题（特别是进行宣传解释工作，与悲观失望情绪作斗争，组织抗日群众的互助互济与健全村自卫队的工作）关系着根据地的是否能够巩固，关系着全区百万人民的生死存亡问题。我们必须拿出一种非常的毅力、迅速果断的精神和确信能够克服任何困难的信心，真正能"说到的就一定作到"，只有这样，才会取得胜利。否则，把工作扔到一边不管，再空谈上一两个月，恐怕不但目前的困难无法克服，而且会造成比今天更重大十倍的损失。

我们认为，要彻底肃清工作上的空谈主义，首先，必须要求我们的工作同志认真地考虑实际工作问题。这就是：不要偷懒，不要图简单省事，不要随随便便地决定一个问题。而应该在作一件工作之前，仔细地研究这个工作：从工作的环境、特点，到实现这个工作的具体方式方法，都要有充分的准备。——并且这种研究和准备，不是建筑在任何个人的空想上，而是根据于集体的多方面的讨论。这样才会克服对任何工作都是千篇一律的那种刻板公式，也才会启发大家的创造性和观察问题、解决问题的能力。我们应该提倡："没有准备，没有具体材料，就没有发言权！"的严谨认真的作风。

其次，需要多多帮助下级解决实际工作中的困难问题。这就是：负责领导工作的同志，不仅要到下边跑一跑、看一看，就算了事，而必须把下级提出的问题郑重地当作问题来解决。那种又解决又不解决的——不负责任的态度是应该坚决反对的，这样才会使我们的工作脱离因困难不得解决、经常动荡不定的状态，而走上顺利发展的轨道，也才会提高下级同志的工作信心、兴趣和积极性。

再次，必须要求工作同志们提高对每件工作的政治责任心。这就是：

在决定工作时，要明确规定每个人的具体任务。而在确定了任务之后，每个人都必须不折不扣地百分之百地完成他。如果因为种种原因，实在无法全部完成，那也必须提出充分理由。否则，就应该接受所属的团体、机关的责备！这样才会克服今天某些同志在工作上的□□现象，和散漫、马虎的习气。

最后，必须要求我们的工作同志，特别是领导同志，经常定期总结工作中的经验教训。

□□工作中的□□□□□，这样才会□□□□工作不□□□□□，□□□□□□□的□□□□□□□□，也才会使工作同志们在实际工作中不断提高自己，与□□一同进步。

为着要使我们的工作开展和进步，我们不能不反对空谈。然而我们又不要用空谈反对空谈，把"反对空谈主义"当佛经中的"阿弥陀佛"来念。而是要我们严格地检讨过去工作中的缺点，认真地研究实际工作问题，在实际工作中肃清空谈主义的工作作风与工作方式。

（原载一九四一年一月六日《太岳日报》第一版社论）

开展坚决的对敌斗争

我太岳根据地,整个处在敌人的三面包围之中,所以,对敌斗争之坚强与广泛的程度,对于他的巩固与否,而是有着极端重要的作用的。

过去,尤其是在此次反"扫荡"战争结束之后,我区在对敌斗争上,是有不少值得表扬的成绩的。譬如最近沁县青抗先为纪念"一二·一六"而发动的□百人对白晋、故沁线的总攻击战,就是一件惊天动地的大事,是一件光荣的不可磨灭的大事,同蒲某些县份的游击小组也有不少光荣的战绩,这都证明了我区的对敌斗争正在英勇的开展着。但如果从全区来看,却也不能不承认,我们的对敌斗争,在强度与广度上都是十分不够的,而只是在开始。

所以，展开坚强的对敌斗争，应该成为我全区各个部份，以至每个抗日干部每个抗日人民，最迫切的任务之一。怎样才能开展坚强的对敌斗争呢？

第一，必须广泛地发展群众武装，特别是游击小组。毛泽东同志曾在《论持久战》中告诉我们："民兵是胜利之本。"民兵就是群众武装，武装斗争是打击敌人最直接最有力的斗争形式，而武装斗争之最主要的内容，又应该是群众性的武装组织与发动。事实证明：广大的抗日人民是迫切需要武装的——许多靠近敌占据点附近的群众，在几乎没有任何帮助与领导之下自动地组织了游击小组，并进行了英勇的斗争。例如×县××村的游击小组，在很短的时期内曾袭击敌人四五次，缴获了洋马一匹、步枪两支，还夺回敌人抢走的一群羊，因而得到当地人民热烈爱戴。这就说明了，发展群众武装并不是一件怎样困难的事情（当然，我们主观上不努力也是不行的）。目前，我们应该把群众已有的游击小组，加以整理，加强其领导，帮助他们解决困难问题（例如武器问题）。并使之加强活动，扩大影响。同时，更应该大量发展新的游击小组，造成群众的武装斗争的热潮。

第二，必须开展群众性的日常的对敌斗争。根据三年半来抗日战争的经验，我们战胜敌人之决定的条件是群众，"人山"的力量之伟大，不是任何东西所能比拟的。为了充分发挥这个有利条件，我们必须经常针对敌人的政策与活动，领导一切抗日人民进行日常的斗争——比如：反对"良民证"，反对敌人要粮、要款，反对敌人要青年、壮丁受训，反对敌人要妇女奸淫，反对敌人的毒化政策，反对敌人的经济掠夺，反对敌人吸取群众血液的"合作社"，反对敌人的毒辣统治办法："五家联环保"，反对敌人的烧房子，逮捕屠杀抗日人民，反对敌人的欺骗宣传等等。这就要求我们，必须经常与耐心地研究敌人的政策与活动，并能预见到其发展变化，及时地向群众揭破他们的阴谋，有计划有组织地领导斗争。并且必须想出具体办法，献给群众："怎样反对敌人"，否则空喊"对敌斗争"还是不会得到任何成绩的。

第三，必须加强锄奸工作——从我们的各个工作部门中，坚决地肃清一切敌人的奸细走狗，必须百倍地提高警觉性，认识敌人为了破坏我们的工作而实行的"内奸政策"，对来历不清的人员应该加以详细的考查，须要解决的问题应该尽可能迅速地处理，以免使问题发展造成更大的损失。但同时，我们也坚决反对无原则的盲动的作法，"机警"与"沉着"，是在处理这种问题时两个不可缺少的条件。

第四，必须彻底转变敌占区与游击区的工作方式。那种把根据地的一套，机械搬运到敌占区或游击区去冒险的盲动的办法，曾经使我们遭受到的损失是不可计量的。

今天我们必须有决心转变，把这个转变贯彻到底。只有当我们的工作方式彻底转变的时候，才能保证我们占优势，也才能保证对敌斗争的胜利。

（原载一九四一年一月九日《太岳日报》第一版社论）

给太岳区知识青年

太岳区的知识青年们!

在过去的三年半中,你们曾与太岳区一切抗日人民在一道,用自己对民族的无限忠诚与不疲倦的体力和智力的劳动,开创并建设了太岳抗日民主根据地——打碎了日本帝国主义所企图加在我们身上的奴隶镣梏,打碎了封建的黑暗的政治,逐渐摆脱了落后的痛苦的经济生活,创造了新的自由幸福的生活之开端,三年半以来,你们或用横扫千军之笔,与一切汉奸敌寇的思想文化作了残酷的斗争;你们或手执教鞭,整天用诲人不倦的精神,教育我下一代的优秀人民;你们或仍在从事于学习和研究,准备在将来把整个生命和知识,贡献给民族!你们或参加了各种部门的抗日工作，终日为民族解放的胜利与新民主主义共和国的建立而奔走劳瘁，太岳区的知识青年们，你们不愧为中华民族的优秀子女！

在中国这样的殖民地半殖民地国家中，知识分子所处的地位是很重要的。毛泽东同志在《新民主主义论》中曾论到："无论如何，中国无产阶级、农民、知识分子与其他小资产阶级，乃是决定国家命运的基本势力。"这就是说：在中国革命中，除工农劳苦群众以外，知识分子乃是最主要的革命力量之一。历史的事实也证明了这一论断的正确。在中国近代革命史中，由于知识分子所具有的特殊的敏锐性，在每次伟大的革命浪潮来到之前，他总是作了前哨的战斗（从"五四""五卅"到"一二·九"的学生运动都说明了这一点）。而且在前哨战斗之后，他就投身入伟大的革命激流中，与工农群众一同成为革命运动的中坚。

在我们太岳区，经过敌人此次残酷的烧杀，自然给我们增加了无数困难。但我们必须认识：这些困难是可以克服的，必须充分看到我们克服困难的条件。这首先就在于：我们太岳区是抗日民主根据地，太岳区的人民是在自由空气中呼吸的、具有民族觉悟的人民，并且他们已经开始组织起来，为民族的与自己的利益而奋斗。这就在于：我们的政府是抗日民主的政府，是代表人民利益的革命政府，这个政府会帮助群众解决任何困难，领导群众为战胜敌人、巩固根据地而奋斗！我们的军队是抗日的、革命的、为保护民族与一切抗日人民的利益而战的军队，他一天比一天更加强大。这就在于：我们的人民政府与军队之间有着铁一般的最密切的民族团结；我们有建设根据地的正确的政策和方针，首先就是拥护一切抗日阶层利益的抗日民族统一战线的总方针。这就在于：我们有敌后一切抗日根据地的配合，有全国抗日人民政府与军队的援助，有全世界高涨的革命运动，有强大的苏联之援助！

起来！太岳区的知识青年们！为坚持根据地、建设根据地而奋斗！

起来！太岳区的知识青年们！发扬民族友爱精神，组织未被灾区同胞对灾区同胞的救济与慰问！组织未被灾区与灾区知识青年之间的互助互济！发动未被灾区知识青年向灾区同胞写慰问信的运动！展开你们广泛的活动，组织座谈会、讨论会、研究会——研究坚持抗战、坚持抗日根据地，建设新民主主义共和国的理论，研究毛泽东同志的《论持久战》《论新阶段》与《新民主主义论》！与悲观主义亡国论、与一切有害的思想作斗争！长于写作的知识青年们，应该用自己的笔来暴露敌人的残酷行为，来描绘根据地光明灿烂的前途，并把它们散播到广大群众中去！作教育工作的同志应该努力恢复学校，并与其他知识青年一起展开广泛的社会教育，叫每个抗日人民认清根据地战胜困难的前途！知识青年应该为人民服务：协助政府、组织群众的互助互济；动员热血男儿参加青抗先、基干自卫队；帮助村干部为健全自卫队而奋斗！

　　起来！太岳区的知识青年们！艰巨的责任，正待你们担当！重大的困难，正待你们克服！

　　　　　　　　　　　（原载一九四一年一月十二日《太岳日报》第一版社论）

再论互助互济工作

自从"扫荡"与反"扫荡"战争结束之后,我全区军政民以及广大的抗日人民,为了答复敌人的烧杀破坏,保卫根据地,克服一切困难,在各地方进行了互助互济和动员武装工作,而且真正的取得了不少成绩。现在在沁县沁源互助互济工作正在热烈的进行着,各青抗先游击小组、自卫队土枪队正在各地开展着,沁县青抗先的总攻击,更创造了光辉的成绩,给我太岳人民抗日的武装斗争上,创造了新纪元。现在各地群众已经活跃起来,从事他们的工作,为着克服一切困难而奋斗,为着牺牲了的父母兄弟给敌人以痛击。这都说明了什么呢?说明了我们太岳区的抗日人民,是永远不会被战胜的,是一定会胜利的。

但是，不可讳言的，我们的工作还存在着一些缺点。这些缺点是什么呢？就是有一部份工作人员，他们没有工作信心，对困难低头，他们常常对人讲："咳，没有办法，群众不听我们的话。"其实各村的群众正在商量着："总在山沟里朋友家里躲着不是一回事，那怕回去先盖三两间房呢？临时先住下也好"，"□□山林，要允许咱们用，木料总是可以解决的"，"我窑地怕不容易，设……""我们有土枪，就是没有火药，假设你们能想办法，马上就可以组织起来"，"只要有枪，我就不怕"，"大家不齐心，光是各顾各，不然……"但是，一些工作人员除了谈他老一套以外，这些意见，他们是听不见的，因此他们不去帮助群众，把群众意见组织起来，帮助群众解决问题，组织互助互济和武装，反而怨群众不听话；另外还有种工作人员，他们还只是摆着"办公事"的架子，坐在屋子里，发号施令，命令互助互济和自卫队，但实际问题没有解决一点。事实上群众和下级干部都有一大堆问题等着解决呢！譬如说"到村里去先去找谁呢？这个会怎样开呢？互助互济怎样组织呢？现在群众惶惶不安，这怎样办呢？自卫队先从何处着手呢？""木料怎样解决呢？火器怎样解决呢？我们怎样组织起来实行联防呢？□□没粮食和衣服怎样办呢？谁借给我窑地呢？小偷儿们怎么办呢？锅灶也没有了怎么办呢？犁锄谁能给想办法呢？"这种种问题都需要解决，然而他们常常只说几句空话就过去了。他们不知道下级干部和群众，要的并不是训诲，并不是看讲演，而是要解决他们的现实问题，这怎样会取得工作上的实际胜利呢？所以其结果必等于对工作"袖手旁观"，必等于等待工作"自流"。至于不把互助互济看成一个群众运动，而仅把他看成一个"慈善性"的工作的人，那就更不会有什么成绩了。所以互助互济工作能不能作的好，不怨群众，而要看我们的工作作的好不好。

现在旧历年就来到了，群众正迫切的需要我们的工作人员指导他们并帮助他们解决问题。所以如何抓紧时机积极来发展这个工作，这是目前最迫切的问题，尤其像被灾最重的沁源，互助互济若不能得到切实的成绩，以后别的工作是不会得到应有成绩的。那么谁负责任呢？政府工作的同志们要负责任，民运工作的同志们要负责，一切工作的同志必须即刻紧张的动员起来，纠正过去工作上的缺点，发挥勤奋不懈的精神，恢复铁工厂，制造农具锅灶，划出一定山林，组织木料和柴草的搜集运输，组织自卫队，实行联村联防等，只有互助互济工作收到切实的成绩，才能打下今后一切工作的基础。

（原载一九四一年一月十五日《太岳日报》第一版社论）

抗议潭株地方官宪的非理罪行

据新华社晋东南十九日电,十八集团军彭副总司令在湖南湘潭之家□突击巨变,彭副总司令之三弟华堂,被潭株警备司令部会同湘潭县政府派队到家,不宣罪状,不问情由当场枪杀,三弟媳龙氏饮弹重伤,二弟金华则被解潭株警备司令部拘押严刑拷问;彭副总司令,为此事项特电呈上峰,请求严惩祸首,并予昭雪。等该消息传来,群情愤慨,尤以其家属尚留在大后方之前线数百万将士,更觉痛心疾首,义愤填膺,全国人民对此种办法的罪恶行为,亦深恶痛绝,纷纷抗议。

抗战四年以来,前线数百万将士家属无辜被拘捕及被杀害的情事,实已层出不穷:八路军将领吕正操等眷属,在陕西虢镇被包围袭击，伤亡多人，新四军参谋长张云逸家属，在安徽无为被拘捕囚禁；平江惨案时，新四军的后方留守人员十数人被枪杀活埋；确山惨案，新四军将士家属数十数百被炮击枪杀，现彭副总司令家庭，在湘潭地方又被惨杀捕禁，而这些事件恰又发生于国府统辖下的地区，执行者又为抗战政府之官宪及军队，这种目无国家法纪之罪恶行为，从不见政府严加追究与惩办为乱之祸首，非但为前线数百万将士百思不解，就是一切忠诚于抗战事业的人士亦莫不为之大鸣不平，假如此种残害前线将士家属的行为，出于日寇汉奸之手，吾人没有任何奇怪惊异之处，寇奸此种无耻罪行，只有将士增加杀敌的同仇敌忾心而已然！而它是我地方官宪之所为，怎能不令前线数百万袍泽痛心，又怎能不使数万万同胞悲愤呢？

八路军新四军在抗战四年以来，在华北，在大江南北坚持了敌后抗战，连续不断的数千数万次的大小战斗中，毙伤敌伪数十万，建立无数敌后抗日根据地，摧毁许多伪政权，粉碎敌人对各根据地无数次"扫荡"，成为今天坚持敌后抗战、支持长期战争的有力支柱，而他们的家属，在大后方亦从事各种抗战工作，鼓励自己的丈夫兄弟英勇杀敌，为着抗战的胜利，而暂时抛弃了骨肉恩爱，牺牲了天伦乐趣，试问每一个忠诚于中华民族的儿女，能不向这些英勇将士表示虔诚的崇敬与感谢？又试问每一个地方政府能不给他们的家属以物质上的优待与生命上的保护。然而，他们所得的恰恰相反，不但得不到物质上的优待、生活上的保障、精神上的安慰，反而为各地方政府及军队所仇视而无辜遭害。同是中华民族抗战份子的一员，同为炎黄子孙，他们抛弃自己的头颅，洒流自己的鲜血，牺牲自己的幸福与快乐，为着争取整个中华民族的自由与独立，竟受到如此待遇，国家之法纪何在！？人心之天良何在？！

彭副总司令家属无辜遭难，实为异常痛心的事。我们竭诚向全国一切忠诚抗战人士呼吁：以全国舆论制止这些目无法纪的非理行为，因为这不仅仅彭德怀将军家属的安全问题，关系于千千万万的后方抗日根据地军人家属的生命安全，如果放任这种非法行为，地方官宪在青天白日之下，可以随意枪杀逮捕抗战军人家属，则不仅国家法纪荡然无存，社会秩序毫无保障，而且前线将士人人自危，后方军民朝不保夕，抗战大业将受严重影响。

我们为彭副总司令家属无辜遇难而鸣冤，我们亦为数百万前线将士家属安全保障而呼吁，当此逮捕惨杀共产党、绑架暗害进步人士之特务罪恶行为异常嚣张之际，当此向八路军、新四军制造摩擦挑拨反共内战事件层出不穷之际，惨害彭副总司令家属之举，显为亲日阴谋家等策动内战、制造投降的毒计之一部份。我们要求全国爱国同胞，将此种破坏抗战团结法纪之罪行，加以严重的注意和抗议，我们要求最高当局，对这一事件的首谋者严加惩办，以儆效尤，并明令制止今后不再有同类事件发生，使惶惶的后方人心得以安定，使前方的军心得以巩固。

我们还要警告那些制造这个事件的地方官宪，似你们这类手段最好拿去对付万恶的敌寇汉奸，毫不应用之于对付无辜的人民，更不应加在抗日军人家属身上，不然你们这种行为不仅为全国广大人民所唾弃，而将遭受到历史事实的惩戒！

（原载一九四一年一月十八日《太岳日报》第一版社论）

加强政权工作

反"扫荡"战争结束后，根据地中的各种工作都极待整顿和加强，尤其是政权工作。因为政权是一架机器（这一副机器正是根据地的骨架），他正常地动起来，根据地就有了正常的秩序，其他各种工作也就都有了依靠。一个半月以来，我们太岳区的全体政权工作同志，在三区专署办事处的坚定领导下，曾对这一工作尽了最大的努力，并且取得了不少显著的成绩。这就表现在：曾及时地进行了安抚救济工作，解决了无数的群众的木材、粮食、住屋等困难问题，帮助群众组织互助互济，颁布了解决目前□□问题的暂行法令，与军队群众团体共同组织了整肃军纪的检查团，正确地号召了并进行了建立自卫队、青抗先的工作等等。但是这并不是□我们的政权工作已作到尽善尽美，再也无事可作，事实上正有不少问题值得我们注意。

首先就是恢复与整顿区村政权的问题。至今有不少地方的村政权还没有恢复，或者极不健全。有些村名义上有一个村长，但因自己家中有问题，而实际上不作工作，有些小村的村长不在本村庄，也不按时到村工作，有些村长则借故工作上的一些困难而推避责任，因而村中形成无政府状态，一切事都没有人管。也有个别的区，在反"扫荡"后，干部不全，有些区长因故不在，行政人员只一二个人，对村无有领导，至多也就是下下命令、开开会议，对下边的任何实际问题不能很好解决，这就更加重了下层政权工作薄弱和混乱的情形，所以调整区政权干部，□□村政权实在是刻不容缓的事。这就应该对不作工作的村长加以正当的说服，帮助他解决本身困难，对实在无法工作或不愿工作的村长，解除他的职务，再民主选举新村长。

其次，就是加强政权与群众联系的问题。目前有些地方的政权，还是保持过去那种"官老爷""衙门"的作风，只知道向群众伸手要东西，而不注意群众的切身困难。今天群众最迫切是解决吃的、住的问题，是解决盖房子的木料、打窑洞的地基问题，是解决盗窃问题，是解决旧历年关的租息问题，可是有些地方的政权不管这些，还是照自己想的一套，往村子里布置十几条、二十条大而不当的工作，还是召开大会，还是向群众"要账"，这种作风不转变，群众是不会更进一步地积极起来，政权的基础也是不会巩固的。

再次，就是整肃政权纪律、严格奖惩的问题。最近三区专署办事处，曾宣布了对一部份行政人员在反"扫荡"战争中所表现的成绩或错误的奖惩，这是十分必要的。因为只有这样，才能明确地给大家指出应该学习的模范，也明确地指出大家应该警惕避免的错误。只有这样，才能给工作积极负责的同志以适当的鼓励，也才能给工作马虎敷衍或工作有某些缺点的同志以及时的纠正。这一点我们认为村级政权更是特别重要的，因为有些村中秩序的混乱，给地方土棍、贪污份子，造成了乘机活动、操纵村政的机会，而使一般人民遭受莫大的痛苦（例如□城某地的村长，就竟敢用公粮，到敌占区换取月饼，以作为自己的享受）。对这些危害群众利益、"混水摸鱼"的人，不但应该撤除其职务，而且应该根据国法，予以制裁。

最后，就是加强敌占区与游击区政权工作的问题。由于环境的特殊，决定了敌占区与游击区的政权有着特别重要的作用，它成为我们对敌斗争的主要支柱。也由于环境的特殊，更决定了敌占区与游击区政权工作具有与根据地不完全相同的特殊任务，就是：对敌斗争。敌占区与游击区政权的一切工作都必须照顾到这一点，通过这一点，所以在这些地方，广泛地发展游击小组，建立武装或将武装的群众组织，就应该成为有第一等意义的工作。

（原载一九四一年一月二十一日《太岳日报》第一版社论）

全区人民起来声讨亲日派

自江南新四军被亲日派阴谋聚歼的事件发生以后，本报为了使各方读者明了真象起见，从十九日起，陆续的刊载了朱彭叶项一月十三日的通电，中共中央发言人的谈话（见二十七日本报第二版《亲日派阴谋罪行的前前后后》一文，因全文残缺，故未能全部登出），中共中央革命军事委员会一月二十日的命令，如一月二十二日中共中央革命军事委员会发言人的谈话，及一月二十二日新四军代军长陈毅，副军长张云逸，政治委员刘少奇等的就职通电。

这些文章都告诉我们些什么呢？告诉我们亲日派的反动阴谋，是骇人听闻的，是包括了亲日派如何从反共开始到投降日寇为止的全部的卖国阴谋的，这个骇人听闻的阴谋，不但是规定了如何动员舆论、如何进行反共工作、如何取消八路军新四军、如何镇压抗日运动，而且规定了如何实行投降出卖祖国的大阴谋，来实现他以内战代抗战、以分裂代团结、以投降代独立、以黑暗代光明的阴谋诡计。江南新四军的被包围，不过其整个阴谋诡计的一部份而已。这种卑鄙无耻、玩弄国家政权、不要政治脸面的亲日派阴谋家，不但丧尽了礼义廉耻，"有背中国人为人之道"，而且是一切抗日人民绝不能容忍的。以上这几篇文章又告诉我们什么呢？告诉我们亲日派的种种骇人听闻的阴谋是蓄意已久，并且早已准备好了的。德意日三国同盟协议成立之日起，他们为了配合日寇的阴谋，就"日夕煽诱，至去年年底，其全部计划与准备完成"，所以江南新四军的被阴谋□歼，不过是亲日派蓄意已久的阴谋计划之开端。而全国性的突然事变，正如中共中央革命军事委员会发言人所指出的"当在今后逐步演出"。

为什么他们这样坚决的反对中国共产党呢？就因为中国共产党坚持了抗日民族统一战线，坚持了抗战团结进步的方针，几次的粉碎了日本帝国主义灭亡中国的以华制华的政治阴谋，即日寇的分裂中国、引诱投降的政策，规定了争取中国抗战建国胜利的道路方针和方法。为什么他们要反对八路军新四军呢？因为八路军新四军坚持了敌后抗战，创造了敌后抗日根据地，"扫荡"了敌伪政权，扼住了敌人进攻中国的咽喉，提高了全中国人民抗战信心，使日寇陷于长期作战而不能自拔。为什么他们这样坚决的反对陕甘宁边区和各抗日根据地呢？就是因为各抗日根据地尊奉了总理遗嘱根据三民主义，实行了政治上的改革，实抱着民主政治，改善了或正在改善着人民生活，提高了人民抗战的积极性。他们为什么反对中国人民，到处镇压人民的抗日运动呢？就是因为中国人民的抗日运动给了日寇以严重的打击，给了亲日派反动行为以无情的抵抗，使亲日派没有方法投降。正是因为如此，所以亲日派便与日寇里应外合，想尽千方百计来反对共产党、反对八路军新四军、反对陕甘宁边区、反对全国抗日人民，正因为如此，所以今天共产党八路军新四军以及全国抗日人民与抗日军队对亲日派何应钦白崇禧等的斗争，不是什么历史上的派别之争，而是抗战人民与投降派的斗争，是要求中国民族独立自由的幸福，是使中国民族沦亡的两者间的斗争。

正如中共中央革命军事委员会发言人所指出的"时局不论如何黑暗，不论将来尚须经历何种艰难道路与在此道路上须付何等代价，日寇与亲日派总是要失败的"，"这种火焰是不好玩的"。但是要没有艰苦奋斗，这种卑鄙无耻的亲日派，是不会自己低头的，一切抗日同胞们，一切抗日的英雄志士们，一切为着争取民族独立自由幸福，四年来艰苦奋斗的抗日人士、抗日武装抗日团体，起来对付亲日派，制止亲日派的反动罪行。

（原载一九四一年一月三十日《太岳日报》第一版社论）

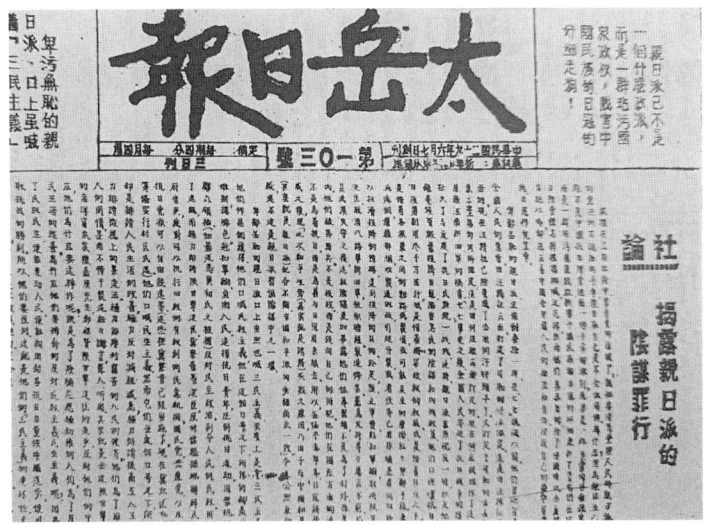

揭露亲日派的阴谋罪行

本报在上期社论中，曾着重的指明了，例如要没有全国人民对亲日派的坚决的不调和的斗争，亲日派自己是不会低头的，为什么？因为亲日派已经不是中国抗日阵营里面一个平常的派别，或者是一群平常的□□政客，而是一群玷污国家政权、戕害中国民族的日寇的奸细，是□不□它们在抗日阵营里怎样摇旗呐喊玩花样，然而他们真正目的，除了借国难机会发财自肥以外，却在出卖中国全中国人民的独立和自由，换取自己的荣华富贵，给日寇作儿皇帝。

卑鄙无耻的亲日派正像□秦桧一样，在"七七"抗战以前，他们曾违背着全国人民的意旨，由汪精卫出面，订定了可耻的《塘沽协定》，这是由汪精卫出面的，现在汪精卫已经变成了公开的汉奸头子了。又订定了可耻的□□冀东一□□的《何梅协定》，这是由何应钦出面订定的，现在何应钦也作了这次屠杀江南新四军的祸首。"七七"事变之后，全国人民举起了抗日战争的旗帜，扩大了与发展了抗日民族统一战线。这时，亲日派虽然沉寂一时，但是他们丝毫没有放弃投降日寇、陷害忠良的阴谋和内战政策。他们口里嚷抗日，却日夜筹划用尽千方百计，或是借着国家政权的权威，或是借着日寇之手，或是借着各派系之间的□□□□，或可能发生的摩擦，种种卑鄙手段，来消灭这个，□□那个，以制造内战，引起分裂，或者使异己者非嫡系者同归于尽，以扫清投降的障碍，达到投降的目的。于是，限止军费，克扣军饷，取消陕甘宁边区，取消八路军新四军，组织暗杀，制造惨案，怂恿火拼等等屡出不穷。尤其是武汉失守之后，这种阴谋更加暴露，他们休养整顿，不是为了对外，而是对内。他们秣马厉兵，不是杀敌，而是杀向自己的同胞。他们在国际方面的活动，不是为着抗日，而是为着与日寇眉来眼去。所以，无怪乎去年冬，日寇诱降未成之后，说"此次和平攻势（其实就是诱降）失败之原因，乃由于与中国和平派（其实就是亲日派）配合不够，中国和平派的步骤尚未一致"。今天公然反动屠杀，这不过是亲日派整个阴谋中之一环。

卑鄙无耻的亲日派口上虽然也喊三民主义，实质上是拿三民主义作他们作恶的护符。他们口喊民权主义，但在这个口号之下，所作的却是发国难财、搜腰包、克扣军饷、鱼肉人民。逮捕抗日青年，压制抗日运动，囚禁抗日的群众领袖（如最近马寅初氏之被捕），反对民主政治，剥夺人民的民权，同时为了遮丑，而极力诽谤陕甘宁边区、冀察晋等边区，反对像根据地那样民选政府官吏，反对可以执行四权的有权利的民意机关，国民党、共产党，以及其他抗日党派可以自由竞选等（这些在冀察晋已经实施了，现在冀太区也正在筹备实行村区民选）。他们口喊民生主义，然而它们在这个口号之下，所作的却是诽谤人民生活的改善，极力反对减租减息，极力诋毁提高工人工资，极力诋毁征税上的累进法，极力诋毁对穷苦的人民的救济。他们为了取得别人的同情，甚而不惜于制造种种谣言，耸人听闻。其实就是去过陕甘宁边区的南洋□□□陈嘉庚先生，都称赞陕甘宁边区的进步，反对他们的中伤。那么，他们为什么要这样作呢？就是为了欺骗思想极幼稚的人们，为了反对人民生活的改善，为什么他们要拼命的反对民权主义民生主义呢？因为实行了民权民生，便能发动人民，便能够团结各抗日力量，使中国进步，便可以争取抗战的胜利，所以，他们要反对，这就是他们的"三民主义"的连环性，至于总理三大遗嘱，他们更是不敢提起的。至于所谓政党应有的风度，在他们是提不到的，因为他们已经不能算是什么政派，自己也并不想作什么堂皇的政派，他们已不配是什么政派的人了。像这种人，不仅共产党，就是一切爱护国民党、爱护三民主义、爱护抗战的人士，能容忍这些民族败类玷污国家政权、玷污政党威信、玷污三民主义吗？

（原载一九四一年二月三日《太岳日报》第一版社论）

发扬"二七"革命精神,驱逐亲日派

"二七"——是中国工人阶级他以革命的姿态登上中国政治舞台的日子,是中国工人阶级与帝国主义封建军阀进行真正战斗的日子,是为民族独立民主自由而斗争的日子,"二七"运动不仅是中国工人运动由经济斗争进至政治斗争的转换点,而且是发动中国新民主主义革命的序幕。

新民主主义的主要任务是反对帝国主义及封建势力的伟大历史任务,由于中国工人阶级要驱逐帝国主义肃清封建势力,彻底完成新民主主义的革命。所以,中国的封建势力,就选择了投降帝国主义的道路,配合了帝国主义的力量,以残暴的手段,来压迫与屠杀中国工人阶级,在"二七"屠杀京汉铁路工人的吴佩孚、萧耀南等封建军阀,走的正是这条投降帝国主义的道路。

十八年来的历史也证明了，凡是帝国主义的走狗汉奸，都是以反对中国工人阶级反对共产党作为反革命的护身符，都是屠杀工人阶级摧残革命势力作为投降帝国主义的礼物。大革命时代封建军阀孙传芳、张作霖、张宗昌等是以"讨赤"的口号来反对中国民族解放运动的。在"四一二"事变后，当时反动的地主资产阶级，就在"反共"的口号之下，屠杀中国工人阶级与革命人士，破坏了国共合作，背叛了革命，投降了帝国主义，而且在"剿共"的口号之下，企图消灭中国的革命势力，继续进行十年残酷的国内战争。"九一八"以来，隐藏在国民政府内部一贯进行投降反共活动最积极的汪精卫，就扛着"反共"的招牌，公然背叛了中华民族，投降了日寇，成为中华民族的无耻汉奸。目前亲日派阴谋家何应钦等，又在反共的口号之下，策动内战捕杀共产党员及抗日人士，破坏抗日，阴谋投降卖国，这些东西今天正重复走着吴佩孚、孙传芳、张作霖、张宗昌、汪精卫所走的道路——背叛革命、投降帝国主义、出卖中国的道路。十八年来的历史铁一般证明了，凡是违背全国人民的意志、叛变民族利益、叛变三民主义、叛变孙中山、叛变广大中国人民的，一定要走上这条最无出息的道路，也就是一切反革命的一条死路。

自"二七"至今十八年来，中国工人阶级在其政党中国共产党领导下，在坚持中国革命斗争的道路上，曾经历了耕耘的曲折艰难，因而曾积聚了丰富的革命斗争的经验，不论在思想上、政治上、组织上，它都经历了无数次的洗练，所以它不仅已成长为今日中国新民主主义革命的中坚力量，唯一的指导力量，而且已成为世界革命的一支强大军队。抗战三年以来，不避一切艰险，深入敌后坚持抗战。在广大华北与大江南北展开敌后游击战争的，为国家民族收复了广大失地的，驱逐日寇出中国与建设新中国而创造了民主根据地的，不是亲日阴谋家与反共顽固派，正是中国工人阶级的优秀子弟——中国共产党与八路军新四军。目前那些"反共"反八路军新四军的阴谋家在江南则调集七万大军，乘新四军奉命向江北移动之际，突将其包围，全部歼灭。在华中则动员二十万军队，进攻新四军，在陕甘宁边区周围，则以一万万元建筑碉堡线，屯集三十万大军包围边区；在大后方则取消桂林八路军办事处，到处残杀八路军新四军的家属，捕杀共产党员，逮捕抗日人士，决心破坏统一战线。这些倒行逆施无法无天的罪行，都是亲日派打算为投降肃清道路，结束抗战局面，而投到日寇的怀抱去的具体步骤。

中国工人阶级政党——中国共产党，团结了农民小资产阶级，团结了知识份子，团结了一切革命人民，□向着新民主主义革命的道路前进。十八年来的历史充分证明，中国工人阶级所走的道路是唯一正确的道路，光明的道路，同时也证明了凡愿意与中国工人阶级一起为中国革命奋斗的人，他的前途是光明的，凡要和中国工人阶级分裂背叛革命的人，而他自身必然是要没落的，吴佩孚、孙传芳、张作霖、张宗昌、汪精卫等不是很明显的实例吗？所以，要使中国的抗战得到最后的胜利，完成新民主主义革命，只有和中国工人阶级一起奋斗，才有自身的前途，也只有与中国工人在一起奋斗，才有光明的前途。

今年我们纪念"二七"，应发挥"为自由而战，为人权而战"的精神，肃清亲日派与反共顽固派，反对一切倒行逆施的压制与杀害抗日人民与共产党的罪行，废止一党专政，改组政治机构，实行抗日民主政治，改善人民生活，开放民主运动，动员一切抗日力量坚持抗战到底，打倒继吴佩孚之后，屠杀工人阶级的亲日派。我们可以公开告诉一切亲日派反共阴谋家；吴佩孚、萧耀南曾杀了林祥谦、施洋，可是十八年来在工人阶级中，在中国共产党中却产生了数十万新的林祥谦、施洋，今天亲日派反共阴谋家消灭了新四军江南部队近万战士，同样又从全国人民中产生千百万新四军的新战士。因此，我们纪念"二七"，我们一定能继"二七"战士精神奋斗到底，今年我们纪念"二七"更要发挥中国工人阶级的彻底性、坚持性，全国工人要更加团结起来，反对亲日派策动反共内战，反对进攻新四军，反对进攻边区，全国友军及八路军新四军团结一致，对日作战，争取抗战最后胜利。

今年我们纪念"二七"应贯彻"二七"的革命精神，为实现新民主主义革命而奋斗，为要使中国新民主主义革命能够彻底完成，中华民族能得到彻底解放，中国工人阶级能获得最后的解放，则必须拥护中国共产党，巩固与扩大抗日根据地及八路军新四军，只有使中国的革命势力成为不可战胜的力量，中华民族的利益才有保障，背叛民族利益的敌人才能肃清，侵略中国民族的敌人才能打倒，新民主主义的新中国才能胜利地完成。

（原载一九四一年二月九日《太岳日报》第一版社论）

中国共产党中央关于"三八"妇女节的指示

现在党在妇女工作方面,还存在着各种严重的弱点,其主要弱点,是有些党部对妇女工作的认真注意,对妇女干部的切实帮助不够,妇女团体对保护广大群众切身利益的工作做得不够。为使全国妇女工作继续开展,中央对于今年三八节工作,有下列指示,望各级党委立即讨论,并规定具体实行办法。

(一)关于筹备三八节方面——今年三八节,处在世界帝国主义大战空前剧烈和国内投降分裂危险空前严重之时,各级党委必须进行广大的宣传和组织工作,以动员各阶层广大妇女群众。在(一)反对世界帝国主义大战、(二)反对何应钦等亲日派制造内战破坏抗战、(三)保护妇女切身利益等口号之上，实行力量的检阅和战斗的动员；在八路军新四军和抗日民主政府所在区域，一般地采取：第一，群众大会和晚会；第二，妇女生产学习工作成绩展览会；第三，表扬模范□妇和模范□□；第四，通电苏联、日本、英、美、德、法、意、印度、朝鲜、□□、南洋各地妇女，号召共同实行反帝反战的战斗。各抗日根据地，可根据其具体情形，决定采取何种纪念方式，在革命妇女运动遭受压迫摧残的地区，各级党委应把详细检讨妇女工作和□□妇女干部，作为纪念三八节的内容。

（二）关于总结妇女工作经验和转变妇女工作作风方面——各级党委必须在三八节前，将当地妇女工作经验认真总结起来，认识过去工作的优缺点，决定今后工作的方针和方式方法。据中央所得各抗日根据地妇运材料，认为这些地区的妇女工作作风必须来一个彻底的转变：

1. 过去妇女工作多半偏重在抗战动员工作方面（如帮助征兵慰劳抗属、做鞋等），以后除继续抗战动员工作外，必须把深入家庭以内妇女切身利益作为经常工作的中心，具体地说，就是要把下列各项作为经常工作：（1）动员妇女参加生产工作（如家庭工业、手工业、农业和畜牧的各种生产），目前首先必须动员农村妇女直接或间接参加春耕工作。（2）关于妇女生活痛苦（如反对缠足、□婚、虐待、买卖婚姻、关心疾病生育、婚丧等困难问题）。（3）注意保护母亲儿童（注意使妇女得到休息、儿童得到适当的保育）。（4）提高妇女文化教育（教新文字、办识字班、办各级妇女学校等）。（5）动员妇女各级人民代表机关的选举，使妇女参加各级政府工作等。

2. 过去妇女群众团体，多半是采取造名册、开群众大会方式成立的，今后必须注意教育妇联会、妇救会会员，真正认识这些团体是保护她们切身利益的组织，使她们自愿与自觉地加入这些团体工作，使各级妇女团体有更多的积极份子和巩固的群众基础。

3. 过去各级妇女团体的领导机关，多半为共产党员所"包办"，今后必须大批吸取非党员的妇女干部，鼓励妇女群众领导参加各级妇救领导机关的工作，女共产党员，一般最多不得超过这些领导机关成份的三分之一。

4.过去妇女工作一般偏重在青年妇女方面，今后除继续注意青年妇女工作外，必须注意动员和吸取老年、中年和成年的各阶层妇女参加妇女团体及其工作，至于革命妇女工作遭受压迫的地区，各级党委应一方面更加发扬抗战以来妇女抗日统一战线的优良的作风，使革命妇女干部以各种（中缺）愿意抗战不愿投降愿意团结不愿分裂的妇女团体（仍有数十种形式）、妇女刊物（还有数十种）、妇女领袖、妇女群众，更加注意长期埋头苦干、认真隐蔽秘密的作风，以免革命妇女干部遭受反革命力量的摧残。

（三）加强培养妇女干部——党的妇女工作干部之培养，各级党委必须：1.努力吸收优秀的女工、农妇、智识妇女党员。2.在抗日根据地内，开办各种专门培养妇女工作训练班、学校，根据女大经验，办专门培养妇运人才的学校，对开展妇女工作是有极大帮助的。

（四）扩大妇运宣传——各级党委须注意到在地方党政军民的各种报纸杂志，经常刊登妇女问题的论文和材料，能出专门妇运刊物的地方，应该出版专门刊物，同时须认真注意《中国妇女》及《新华日报》的妇女之间的发行推销与转载翻印工作，各级党委须将妇女工作总结及三八工作总结于四月一日前报告中央，同时须将妇女工作列入经常工作计划以内。

二月五日延安

（原载一九四一年二月十二日《太岳日报》第一版社论）

目前发展群众武装上的障碍

自从反"扫荡"战争结束之后，因为全体军政民的努力，我太岳区的群众武装，在这两个多月的中间是取得了不少成绩的。譬如各县青抗先、基干自卫队的建立，游击小组的发展，以及各县青抗先、基干自卫队、游击小组□活跃等，都证明我太岳区群众武装的进步是极大的。但同时我们还必须说明，一直到现在，群众武装还没有变成热烈的群众运动，还没有蓬勃的发展起来。

原因何在？是群众落后，不愿意组织人民武装吗？不是的，因为敌人的"扫荡"，敌人的烧杀破坏，群众现在正迫切的要求武装，要求自卫。譬如同蒲沿线某县某村的群众，因为不堪敌人的破坏，自己组织了盘查放哨和情报工作，来警卫村民的安全。白晋线某村村民为了自卫，自己组织了情报和瞭望哨。譬如□□村的群众现在正设法集合群众自己的武器，商量自卫的组织，这些组织虽然名义上不叫自卫队，然而实际上是和人民武装自卫队的性质是没有两样的。斗争锻炼了人民，人民也在斗争中学习了和知道了怎样来反对敌寇的"扫荡"。群众是要求组织人民自己的武装的，说群众落后，不愿意组织群众武装，是错误的。

那么为什么群众武装不能成为广大的群众运动呢？就是因为今天我们的群众武装工作中还存在着一个严重障碍。这个障碍是什么呢？就是工作脱离群众，就是因为我们有些工作人员，只会死守决议的条文，而不去深入到群众中去，根据群众自愿性的原则，发挥群众的创造力。所以一方面群众为了对付敌寇"扫荡"，为了保卫自己身家父老，普遍的要求武装自卫，而另一方面，有些干部却不管群众愿意不愿意，自搞一套，群众的意见、群众所提的办法，他们不愿闻问，而他们的意见，群众也不了解，甚而有些地方，因为干部解释不足，使群众发生误会。譬如人民武装自卫队，本来是群众武装自卫、警卫家乡父老、保护自己的武装组织，然而偏偏有些地方把他当作参战的组织去宣传，去恐吓群众。甚而有大多地方，把自卫队，仅仅组织成为一个了无生气的派差机关，而取消了生气充盈的群众实行自卫的工作。有些地方干部，则为了求"速效"、捞头功，强迫人民，命令自卫队，使群众更为"大惑不解"、"望之生畏"。所以结果是：一方面是群众要求武装自卫，而得不到政权及群众团体干部的指导和帮助，一方面是干部到处叱咤，但得不到群众的同情。这便是今天群众武装发展中最严重的障碍，这种障碍若不连根除去，群众武装要想转到蓬勃的发展，使群众武装成为广大的群众运动是不可能的。

那么，怎样发展群众武装呢？第一，要确定人民武装自卫队是群众自卫的武装组织，并且根据当地环境和群众的意见，首先建立群众警卫自己的工作，如放瞭望哨、联络哨、传送情报，警卫人民，盘查汉奸和窃盗等。

第二，应该取消由自卫队长或队部派差派民夫的办法，日常支差应完全由村公所管理，不得随便借"参战"的名义，把支差任务放在自卫队身上来加重自卫队队员支差的负担。第三，各级政权及群众团体干部，应该根据当地群众的意见，来组织自卫队或其他群众武装，发挥群众的创造性，根据群众自己创造的或已施行的办法，加以指导帮助，使他们自卫的办法更加周密。第四，发挥工作上民主作风，一切应发动群众讨论，要群众自己去商量，根据他们商量的意见作决议，哪怕是初步的、不完备的也可以，反对任何行政命令。行政命令的结果，必然使我们的工作破坏无遗。

（原载一九四一年二月十五日《太岳日报》第一版社论）

老乡们！振作起来准备春耕

春天到了，又快到该下种的时候了！

古话说得好："一年之计在于春。"春天如果不能下种，秋天就没有收成，一家老小就没有吃的，所以说，庄稼人一年的生活就在这个春天。

现在春耕的时期又到了，但是今年的春耕，因为经过日本鬼子屡次大烧大杀大破坏、我们许多耕牛被牵走了，许多犁耙被毁坏了，许多种子被焚烧了，所以我们今年的春耕是在缺乏耕牛、缺乏农具、缺乏种子、缺乏劳动力的条件底下进行的，这就是说，今年的春耕是不同于往年的，是有好多困难需要我们去克服的。

首先是耕牛的问题。

在这种情况下，群众们正在纷纷的议论着耕牛问题，耕牛问题解决不了，没有办法送粪、没有办法耕地，他们现在都想："今年耕牛解决不了，到今年秋后怎么办？"但是，"天下无难事，只怕有心人"。只说困难是不行的，越在这种困难关头，我们越应该咬紧牙关，挺起腰胸，去掉"畏难苟安"的心理，拿出有泰山那么大的障碍，也要把它去掉的精神，勇敢地干起来！我们应该学习山东老乡"白手起家"的精神：来的时候只有个光身汉子，过了五六年就能挣得"有房有地"的一份产业来。试想：他们来的时候有什么耕牛、农具、种子？难道说那还不困难？可是，因为他们吃得了苦，熬过难关去，也就能够享福了！

眼看打春已经快半个月了，往年正是往地里送粪的时候，可是因为今年缺乏耕牛，大多数的地方还未开始。这件事该怎么办呢？我们觉得：一方面应该有计划地解决耕牛问题，同时还应该想没有牛的办法——用人力代替耕牛的办法。

怎样去有计划地解决耕牛问题呢？这就应该：一、政府帮助缺牛的老乡们，自愿地组织起来，合伙到根据地外边和耕牛较多的地方去买。二、政府机关军队的牲口，在不妨害本身工作的范围内，帮助群众春耕，但是，这只能解决一小部份问题，最主要的办法必须依靠政府及群众团体切实帮助群众，设法用人力代替耕牛。

怎样用人力代替耕牛呢？先拿送粪来说，往年都是用牛车；没有牛，当然一个人拉不动一辆牛车。所以就应该设法创造用人力可以推拉的车。在山东、河北就有一种单人推的独轮车，车的中间是一个大轮子，两边有两个筐子，后面有两个把手，也能运送不少东西。这种车子，在政府与群众团体的领导帮助下，经过老乡们的努力，一定可以制造出来的。此外，牛车也可以设法利用人力拖拉。

其次再说犁地的问题。在我们这一地方，往年都是用"牛拉犁"，现在因为耕牛没法解决，就应该创造使用人力的犁来犁地，据说去年沁源曾有人制造过。另外在河北、河南地方，因为牲口缺，还有一种"人拉犁"。那种犁比较小，耕得也比较浅，但还是可以用的。这种东西，只要经政府与群众团体提倡，有人肯下工夫研究，也是可以制造出来的。

如果解决了"送粪"与"犁地"的问题，那么耕牛的大部份问题也就解决了。

在困难的环境底下，必须想克服困难的办法。今年将要是最困难的一年，但不管如何是可以克服的。一切政权机关及群众团体的干部们，现在群众的问题正迫切的要求你们帮助解决哩！

老乡们振作起来吧！加紧准备春耕！应该这样认识：解决了春耕问题，就等于克服了今年困难的大半！

（原载一九四一年二月十八日《太岳日报》第一版社论）

欧非战事及国际形势

最近战事,除去英国在利比亚和厄里特里□□□很大的□□外,各战线局势并无显著的变化,英国战场的形势,特别是□□□,由于气候条件不利,德国可能近一时期停止其大规模的轰炸,英国空袭□□□□□□□□□□,之□□海军□□□。

不管冬季的困难条件如何,阿尔巴尼亚□□成为□的战事,仍不受影响地激烈持续着,上星期意军得到相当的增援,继续□□□□线各地带发动攻势,希腊继续坚持主动,不仅保有其原占地位,甚至还在□□地带前□,在这种情况下,已难希望意大利在最近的将来,就能在阿尔巴尼亚□□战场决定□□的进攻,希腊军队的主要目的,在攻取特贝里尼和发罗那，□如□□□□□方面得到胜利，意大利军队则将被迫退出他们所坚持着的阵地，意大利在阿尔巴尼亚希腊战线上不能□显著的胜利和它在非洲战事上遭受了严重的损失。□□意大利胁迫□□他们一九四一年的计划，《意大利民报》上写道：意大利军队目前有三个□□，□□把英国占领的属地限制在一定的范围。第二强制英国在达到目的地之前，遭受最大可能的时间上的损失。第三尽可能的使英军受到最大的损失，按目前情况，德国空军在地中海战场上，尚不能摧毁英国海军的控制权，也不足以影响英国任何□□的进展，格拉齐亚尼将军，根据在希提巴拉尼和多布鲁克作战的经验，显然决定将领土放弃给敌人，以免使他的军队受到被包围的危险，班加西——重要的海空军根据地失守后，意大利也失去从母国对希利纳卡意军，用海舰运送援兵和给养要通过的一个主要港口，意军在利比亚的处境，现在受到特殊困难，自遭受多次失败之后，北面部队强迫在两个月前，在不断受敌人压迫下后退六百多公里，格拉齐尼亚将军显然无法以他的军力阻止英军的前进。

东非战线英军的攻势胜利地开展着，当初意军企图阻止英军的进展，结果经苦战后，英军于二月一日占领了阿哥达特，包围了卡沙尔据点，发展了厄里特里亚的攻势，北路军队抵达托勒区，英军在该区进行，使厄里特里亚京城□斯马拉发生真正的危险，那儿离京城不到一百公里，远在阿比西尼亚东战线上，英军沿奴杜马根辽尔公路移动，如果把塔纳湖区阿比西尼亚部队的行动算在里面，英国这种行动对今后的战事发展，将发生重大的影响，除去这些方面英军在许多据点上，通过了阿比西尼亚的南面边界和意大利索马尼兰的边界，英军的集中攻势，逼迫意大利将领同时在东非几条相隔颇远的战线上进行战争，使意军处于特殊困难的环境，新的参战者在东非参战，戴高乐将军将法国的机械化部队在利比亚意方的后方出现，最近消息称，比属刚果有九万大军，据报有几师已经开往克第亚参加英军作战。（《红星报》）

由于地中海及非洲的战事日益发展，法国殖民地属地之重要性日大，此事可以解释交战国双方付于维希政府未来政策方向的斗争，最近达尔朗发表声明谓，法国海军之惟一权利，在于保卫法国殖民地属地，此项声明为英美报纸所赞同，法内阁最近实行改组，改组前达尔朗曾赴巴黎，而贝当亦曾与美大使李海会见。德国报纸所发表的声明指出柏林坚持欲使赖伐尔重任内阁协理，并视之为实行具体的法德合作政策的保证。贝当不给赖伐尔以内阁协理的职位，而只给他部长的职位，为赖伐尔加以拒绝。贝当自己承认此次改组中被撤职的部长，均是在十二月十三日赖伐尔辞职的维希事件中扮演重要角色的人。司法部长阿里培特辞职，为法德合作之赞助者巴特勒米所代替。巴特勒米的名字在一九三八年时常与捷克危机问题在报纸上出现，那时巴比要求实行与德国亲善的政策，法内阁改组时贝当认识必须严格限制各部长的职权。熟悉维希问题之外国观察家称，达尔朗在政治上最接近贝当，此外达尔朗严守贝当的指示。鉴于德法关系之严重化，外国报纸时常谓德国要求维希修改停战协定，并将比塞塔（在北非）及其他根据地让予德国，德军于去年十一月开入罗马尼亚，使英罗关系尖锐化。当时英国即已谓鉴于新的形势已发生，英国必须召回其驻罗京之使团。英国目前决定断绝英罗邦交（原电缺），土耳其报纸指出断绝邦交将使巴尔干的紧张局势愈严重，并可作为对巴尔干某几个国家的警告。关于此事，土耳其报纸提醒罗斯福特使多诺凡赴东南欧及近东旅行时，对若干巴尔干国家所作之劝告，英国派遣军队到新加坡及美国澳洲纽西兰关于三国在太平洋军事合作之谈话，引起东京极大之不安。同时外国报纸报导，日军集中于泰国及法属越南英国远东属地附近，日军尚源源到达法属越南。外国观察家将日、英、美在远东之军事措施，估计为将引起此等国家之相互敌对，以致于发展成为战争的措施。（《红星报》）

（原载一九四一年二月二十一日《太岳日报》第一版社论）

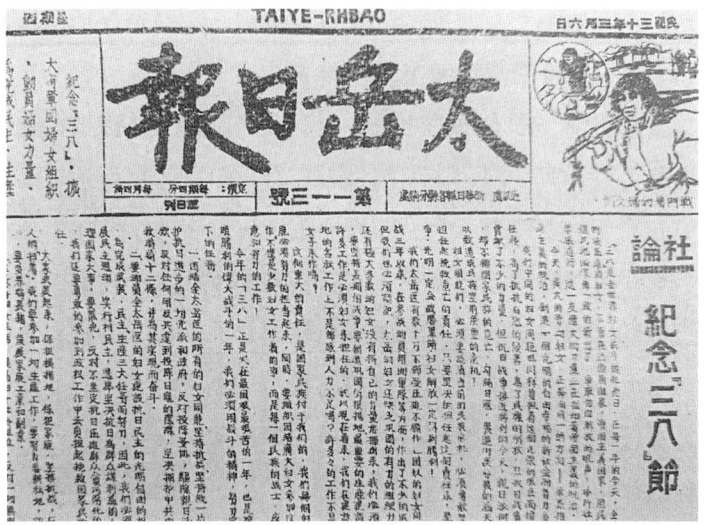

纪念"三八"节

"三八"是全世界妇女战斗的纪念日。在每一年的今天,全世界的被压迫的妇女,不管在法西斯国家、帝国主义国家、殖民地半殖民地国家都一致的发出了争取自由解放的吼声!举行壮大的示威游行,这一支伟大的力量正在摇动着帝国主义的统治。

今天,广大的劳动妇女,正奔向同一的方向——彻底推翻帝国主义的统治,创造一个光明的自由幸福的新社会而努力奋斗。

我们中国的妇女同胞也同样负担着这个光荣的艰巨而伟大的任务,为了抵抗日寇的侵略,为了民族的解放,在抗日战争上,贡献了不少的力量。但抗日战争接近胜利的今天，亲日派何应钦，却不顾国家民族的危亡，勾结日寇，制造内战分裂的滔天罪行，以致造成民族空前严重的危机！

妇女同胞们，必须要认清当前的民族危机，必须勇敢坚决的担任起挽救危亡的责任，只要坚决的担任起这个责任来，坚决斗争，光明一定会战胜黑暗，妇女解放一定得到胜利！

我们太岳区有数十万不愿受压迫不愿作亡国奴的妇女同胞。抗战三年以来，在参战动员帮助军队等方面，作出了不少的成绩，但我们也必须认识，太岳的妇女还缺乏巩固的有力的组织力量，还有极大多数的妇女没有将自己的力量发挥出来。我们必须认识，要坚持长期的战争，要创造巩固的根据地，最重要的生产建设等等许多工作是必须妇女来担任的。就以现在看来，我们在建设根据地的各种工作上不是都感到人力不足吗？许许多多的工作不是需要女子来作吗？

这个重大的责任，是国家民族付于我们的，我们每个妇女同胞必须努力的担当起来。同时，要组织团结广大妇女参加这些工作，不仅是少数妇女工作者的事，而是每一个民族的战士，应该注意和努力的工作！

今年的"三八"正是处在最困难最艰苦的一年，也是接近光明胜利的伟大战斗的一年，我们必须用战斗的精神，努力完成以下的任务。

一、团结全太岳区的所有的妇女同胞，坚持抗战、坚持统一战线，拥护抗日进步的一切党派和政府，反对投降妥协，驱除亲日派何应钦，反对任何用反共达到投降日寇的阴谋，坚决拥护中共中央挽救时局十二条，并为其实现而奋斗。

二、要动员全太岳区的妇女建设抗日民主的光明自由的根据地，为完成武装、民主、生产三大任务而努力。因此，我们必须：开展民主运动，实行村民主，选举坚决抗日为群众谋利益的人来管理国家大事，要罢免、反对不坚定抗日压迫群众贪污腐化的坏人，我们还要勇敢的参加到政权工作中去负担起挽救国家民族的责任。

大家武装起来，保卫根据地，保卫家庭，坚持抗战，反对敌人的"扫荡"。我们要参加一切生产工作，要努力春耕种地、纺花织布，要多养鸡喂猪，发展家庭工业和副业。

三、要改善妇女生活，提高妇女社会地位，反对一切无理的束缚压迫妇女的风俗习惯。

四、最后不要忘记，不团结就没有力量，没有巩固的组织就不能实现以上的任务。因此我们号召每个不愿作亡国奴的妇女同胞都要参加妇救会，团结在太岳妇救总会的领导下，努力向解放的道上迈进。

（原载一九四一年三月六日《太岳日报》第一版社论）

建议成立晋冀豫边区政府

去年八月，正当国际形势剧烈变化，国内投降危险与抗战困难空前严重的时候，冀南、太行、太岳行政联合办事处，像一座光辉四射的灯塔一样，在晋冀豫三千万人民面前出现了。半年以来，冀太联办在杨、薄、戎正副主任的英明领导之下，曾进行了无数造福广大人民的工作并取得了伟大的成绩。正如杨秀峰主任在八月十一日《新华日报》华北版上向晋冀豫广大人民所允诺过的：他粉碎了敌人割裂各个抗日根据地的阴谋，他粉碎了敌人孤立山地与平原，在经济上窒死我们的毒计，他巩固了整个华北抗日根据地的心脏地区——冀南与晋东南。最后，他交流了各地的工作经验，推动了工作的全面发展。

半年以来、冀太联办曾努力于统一晋冀豫边区各个抗日根据地的工作，并奠定了全区统一的基础，曾颁布了具有历史意义的施政纲领，曾颁布了各种抗日民主的进步法令。施政纲领与各种法令体现了建设抗日民主根据地的各种正确的政策，照顾了各个抗日阶层的利益，因而也就团结与动员了一切抗日党派和阶层来共同坚持抗战与建设抗日民主根据地。这是半年来冀太联办的伟大收获与其所以取得这些收获的原因。

但半年以来，国际国内形势又有了许多重大的变化和发展，并且正处在一个更加重大的变化的前夜，特别是华北敌后反对日寇的斗争，开始走上一个空前残酷的时期了，客观形势要求我们，必须有更加统一和华北的强有力的领导，才能使晋冀豫边区这一个战略的抗日根据地更加统一起来，加强冀南、太行、太岳各个抗日民主根据地的互相依托。在军事上的互相配合与在经济上的互相调剂，才能够发挥晋冀豫三千万人民的伟大力量。粉碎敌人在军事上的"囚笼政策"与经济上的封锁，才能够坚持晋冀豫边区，以至整个华北的抗战，才能迎接国际国内的新的更加重大的变化。这时候我们就不能不认为，冀太联办这一以联合各政府为基础的组织形式已经不足以担当这样重大的任务，而必须建立一个更高级的、强而有力的政权组织，这一个组织，应该是晋冀豫边区政府。

由于过去冀太联办曾坚持了正确的政策与进行了巨大的工作，事实上今天已经存在了建立这样一个政府的基础和条件，我们认为这一工作已经不是计划的问题，而应该采取具体的步骤使之迅速实现。我们认为：应该立即把冀太联合办事处改名为晋冀豫边区政府，然后再召集全边区的代表会议，正式选举——政委员会。同时，我们热烈拥护晋冀豫边区三千万人民的英明领袖在抗战事业上具有重大功绩的杨秀峰、薄一波、戎子和正副主任为边区政府的正副主席。

最后，我们号召太岳区的百万人民、群众团体、政府、军队，热烈地要求成立晋冀豫边区政府，并加紧我们在各方面的建设根据地的工作，来迎接晋冀豫边区政府的出现！

（原载一九四一年三月九日《太岳日报》第一版社论）

纪念孙中山先生

今天是孙中山先生逝世十六周年纪念日，在孙中山先生逝世十六周年纪念的今日，正是中国大地主大资产阶级的一部份与亲日派何应钦等，背叛国家民族，背叛三民主义，制造反共内战，制造分裂，制造投降，公然进攻新四军，决心破坏团结、破坏抗战的时候，在这个时候，来纪念孙中山先生，一方面使我们感奋，一方面不能不使我们更加痛心。

为什么使我们感奋呢？因为三年半来的抗日战争，不但是粉碎了日寇灭亡中国的野心，而且在很多的根据地区，真正的实行了孙中山先生手创的三民主义，实行了民主政治，改善了人民生活，结束了过去官僚政治豪绅政治，作到了还政于民。譬如陕甘宁边区、冀察晋边区，都普遍的实行了民主政治，建立了各级有权力的民意机关，选举了各级官吏，人民都获得了选举权、罢免权、创制权和复决权。太岳区也在"联办"领导之下，计划在今年春成立太岳区参政会议、各县参政会议、区参政会议，来促进民主政治的实施，并且逐步作到民选参议员，建立参议会。参议会不但对政府法令有创制权、复决权，并且有选举政府官吏和随时罢免政府官吏的权力。至于参议员，人民有随时撤回的权利，同时并且计划在今年夏天，实施村政治的民主建设，建立村民大会、村代表会议，民选村长副，人民对村长副和代表有随时罢免的权利，并且逐步实行区民主和县民主，人民可以直接选举县长、区长，或罢免县长、区长，这是孙中山先生民权主义的具体实施。

为什么今天纪念孙中山先生，不能不使我们更加痛心呢？因为大地主大资产阶级的一部份代表们，他们公开的背离了孙中山的三民主义，他们口头上喊"国父，国父"，口头上喊"总理，总理"，实际上是拿孙中山先生的三民主义作为军阀割据的工具，作为一党专政、涂炭人民的工具，作为贪污营私、勾结狐朋狗友的工具。十几年来，国民党一党专政的结果是什么呢？十几年来国民党当权派的内部生活，和过去北洋军阀有什么不同呢？没有，一点也没有，要说有，那就只有一句话，就是人民涂炭，国是日非。但是现在，大地主大资产阶级的代表及亲日派，不但不知悔悟，不但想把孙中山先生的三民主义作为他涂炭人民的工具，而且公开的背叛了三民主义，公开的要作人民的公敌、民族的罪人了。这种成天开口"国父"闭口"总理"的人们，居然这样江河日下、日益下流，怎能不使人更加痛心呢？

但是现在的时代和十年前的情形，已经大不同了。三年来的抗日战争，已经把中国人民团结起来，中国人民数十年来的经验，已经使全国人民知道了中国人民的道路，所以不管大地主大资产阶级的一部份代表与亲日派及汉奸汪精卫怎样玩弄三民主义、背叛三民主义、背叛孙中山，怎样欺弄人民，想把孙中山的三民主义变为投降卖国的工具，但大多数的人民，都是要为孙中山先生的真三民主义而斗争的。玩弄三民主义的人，一定要失败。所以今天纪念孙中山先生，一方面要坚决的反对亲日派、反对假三民主义，拥护中共十二条，讨伐亲日派的罪行，一方面要努力建设太岳根据地，实行真正三民主义，巩固根据地。只有这样才能使三民主义真正实现。

（原载一九四一年三月十二日《太岳日报》第一版社论）

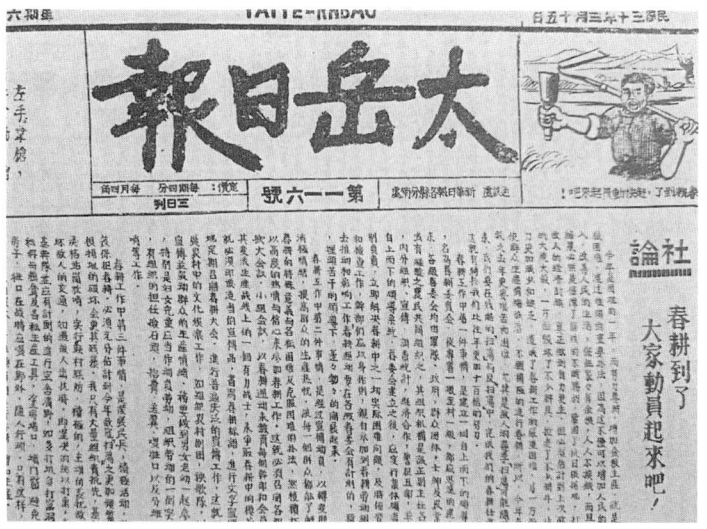

春耕到了,大家动员起来吧!

今年是困难的一年,而努力春耕、增加粮食生产,就是克服困难、渡过难关的重要办法,因为这不仅可以增加人民的收入,改善人民的生活,保证家家有余粮、人人不挨饿,而且其结果必然是保障了前线的不断胜利,巩固了抗日根据地,打破敌人的经济封锁,真正做到自力更生。但必须估计到上次敌人的大烧大杀,一方面毁坏了不少耕具,拉走了不少耕牛,生产力更加减少和缺乏,造成了春耕工作的严重困难;另一方面,使群众生产情绪低落,不愿积极的进行春耕。所以,今年春耕较之去年更要艰苦和困难,尤其是敌人的春季"扫荡"可能随时到来,我们要在残酷的"扫荡"与反"扫荡"中完成我们的春耕任务,这就有待于我们比往年更加十百倍的努力。

春耕工作中第一件事情,是建立一个自上而下的领导机关,名为春耕委员会,从专署一级至村一级,都应迅速的建立起来,各级春委会均由军队、政府、群众团体、士绅及农业专家或有经验之农民共同组织之,其组织机构是设正副主任各一人,内分组织、宣传、调查统计、经济合作、警卫五部,并建立自上而下的领导系统。春委会建立之后,应实行集体领导、个别负责,立即解决春耕中之一切实际困难问题,及时布置督促和检查工作,干部们应以身作则,亲自参加到春耕劳动组织中去推动和影响工作,春耕运动要在各级春委会有计划的、积极的、埋头苦干的领导下,蓬蓬勃勃的开展起来。

春耕工作中第二件事情,是经过宣传动员,以转变群众的消极情绪,提高群众的生产热忱,让每一个群众都能了解今年春耕的特殊意义与各种困难及克服困难的办法,然后积极的、以高度的热情与信心来参加春耕工作。这就必须召开各级干部扩大会议、小组会议,以春耕运动来教育每个干部和会员,使其变成生产战线上的一个有力战士,来争做春耕中的模范。这就必须印发适当的宣传品,书写春耕标语,进行文字宣传,各地定期召开春耕大会,进行普遍广泛的宣传工作,这就必须发展农村中的文化娱乐工作,如组织农村剧团、秧歌队,以扩大宣传并鼓动群众的生产情绪。务要做到男女老幼一起参加春耕,特别是妇女儿童应当作动员劳动、组织劳动的一个突击对象,有组织的担任捡石头、拾粪、送粪、喂牲口以及分班站岗放哨等工作。

春耕工作中第三件事情,是发展民兵,积极活动,实行武装保卫春耕。必须充分估计到今年敌"扫荡"之更加频繁,对我根据地的破坏会更其残暴,我只有大量组织青抗先、基干队,严格站岗放哨,实行联村联防,积极的、主动的袭扰敌人,破坏敌人的交通,如遇敌人出扰时,即坚决的给以打击,青抗先、基干队并应有计划的进行空舍清野,如多打坑多打窑洞,保有种籽与粮食及各种生产工具,涂房堵口、堵门窗,避免敌人烧房子,牲口在战时应喂在野外，随人行动。只有这样，才不至遭受敌人的破坏，才能顺利的进行春耕，增加生产。

劳力互助组织，既可以提高耕作效率，又能增进阶级团结，无论穷富，均所欢迎。如在战时，可随时转为游击小组，保护生产，或帮助掩护群众的转移或退却。

春耕到来了，大家动员起来吧，左手拿起枪，右手拿起锄，增加生产，保卫根据地。

（原载一九四一年三月十五日《太岳日报》第一版社论）

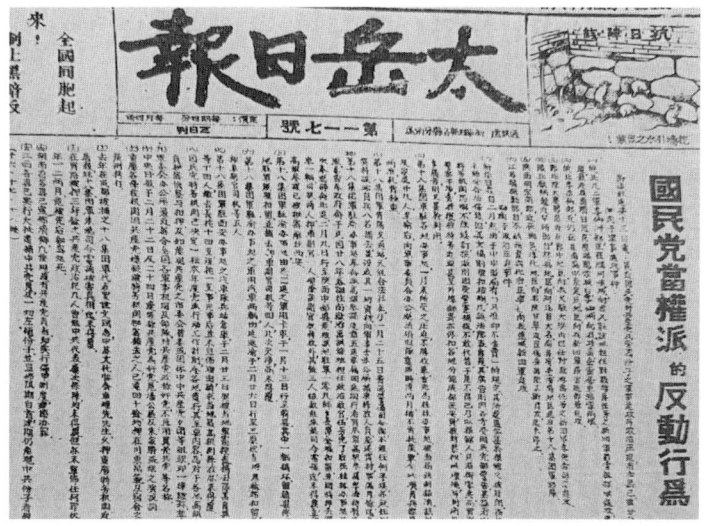

国民党当权派的反动行为

　　新华社延安十三日电：最近国民党对共产党及爱国份子之军事进攻与政治压迫有加无已，兹分志于次：

　　（甲）关于军事进攻事件：

　　（一）皖北九二军李仙洲部，正在□河流域向我久驻该地担任对敌游击任务之新四军彭雪枫部队进攻已有三□，最近我击溃日寇，克复涡阳蒙城后，李仙湖向我攻击，企图夺取涡蒙两城。

　　（二）皖北李吕仙部，近仍在往南路以东定远地区，向我新四军张云逸部队进攻。

　　（三）鄂北原大庆部队近在鄂中地区向我久驻大洪山□任对敌游击任务之新四军李先念部队进攻。

（四）豫北庞炳□近率所部，自林县地区向河北省大名、南集、□□、□阳地区进攻第十八集团军部队。

（五）陕西胡宗南部，近在栒邑淳化地区向我陕甘宁边区保安部队不断进攻，迄未停止。

（六）江苏韩德勤部，自不战而弃兴化后，正率部向我盐城新四军进攻。

（乙）□于政治压迫事件

（一）《新华日报》自二月起，由于中央当局有"只准印不准卖"的规定，其所遭遇实甚于报馆之被封闭，《新华日报》名头受合法保护，但其文稿则被扣被删，几无法发表意见，其广告则因各方受国民党部警告，□□看则因受特务机关恐吓，不□续订，报贩则因受警宪捕捉，不敢代售，于是不得已乃以报馆人员沿街零卖，而买者既被警察干涉，卖者复被特务追踪，甚至外埠邮寄亦停扣，各地分馆成都西安,□被封禁,似此环境，与封闭无异，许多痛苦则又甚于封闭。

（二）第十八集团军驻各地办事处，一月来所受之压迫，不胜枚举，首先为桂林办事处，被当局强制撤消，该处员兵及家属廿九人至渝后，向军事委员会办公厅请领□队护照，时达两月，犹不肯批□，□令此项员兵家属进退两难，耗费极重。

（三）第十八集团军贵阳交通站，□经合法存在，一月二十五日贵阳警备司令部不经任何手续亦无任何理由，突将该站员兵八名捕去，并没收其一切资材，向军委会办公所请求释放人员，□还资材，事隔月余进来得覆。

（四）第十八集团军驻渝办事处奉命派高级参谋边章五送家属回延，同行者有本军高级参谋李涛持有本军护照，□曾奉政府命于民国廿八年春调往南岳游击训练班担任政治教官，任务完了后在桂林办事处工作，此次奉总部命北返。二月九日行至陕西中部县，竟被该地驻军一零九师师长陈金城扣留，并同时□去军用卡车一辆、司机两人、押车副官一人，现除该副官被释放外，其余三人虽数经朱总司令当保，迄未得覆，并闻该李高级参谋已被秘密解往西安。

（五）第十八集团军驻渝办事处，由渝回延之军用卡车，于一月十三日行至韩县，其中一辆搞坏留韩县修理，被当地驻军无理扣留，并捕去押车副官、司机等四人，几次交涉，亦未得覆。

（六）第十八集团军驻渝办事处之军用汽车两辆，由延返渝，于二月廿六日行至三原，被当地运输站扣留，并捕去押车副官、司机等五人。

（七）第十八集团军驻西安办事处之汽车队兵站仓库，于二月廿三日突被当地军宪搜查捕去队长员兵及司机等十四人，缴去长枪十四支、短枪一支，事先事后并未宣布理由，请求当地最高机关释放亦求得覆。

（八）国民党特务机关已决定一种本年度党派行动工作计划，令各地遵行。其主要内容，为对于各地高级共产党员秘密侦察与扣押，及如发现共产党之市委会□委或团体中中国共产党党团等组织，即一律破坏，并逮捕之。

（九）军委会办公厅最近密令全国各军事机关及部队，对共产党改称奸党，不再用"异党""共党"等名称。

（十）《中央日报》于二月二十二日及二十四日连续称共产党为奸党，见潘公展及朱家□张维之演说词。

（十一）重庆各学校机关因共产党嫌疑被特务机关秘密捕去之人，已达四十余，均押在川东昆范及宿舍之内，备受严刑拷打。

（十二）去年在成都被捕之十八集团军代表罗世文同志，中苏文化协会车耀先先生，又押重庆特务机关，近闻已被屠杀，经十八集团军朱总司令电询被害真相，迄未得覆。

（十三）在□陪被押三年余之共产党政治犯九人，曾经中共代表屡次保释，均未得覆，但亦未宣布任何罪状，乃于本年一二两月，竟被先后秘密处死。

（十四）湖南省各县已宣布清乡，凡发现藏有共产党员者，即实行保甲制度，逮捕办罪。

（十五）江西各县已实行大批逮捕中共党员及一切左倾份子，并宣布限期自首，违期仍发现中共份子者杀无赦。

（十六、十七、十八缺）

（十九）成都生活书店、昆明生活书店、读书生活社均被封闭。

（廿）桂林生活书店、读书生活社，被限期停止营业，新知书店被封闭，即其他党派报纸如《社会报》《星岛日报》等，均被禁止出版。

（廿一）各种进步杂志，虽经中央图书检查委员会通过认为合法，亦被禁止发行，甚至为国民党所领导之中苏文化杂志，亦被禁止在外发行。

（原载一九四一年三月十八日《太岳日报》第一版社论）

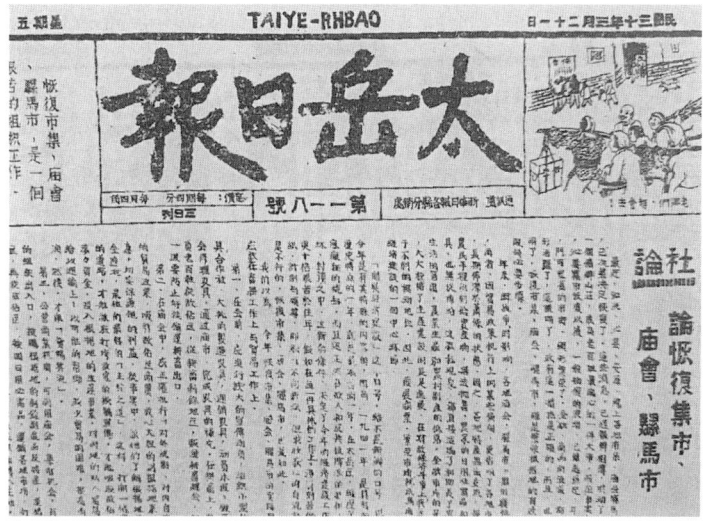

论恢复集市、庙会、骡马市

最近，沁源、沁县、安泽、口上等地市集、庙会、骡马市，已次第决定恢复了。这些消息，已经辗转相传，哄动了每一个偏僻山庄，成为老百姓最关心的一件大事。而在事实上，沁县集市恢复以后，一般物价的波动，已转趋稳定。年末，门可罗雀的市街，□形繁荣了。金融、商品的流通，都渐形活跃了，这说明了，政府这一措施是正确的，而且，也证明了，恢复市集、庙会、骡马市，确是繁荣根据地的有效手段与必要步骤。

年末，因战争的影响，各地庙会、骡马市，无形废弛了。再者，因贸易政策执行上的某些偏向，更影响了各地市集，长期停滞于萧条的状态。因之，各地特产无法交流，握在农民手里的剩余农产物，无法抛售，农家的日用必需品和农具，也无从补给，这种种现象，都直接造成了和助长了农民生活的窘困，农业生产和农村副产的低落，金融市场的呆滞，大大桎梏了生产建设的长足进展。在对敌经济斗争上，我遂陷于不利的被动地位。因此，发展商业、繁荣市场就成为开展经济建设的一个中心环节。

"开展经济建设"这个口号，虽不是新鲜的口号，但在今年是有其特殊的内容的，因为，一九四一年，是具有新的历史特点的一年，就是最艰苦的一年。在太岳区，经历了敌寇疯狂的烧劫，而且还正处在敌人和反共投降派的敌视、破坏、封锁之中。这新的条件，决定了今年的经济建设工作，更十倍艰苦于往年，假如在每一件具体的工作上，没有刻苦的组织、计划与领导，那种"不问耕种，但求收获"的自流论，是不行的。恢复市集、庙会、骡马市，也是如此。

我们以为，今年恢复市集、庙会、骡马市的实际目的，应放在春耕工作上与贸易工作上。

第一，在会前，应进行扩大的宣传动员，组织小型的农具合作社，大批的制造农具，运销农具，动员木匠、铁匠赶会修理农具，通过庙市，完成农具的补充。在耕畜上，要动员老百姓从敌占区，从耕畜剩余地区，贩运耕畜赶会，但，一边要防止奸徒偷运耕畜出口。

第二，在庙会中，应正确执行"对外统制、对内自由"的贸易政策，吸引敌占区商贾，放心大胆的到根据地来做生意，切实保护他的利益，从事实中，让他们了解根据地是黄金遍地，是他们最好的"生财之道"。这样，打开一条宽阔的道路，才能彻底打垮敌寇的欺骗宣传，才能吸取敌占区的滚滚资金，投入根据地的生产事业。对内地的私人贸易，并给以运输上，以可能的帮助，减少贸易的困难，提高商业利润，然后，才能"货畅其流"。

第三，公营商业机关，可利用庙会、集市机会，有计划的组织出入口，搜购根据地的剩余副产品及特产，运销敌占区，再从敌占区，换回日用必需品，运销各地市场，打破敌人的经济封锁，在经济斗争上，争取从被动转入主动。但，在进行换购时，需执行价格自由政策，禁绝以往"垄断收货""□官□""代购"等变相剥削方式。

恢复市集、庙会、骡马市，是一个艰苦的组织工作。这一工作，现在已在各地开始了。繁荣根据地，打开春耕难关，这一着，是极为重要的。

(原载一九四一年三月二十一日《太岳日报》第一版社论)

把武装和生产结合起来！

　　抗战以前在山东、河北、河南都有一些地方，因为年年有军阀的内战，年年受着军阀的蹂躏，所以，常常受军阀军队的抢掠、烧杀。起先大家总是绵羊一般，抱着逆来顺受的态度，想敷衍一时，但结果却是越加悲惨，所以后来便有人出来提倡自卫、提倡武装，一个村一个村的组织起来，推举上主持的人，规定出大家轮流放哨的规矩，村与村又规定上互相联络互相声援的办法，一遇有事，刹那之间"转牌"便一村连一村传遍各地，各地立作战时准备，坐□的坐□，侦探的侦探，准备打仗的准备打仗，准备隐蔽的准备隐蔽，一遇敌人到来，则号令一下，附近各村壮年男子便在统一指挥之下，集合一处，守住要隘与敌人周旋。

初时有些人有点胆怯,到后来越打越惯,所以每次战斗常常缴获不少,有时甚至大股军阀部队也常被他们缴械。因此有些逃兵散匪,一遇他们,便绕道而过,不敢进犯,否则就会被他们解决。日子长了,他们不但解除了以前所受的苦痛,而且把打仗习以为常,至于一些零星散匪,就是小孩子也会把他们逮捕起来。

生存就是斗争,尤其是在日寇侵略之下的今天,更是如此。我们用不着再走冤枉路,用不着再从多年的痛苦中去找道路。武装的敌人,只有武装起来打他,才会把他打出去。拿武器来抢掠我们的敌寇只有拿起枪杆子来,才会打碎他的脑壳。"左手拿枪,右手拿锄""一面打仗,一面种地""一面武装杀敌,一面从事生产""又是老百姓,又是指战员",说不是兵都不是兵,说是兵都是兵,把武装和生产结合起来,把日常生活和战争生活结合起来,敌人不来,从事生产,敌人来了,就上阵杀敌。

今天我们的太岳区,大家要武装起来并不难,要办法,早就有一套办法摆在我们面前,从整个方面说起来,这就是我们的主力兵团八路军和我区的主力决死队,还有地方游击支队及各县区地方游击队,还有人民武装自卫队。主力、游击队、自卫队,这是保卫根据地、打敌人的一架整个机器。这一架机器的三部份,是缺一不可的,假设光有主力军没有游击队自卫队配合,主力军就成了光杆,顾东顾不了西,顾南顾不了北,而且还有被人打屁股的可能;假设光有自卫队,没有游击队,就不能分区灵活作战;假设有自卫队游击队没有壮大的主力军,在战时就不能消灭大股敌人。所以这架机器要配合的好,那就什么敌人也能打破他的脑壳,就人民武装自卫来谈,现在的自卫队、基干自卫队、青抗先,就是人民武装自卫的一套好办法。这套办法比以前河北、河南、山东人民自己想出来的办法还要严密些,现在这套办法,虽然因为有些地方把他弄坏了,弄的使人不高兴,但这是不难纠正的,这并不是办法错,办法还是好的,只要大家再好好工作起来,一定会比以前河北、河南、山东各地人民自己创造的更好,更有作用些。

只要人人齐心努力，我们想一定会很快的发展起来的。太岳人民的优秀，并不下于其他地方，太岳区人民的勇敢，并不下于其他地方。难道说我们就甘于落后吗？

现在春耕到了，春耕中间的问题很多，而武装起来，把武装和生产结合起来，却是今年的一件大事，是我们太岳区人民切身的一件大事。所以第一我们要求一切热血男儿起来，踊跃的参加主力军，参加决死队，没有主力你没有打敌人的头脑；第二普遍的广泛的组织人民自卫的武装，基干自卫队、青抗先及一般自卫队，武装打击敌人，保卫家乡。此外我们还要求一切政府机关团体及一切名流士绅及一切先进人士出来，到处宣传，处处提倡，号召人民参加主力军，组织人民武装，把武装与生产结合起来。只有这样，我太岳区的人民，才会成为不可战胜的力量，才能保卫我们的自由和幸福。

（原载一九四一年三月二十四日《太岳日报》第一版社论）

开展群众的文化娱乐运动

最近几个月以来,特别在政权、群众团体的领导机制检讨了过去一年,并计划了今后一年工作后,很显然地,太岳区是有了一种新的气象,一扫去年敌人"扫荡"以来的沉闷空气,在各地,从领导干部到每个群众,都在热烈地讨论着如何解决春耕困难,如何调剂耕牛、制造农具,如何恢复旧市集、组织新市集,如何解决群众食盐与布匹的困难等,与群众生活有密切关系的问题。——这些事情不但已引起了广泛的讨论,并且确已在政府与群众团体的领导下逐步实现。这个变化当然不是一件小事情,而确实关系全区人民生活的幸福与前途。

但同时我们却也不能不指出,这还只是注意到了改善群众生活的一方面，物质生活方面，而在另一方面，精神生活方面，大家仍是注意得非常不够的，这就是说，直至今日，根据地内还缺乏一种活泼愉快的空气，在人民的精神上仍是相当枯燥单调而缺调剂的，我们觉得造成这种现象的原因，首先就是缺乏群众性的文化娱乐。

抗战的三年来，不少同志习惯了严肃的政治生活，自然是好的，但我们并不能因此而否认了文化娱乐的作用与意义：文化娱乐生活在全部生活中，往往如同饭后喝的水一样，它是可以帮助人们消化那些比较硬性的东西的；也往往如机器上的机油一样，可以帮助除去泥垢，促进机器的转动的；文化娱乐可以刺激与兴奋人的精神，可以恢复疲劳，提高人们在生活中的兴趣。正因为如此，所以它对于任何人，特别对于整天劳动的群众，是决不可缺少的东西。

而文化娱乐的作用还不止于此，更重要的，在于它是宣传教育群众，提高群众文化政治水平的重要工具。这种透过技术形式而对群众进行的教育，是比较那些简单的硬性的讲演式的教育，更为深刻而有力的。因为它与群众生活有着密切联系，它用具体的形象和故事，描绘了群众要哭要笑的事情，给群众说明道理，指明出路。

那么我们应该怎样开展文化娱乐运动呢？我们认为必须从利用旧有的文化娱乐组织开始——恢复旧有的组织，并在原有的基础上加以改造与发展，在这里我们就必须反对轻视群众旧有的艺术形式与艺术组织的观点，必须认识，一切伟大的艺术首先必然是属于群众为群众服务的，群众创造出来的东西并不卑下，因为它包含着真正的人生，真正的痛苦与快乐，诚然由于旧社会统治者的压迫与伪造，有些民间艺术是沾染上了腐化有毒的东西的，但我们可以加以分别与改造，而不能根本鄙视。

要想利用旧有的文化娱乐组织：第一，就须要了解、研究它，像秧歌班、自乐班等各种各样的组织形式。这就要求我们虚心、耐心地向群众学习。第二，就须要团结旧有的文化娱乐组织中的骨干，如"班主""挑高的"

等群众发掘出来，并加以适当教育，就会走上新的不可限量的前途。第三，就要帮助这些旧有的组织在原有的基础上提高，使他们的组织带有自觉的明确的抗日性质，逐渐取消内部一些不合理的制度，最需要的，还是供给他们具有新内容的新的材料！这些材料，我们不一定要自己制作，可以把意见告诉那些农村艺术家，由他们编制好再加以修改，同时我们觉得农村知识份子，特别是文救会员也应该担负起这一任务来。

在恢复或建立起这种组织来以后，就应该逐渐使之巩固，并使之经常活动，这种活动应该适于每个时期的建设根据地的任务，在目前就是春耕与武装。

（原载一九四一年三月二十七日《太岳日报》第一版社论）

维护廉洁政治，反对贪污浪费！

在将近四年的血与火的斗争中，我们不但粉碎了敌人所企图套在我们脖子上的奴隶锁链，而且也从根本上改造了我国几千年来的封建黑暗政治，这种政治是少数特权者对广大人民的压榨与凌辱——"官老爷"们的公开贪污与合法的掠夺，和他们在贪污与掠夺的基础上所建立起来的骄奢淫逸的生活。将近四年以来，在我们根据地内，这种政治一般地是被消灭了：我们的行政工作人员过的是艰苦的生活，他们已经废弃了薪饷制度而代之以津贴制，并且逐渐建立了预决算制、金库制和上下级的检查制，以及开始走向群众对政府财政经济的监督，这样的廉洁政治，不只是几千年来，在封建皇帝的专制制度下未曾有过，就是自从所谓建立"民国"的三十年来，也始终未曾把这种廉洁政治的任何气味让人民尝嗅过。

但我们并不能以此为满足，而廉洁政治的完全实现，直到今日，还应是我们一个努力的目标。贪污勒索的现象在个别地方仍然是存在的，我们必须认识，中国旧社会所遗留给我们的官僚制度的毒菌，不是一天两天就能消灭的，彻底地完全地实现廉洁政府的过程，是一个长时期的斗争和教育的过程，所以必须在各方面展开维护廉洁政治的教育，必须启发一切抗日人民起来，勇敢大胆地向社会与政府的不健康现象作批评，必须对个别地区存在着的贪污欺诈浪费勒索的现象开展斗争，只有这样才能彻底扫除贪污现象，完全实现廉洁政治。

第一，我们必须认识实现廉洁政治，绝不是一个简单的口号，而是有其重大的革命的意义，他可以打破中国历来在政治上腐化黑暗的恶劣传统，打破官贵民贱的官僚制度，也就是为新民主主义共和国的建立奠定了下层基石。一个社会或国家的性质，往往首先表现在政治上，敌后根据地内，由黑暗贪污的政府之改变为清白廉洁的政府，这就表现着中国社会，由半封建的社会向新民主主义社会的进步和推移。

第二，他保证行政人员的生活，不致和人民生活隔离太远。不致像过去某些官僚们那样，他们吃的是山珍海味，而人民却连一顿稀米汤也喝不上。而这种政府行政人员与人民生活的接近和一致，也正是加强政府与人民团结一致的重要前提。

第三，在他的影响下，会造成一种行政人员廉洁奉公、艰苦工作、为人民模范的优良作风与优良传统。只有在这种作风与传统的发扬下，人民才能真正起来拥护政府，把政府当作他们引路的明星，当作维护他们利益与解除他们痛苦的唯一的"亲人"。也只有在这种情况下，才能发挥全体人民的积极性，和不畏难苟安、艰苦奋斗、一往直前的精神，才能争取抗战与革命的最后胜利。

第四，由于中国革命的特点是长期的武装斗争，那么，要想争取中国革命的胜利，就势必要有足以支持这个长期武装斗争的充足的人力和财力，首先在抗日战争中就是如此。因此，就要求我们每一个抗日人民，特别是行政工作同志，要有远大的眼光，要懂得节省一文钱、一粒米，对整个革命胜利所具有的重大意义。而廉洁政治的完全实现，对这一点是有保证作用的。

所以实施廉洁政治，这是一件大事，是一件革命的事业。因此我们每个干部应该注视这个问题，应用一切方法，来开展反贪污浪费的斗争，保证廉洁政治的完全实施，不要把他当作一个平常的口号而忽略过去。

（原载一九四一年四月三日《太岳日报》第一版社论）

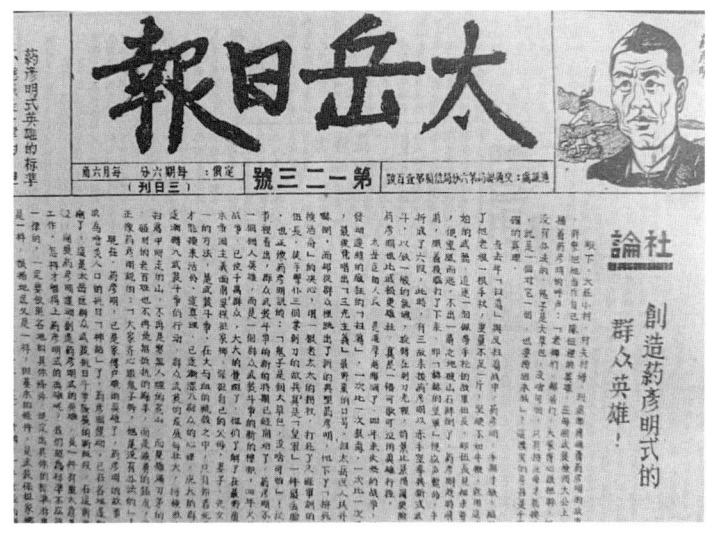

创造药彦明式的群众英雄！

眼下，大庄小村，农夫村妇，到处都传诵着药彦明的故事了，群众把他当作自己队伍里的英雄，在每个武装检阅大会上，传播着药彦明的呼声："老乡们，邻居们，大家齐心跟他干，他是没有办法的，鬼子是大草包，没啥可怕，只有拚死命才能换活命，就是一个对它一个，也要捞回本钱！"这朴实的号召是千真万确的真理。

当去年"扫荡"与反"扫荡"战中，药彦明，手无寸铁，临时抓了他老娘一根手杖，重量不足一斤，坚硬不如牛鞭，就用这顶原始的武器，追逐一个佩带手枪的敌军伍长。那伍长见他来势勇猛，便望风而逃，不出一箭之地被山石绊倒了，药彦明趁时飞跃上前，照着后脑打了下来，那"赫赫的皇军"便应声毙命，手杖也折成了六段。此时，有三敌来援，药彦明以赤手空拳与新式武器搏斗，以铁一般的气魄，旋转在刺刀光里，情景比景阳岗更险恶，药彦明也比武松更雄壮，真是一桩可歌可泣的英雄行径。

太岳区的人民，是越摩越□□了。四年来火热的战争，敌寇发动连续的疯狂的"扫荡"，一次比一次狠毒，一次比一次残酷，最后竟唱出"三光主义"最野蛮的口号。但太岳区人民并没有吓倒，而却从群众里跳出了新的典型药彦明。他下了"拚死命，换活命"的决心，用一根老太太的拐杖，打死了久经军训的敌军伍长，徒手击仆三个拿刺刀的敌兵，真是"皇军"一件最丢脸的事。也正像药彦明说的："鬼子是个大草包，没啥可怕！"从这故事里看出，群众武装斗争的新的时期已经开始了。药彦明不仅是一个个人英雄，而是一个群众武装斗争的新的标帜。四年火热的战争，已使千万群众，大大的觉醒了，他们了解了在最野蛮的日本帝国主义面前，要保卫家乡，保卫自己的父母、妻子、儿女，唯一的方法，是武装斗争。在火与血的烧杀之中，只有拚着死命，才能换来活命。这真理，已逐渐深入群众的心里，庞大的群众已逐渐转入武装斗争的行动，群众武装的发展与壮大，将使敌人在"扫荡"中所走的山，不再是寥无人烟的荒山，而是插满刀矛的刀山，碰到的老百姓也不再是无抵抗的绵羊，而是骁勇的猛虎。这也正像药彦明说的："大家齐心跟鬼子干，他是没有办法的！"

现在，药彦明，已是家传户晓的英雄了，药彦明的故事，已成为脍炙人口的抗日"神话"了，药彦明运动，已在各地蓬勃展开了，这是太岳区群众武装抗日斗争发展的新阶段。在这新阶段里，开展药彦明运动，创造药彦明式的英雄，是一件有重大意义的工作。怎样才够得上药彦明式的英雄呢？我们认为标准不应该是一律的，一定要依照各地的具体条件，规定出具体的标准：游击区是一样，根据地区又是一样，但基本的条件，是武装保卫家乡、保卫根据地的最勇敢坚定的份子，是一手拿锄、一手拿枪的群众英雄。

把药彦明的号召，更加深入到群众里去，从群众里创出万千个药彦明式的英雄，作为群众武装、自卫武装保卫春耕的基本力量。只要能够这样，太岳区便能够成为铜墙铁壁的根据地。

（原载一九四一年四月六日《太岳日报》第一版社论）

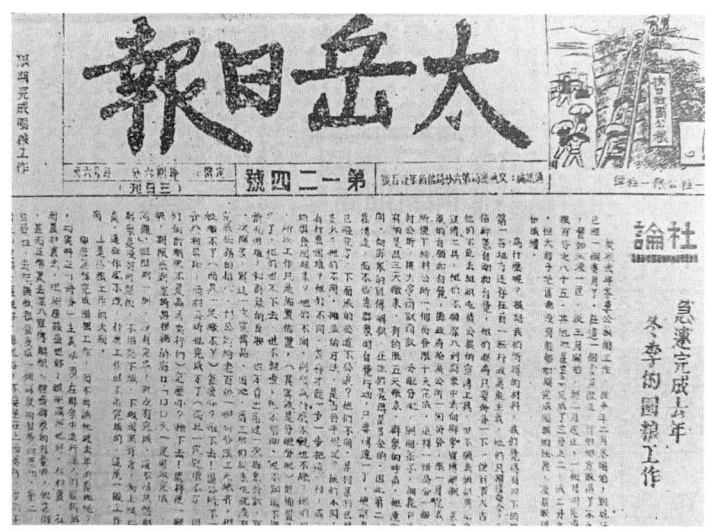

急速完成去年冬季的囤粮工作

征收去年冬季公粮的工作，从今年二月末开始，到现在止，已经一个多月了。在这一个多月里边，有的地方取得了不少收获，譬如沁源一区，从三月开始，到三月底止，一个月内完成了公粮百分之八十五。其他地区也有的完成了三分之二，或二分之一的。但大部分地区都没有能够如期完成囤粮的任务，没有取得应有的成绩。

为什么呢？根据我们所得的材料，我们觉得有以下的原因：第一，各地方还存在着一种行政万能主义，他们只相信命令，而不相信群众自动和自觉，他们认为只要命令一下，便百事大吉，所以他们不能去组织囤积公粮的宣传工具，也不愿去组织与动员各种宣传工具，他们不愿深入到群众中去向群众宣传解释，来启发群众的自愿和自觉。县政府给区公所一个命令，限一月完成，区公所便下给村公所一个命令限十天完成。这样一级命令一级，及到村公所，则大家商议商议，分配分配，开开条子，向□户去要。有的是限三天缴来，有的限五天缴来，群众的呼声，他连问也不问。向群众的宣传解释，在他们觉得是多余的。因此第二，他依靠传达，而不依靠群众的自觉行动，只要传达一下，便认为任务已经完了。下面派的公道不公道？他们不问，某村某村已经囤了多少？他们不问，摊派的方法，是否合乎规定？他们不问，下面有什么困难？他们不问，怎样才能一步一步把这一村或这一区的粮食囤起来？他们不问，群众为什么不说也不缴？他们也不问，所以工作只是布置布置（其实就是分配分配），他布置已经好久了，他们也不下去，也不□查，也不帮助，也不知道下级工作情况困难和群众的反映，也不曾出席过一次群众会议，宣传过一次群众，写过一次宣传品。因此，第三他们从来也就没有按期完成任务的信心。村公所给老百姓一个命令限三天缴齐，但老百姓缴不了（而且一定缴不了）怎么办？拖下去！区公所下一个命令给村公所，而村公所也完成不了（而且一定完成不了，因为他们的计划就不是为着实行的）怎么办？拖下去！这样便一级拖一级，期限来到，空夸无根据的海口。"□□天一定可以完成，没有问题。"但限期一到，没有完成，就没有完成。这不用只怨群众，群众是没有可怨的，不用怨下级，下级固然有责，而上级也要负责。这种作风不改，什么工作也不能完成的。这是一般工作的通病，也是公粮工作的大病。

那么怎样完成囤粮工作，而不再让他蹈去年的覆辙呢？第一，切实纠正"命令"主义，必须在群众中进行深入的宣传组织，到农村里去，组织座谈会也好，组织讲演也好，在村里，在间里，甚而在乡里去深入宣传解释，启发群众的自觉性，依靠群众的自觉性，去把征收粮食变成一个群众的自觉的运动。第二，切实纠正"空谈"，区也好，县也好，不要坐在上面等待，要到下面去，到村里去，去检查检查，派的对不对，合理不合理，去帮助下级想想办法，帮助帮助下级，定出个步骤，试验试验，方法不对，改造改造，不成功再想想看，并且帮助他们做出些成绩看看，只有这样工作才会有效果。第三，切实认识今年囤粮工作的严重性，密切配合，按期完成囤粮工作。但这并不是说：放弃一切，抓一把，或是改变中心工作，目前的中心工作，依然是春耕工作，目前我们的口号，依然是"一切为着春耕的胜利完成"，一切放□春耕和春耕自流，这都是不对的。

（原载一九四一年四月九日《太岳日报》第一版社论）

春耕的劳动互助组织问题

　　所谓劳动互助组织问题，一般地就是指人类劳动力，与耕牛、农具的互助组织问题。其目的不外乎：一、解决缺乏人力、耕牛、农具的农户之困难。二、尽量发挥现有的人力、耕牛、与农具之作用，使不致于浪费。三、加强组织性，在可能范围中，提高生产技术，以提高生产率。但是这几个目的，并不是同等重要的，而应以解决缺乏人力与牲畜与农具之困难为主，因为这些困难如果不能设法解决，春耕就不能顺利进行。至于其次两个目的，只能是在主要目的解决了之后的次要的问题，假如第一个问题不能得到解决，其次两个问题是谈不到的。

　　有些同志说："组织起来总比不组织好。"这也不是绝对的。如果组织的不得法，就不但不会提高群众的生产情绪，反而会得到相反的结果，这所谓"得法不得法"主要地在于这种组织是不是能为群众所接受、所拥护——更进一步说也就在于这种组织是否符合于今天中国农村中的生产关系，群众的生产习惯。因此，我们就必须了解中国农业生产的特点。

中国农业生产的特点，第一就在于它是私有性的生产，一般农民多半是用自己的劳力，使用自己的耕牛、农具，耕耘于自己的土地上（缺乏土地、耕牛、农具的贫苦农民，他们的生产也并不能超出这个范畴）。第二就在于它是小规模的生产，一般农民多半是以家为单位耕耘着小块的土地（富有土地的地主、富农除自己耕耘有一定限度的土地外，其余的土地则分成小块出租出去）。由于中国农业生产的这两个基本特点，就决定了在中国现社会中，企图实现高度组织性的"集体劳动"，根本是不可能，因而也就根本是错误的。自从抗战以来，中国社会阶级关系有了新的变化，各个抗日阶级在共同对付日本帝国主义的原则下，"风雨同舟"，互相帮助解除困难的精神是提高了，但中国农业生产上的基本特点并未改变。所以，在今天提高农业生产，主要的还不是提高技术的问题（在现有生产的关系下，根本也就不可能高度提高生产技术），而是正确执行政策的问题。

所以，我们认为：春耕劳动互助工作，主要的应该放在"调剂"上。也就是说，在各个农户私有的小规模生产的基础上，由各个农户互通有无，由自己多余的劳动力、耕牛、农具，换取其他农户一定的劳力或报酬。这种互助，一般应从最小的行政单位内作起，如邻、闾、村等，在小范围内不能解决的问题，再提到较大的范围中设法解决。基于此，春耕组织，在基本上，也应该按照行政单位划分。

至于各农户间，相互调剂的具体条件，则应由双方自行规定（如：换工、记工、给工资、给粮食、人工换牛工、管牲口草料，以及由于双方感情不要报酬等）。政府春耕委员会，或任何方面均无权强迫。只是为了沟通有户与缺户之间的关系，可以由春耕委员会召开双方的联席会议，帮助与促进各个农户的自愿互助。并对双方订立的契约，加以保证与监督。同时，对与双方在道义上所负的责任，可以加以规定：有户不应故意抬高价格，居奇勒索。缺户必须保证，对所借的耕牛农具加以爱护，不得有任何损害，否则应按价赔偿。

此外，在群众完全自愿的原则下，还可以组织两家或两家以上农户的"合耕小组"，用共同的劳动力、耕牛、农具，耕耘共同的土地（当然也可按工计酬）。还可以组织群众进行开渠、修滩、开荒等集体性的工程——这类工程一般可用劳力入股，工程结束后，再按股份多少，分配土地或使用水利的权利。

（原载一九四一年四月十二日《太岳日报》第一版社论）

怎样组织春耕竞赛

为了造成春耕热潮，提高群众生产积极性，在春耕中组织春耕竞赛是十分重要的。因为竞赛：一、可以激发群众高度的生产热情，提高群众在生产中主观的努力与创造性，而主观的努力与创造性正是克服春耕困难的主要条件。二、可以刺激群众提高技术，提高在可能范围中的组织性与计划性。三、可以加强各个竞赛单位间互相的学习，促进经验的交流，因为谁如果不愿落在别人后边，那就必须学习别人的优点，使它成为自己的。四、可以促进一个竞赛单位内部互相的推动与督促，克服一部分人的怠惰现象。

可是，怎样组织春耕竞赛呢？

我们认为，首先要确定竞赛的内容，这种竞赛内容的确定，必须是根据竞赛的目的而来。那么，今年春耕竞赛的主要内容，就应该是"加强互助调剂，克服春耕困难！"更具体地可以分成下列几项：一、各个竞赛单位经过调剂后而耕耘的土地之多少。二、动员新的劳动力（妇女、儿童、游民）参加春耕的多少。三、全部土地早期完成春耕的程度，□"没有一块荒地，没有一个闲人！"这一口号实行的程度。在这四点中便以第一点为主。

在竞赛的方式上，是多种多样的，但基本上可以分成三种。一、两个单位的竞赛（甲村对乙村，甲间对乙间……甲户对乙户，甲个人对乙个人）——这一种方式常常出于一方挑战一方应战。二、许多单位同时竞赛（某区各村之间的竞赛；某村各间之间的竞赛……）——这一种方式常常出于上级领导机关的号召，或同级各单位联席会议的决定。这一竞赛的优胜者就成为某区的春耕模范村，某村的春耕模范间……三、创造劳动英雄——这一种方式是确定出劳动英雄之一定标准，合乎标准的就可以成为劳动英雄，而不在于他对旁人竞赛的胜负。

一般说来，春耕竞赛最好以各种春耕组织（春耕大队、春耕小组）或个人为单位，也就是以行政区域、个人为单位。但同时，各个群众团体，也可以在某些具体项目上，举行相互间的竞赛（如竞赛创造劳动英雄的数目、竞赛植树、妇女与儿童竞赛养鸡等），同时更应通过各救组织动员会员在一般竞赛中起积极作用。

在整个竞赛过程中，还必须注意以下几个问题：一、竞赛挑战的项目必须是十分具体、明确而又切乎实际的（实际可以作到，并有法子搜集材料），那种大而不当、过于繁□竞赛，往往只是一个空形式。二、在竞赛之前必须有足够的宣传动员，使参加竞赛的每个成员都详细了解竞赛的意义与内容，并愿为争取其胜利而努力。——只是上层少数几个人号召一下子，而大多数人根本连知道也不知道的竞赛是不会□到效果的。三、在竞赛的动员中，必须着重指出某部竞赛的原则——在"互相帮助，共同进步"的基础上来竞赛，而绝不是只为了自己夺锦标，甚至去破坏别人——以克服可能发生的偏向。四、在竞赛的过程中，必须注意到在每个小段落反时的总结，发扬优点批评缺点，以促进经验的交流。必须注意竞赛的坚持贯彻，坚决与"半途而废""虎头蛇尾"的现象作斗争。五、必须组织富有经验的老农民或有威望负责任的人士，组成"评判委员会"——确定□□的评判方法。并建立起经常的检查与搜集材料的工作来，最后的评判必须充分慎重，否则就会"前功尽弃"，给满腔热情的竞赛者浇一头冷水。六、由于各竞赛单位间土地、人口等数目不一定相等，可以按经调剂耕耘的土地对土地总的比例数及参加劳动的妇女儿童对全体妇女儿童的比例数评判优劣。八、最后评判后对优胜者必须有足够的□□与□□。

（原载一九四一年四月十五日《太岳日报》第一版社论）

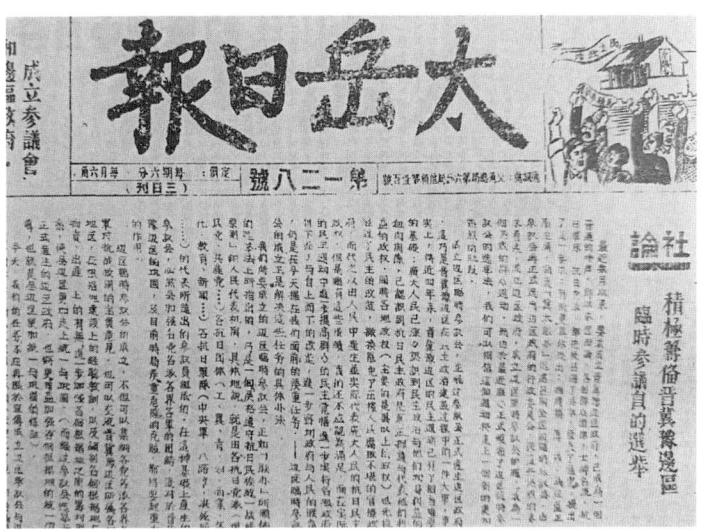

积极筹备晋冀豫边区临时参议员的选举

最近数月以来，要求成立晋冀豫边区政府，已成为一个普遍的呼声。即以本区而论，各个群众团体、士绅名流、抗日军队、抗日党派，都先后召开了会议，发表了通电，提出了这一要求。有的更具体提出：拥护杨、薄、戎，为边区正副主席，拥护"冀太联办"迅速召开全区的临时参议会，由参议会再正式选出边区政府的行政委员会。从这些热烈的要求看来，成立边区政府、成立边区临时参议会的确已成为一个热烈的群众运动。而由于最近联办正式颁布了边区临时参议会的选举法，我们可以相信这个运动将走上一个新的更加热烈的阶段。

成立边区临时参议会，并经过参议会正式产生边区政府，这乃是晋冀豫边区在民主政治建设过程中的一件大事。事实上，将近四年来，晋冀豫边区的民主运动已有了相当雄厚的基础：广大人民已深深认识到民主政治与他们切身利益的血肉关系，已认识到抗日民主政府是真正拥护与代表他们利益的政权。同时各地政权（主要的是县以上的政权）也先后经过了民主的改造，撤换罢免了压榨人民腐败不堪的官僚政府，而代之以由人民中产生并实际代表广大人民的抗日民主政权。但是虽有这些成绩，我们还不应认为满足，而在实际的民主运动中进一步提高群众的民主觉悟，进一步实行各级政府自下而上与自上而下的改造，进一步密切政府与人民的联系，仍是在今天摆在我们面前的严重任务——边区临时参议会的成立正是解决这些任务的具体办法。

我们所要成立的边区临时参议会，正如"联办"所颁布的选举法上所指出的，乃是一个"严格遵守抗日民族统一战线原则"的人民代表机关，具体地说，就是由各抗日党派（国民党、共产党……）、各抗日团体（工、农、青、妇、商业、文化、教育、新闻……）、各抗日军队（中央军、八路军、决死队……）的代表所选出的参议员组成的。在这种基础上产生的参议会，必然会加强各党各派各界各军的团结，这对于晋冀豫边区的巩固，及目前时局严重危险的克服，都将要起重大的作用。

边区临时参议会的成立，不但可以集纳各党各派各界各军对抗战救国的宝贵意见，也可以交流晋冀豫边区所属各个地区，在根据地建设上的经验教训，以及调剂各个根据地在物质、出产上的有无，进一步加强各个根据地之间的密切联系，使全边区更加走上统一与巩固。（而经过参议会选举而正式产生的边区政府，也将更日益加强各个根据地的统一□导，也就是全边区更加统一与巩固的保证）

今天，我们的任务不应再限于宣传成立边区参议会与边区政府的必要，而应该采用具体的办法使之实现。即筹备成立太岳区参议员筹备会，成立各县代表筹备会，以及其他如妇女、商业等团体代表的筹备会，并按照"联办"指示吸收各党各派各界各军的代表参加筹备会，用民主而郑重的推选产生参议员。同时更应该深入地教育群众了解成立参议会的意义，进一步广泛开展群众性的民主运动，用热烈的群众性的民主运动迎接"七七"四周年边区临时参议会的成立。

（原载一九四一年四月二十一日《太岳日报》第一版社论）

迎接晋冀豫边区临时参议员的选举

晋冀豫边区的临时参议会快成立了，这是一个有权力的临时参议会，他可以选举晋冀豫边区行政委员会的委员，他可以制定与晋冀豫全区人民生活息息相关的临时单行法规，筹备正式参议会的成立，这是根据地民主政治的新阶段。太岳区是晋冀豫边区的一部份，所以临时参议会的成立与太岳区百万人民的生活是分不开的。今日本报二版公布了晋冀豫边区临时参议会参议员的推选办法，并且在社论里特别号召全区人民拥护边区参议会的成立和临时参议员的推选。

现在在太北临时参议员的推选已经开始了，我太岳区的推选筹备委员会和各县的推选筹备委员会，也正在准备成立来开始进行推选临时参议员。太岳区要推选多少参议员呢？根据临推选办法的规定，太岳区是十九个人，计各县各推选临时参议员一人，太岳区的妇女界推选二人，商业联合会推选一人，职工会推选一人，文化界推选一人。谁有推选的权力呢？各抗日党派有推选的权力，各救国会——工农青妇都有推选的权力，商界、妇女界、文化界、新闻界都有推选的权利。谁有被选的权利呢？不管何党何派何人，什么性别，只要年满十八岁的抗日公民都有被选的权利。怎样推选呢？先要由各党派、各救国会、职工会、文化界、商界、新闻界、妇女、有组织无组织的人，推选出他们的代表来，再由代表们选举他们愿意选举的临时参议员。

这是我区民主政治的一个新阶段、新设施，这是关系各界各团体日常生活的，关系根据地巩固的一件大事。他们今天由我们选举出来，明天就代表我们，决定边区政府的行政人员，就决定关系我们日常生活的临时单行法规，像工人们的工资、工作时间、劳动保护，像土地问题、地租问题、债息问题、税收问题，人民言论、出版、集会、结社等自由权利的保障问题，各级政府的改进和选举罢免政府官吏的问题，这些问题决定的好不好，都关系我们今后的生活、今后的利益。所以怎样选举出公正的能替我们讲理并且管理政府的参议员，选举什么人作参议员，这是关系抗战又关系我们日常利益的一件大事。所以现在各党派各团体各界人士，应该怎样来筹备这个推选，选择推选的人，到处讨论商量推选的事情，到各处去接洽推选的意见，准备出来当选，到处发表自己的意见，争取自己或自己所爱戴的人当选，现在已经不能再等待了。

那么现在都该作哪些事情呢？第一，各党派各团体各界赶快督促各地筹备会成立并开始工作。第二，各级政府、各级救亡团体、各界人士、各党派，赶快用文字、用嘴把这些事情宣传出去，解释给会员们听，解释给亲戚朋友们听，解释给家里人听，使他们都知道这个消息，都知道这件事情，都知道这件事情和我们的关系。第三，各团体各界即刻动员会员们来参加这个推选,并且详细商定各自推选代表和代表产生的办法,各村各地会员推举代表的人数、产生的步骤等以便进行推举代表的工作。第四,各党派各团体各界到处商量,各方接洽,或是用开会的方法推选候选人,并且到处接洽,保证自己候选人的当选。

现在太北的推选已经开始了,来,大家快来迎接我太岳区临时参议员的选举。

(原载一九四一年四月二十四日《太岳日报》第一版社论)

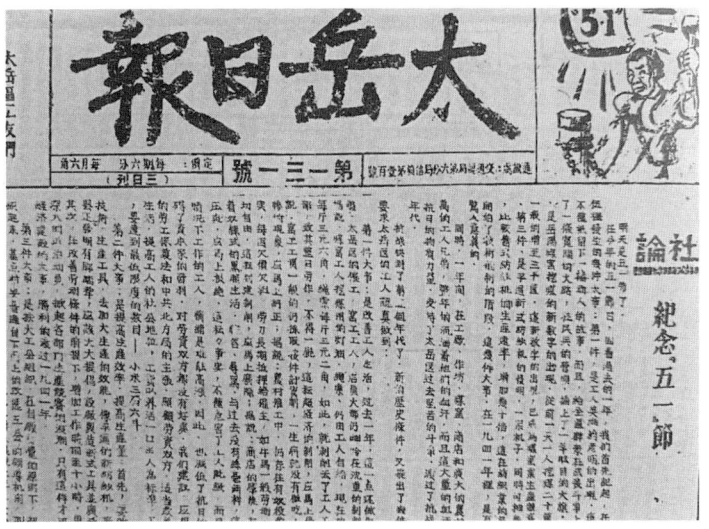

纪念"五一"节

明天是"五一"节了。

在今年的"五一"节日，回看过去的一年，我们首先记起，在工人队伍里发生的几件大事：第一件，是工人英雄药彦明的出现。这件事，不仅只留下一桩动人的故事，而且，给全区群众在武装斗争上，打开了一条宽阔的大路，在民兵的营头，插上了一竿眩目的大旗。第二件，是岳阳煤窑挖煤的新数字的出现，从前一天一人挖煤二十筐，现在一般的增至三十筐。这新数字的出现，已成为煤窑业生产竞赛的火引。第三件，是平遥新式纺纱机的发明，一架机子，同时可抽几十根线，比较旧式纺纱机的生产速率，增加几十倍，这在纺织业的发展上，开始了技术的新的阶段。

这几件大事，在一九四一年里，是有着特殊惊人意义的。

同时，一年间，在工厂、作坊、煤窑、商店和广大的农村里，成千万的工人兄弟，整年的流洒着他们的血汗，而且这大量的血汗，已变成抗日的物质力量，支持了太岳区过去艰苦的斗争，渡过了抗战的第四年代。

抗战快到了第五个年代了，新的历史条件，又提出了几件大事，要求太岳区的工人认真做到：

第一件大事：是改善工人生活，过去一年，这一点还做得十分不够。太岳区的雇工、窑工工人、店员大部仍呻吟在沉重的剥削之下。据说：煤窑工人挖煤用的灯油、绳索，仍由工人自给。现在植物油，每斤三元六角，绳索每斤三元二角，如此，就剥削去了工人工资的大部，致其整日劳作，不得一饱，这种超经济的剥削，应马上停止；据说：窑工工资一般的仍采取按件计资制，一生病就没有饭吃，这种凄惨的现象，应马上纠正；据说：农村雇工中，仍存在有奴役劳动的事实，每因欠债欠租，劳力长期抵押给雇主，如牛马一般劳动，失掉一切自由，这种封建剥削，应马上废除；据说：商店的学徒，有的仍过着奴隶式的黑暗生活，鞭笞、辱骂，与过去没有丝毫两样，这些封建压迫，应马上根绝。这种种事实，不仅危害了工人阶级，而且在这种情况下工作的工人，情绪是难能高涨。因此，也减低了抗日的生产，妨碍了资本家的营利，对劳资双方都没有好处。我们建议：应根据联办的劳工保护法和中共北方局的主张，照顾劳资双方，适当改善工人的生活，提高工人的社会地位，工资以养活一口半人为标准，工资折米，要达到最低限度的数目——小米三石六斗。

第二件大事：是提高生产效率，提高生产量：首先，要改进生产技术、生产工具，去加大生产的效能，像平遥的新纺纱机。据说：沁县还发明有脚踏犁，应该大大提倡，设厂制造新式工具并广泛推行。其次，在改善劳动条件的前提下，增加工作时间至十小时，更要通过深入的政治动员，掀起各部门生产竞赛的浪潮。只有这样才可能完成经济建设的大事，胜利的渡过一九四一年。

第三件大事：是扩大工会组织，在自愿自觉的原则下，把工人组织起来，基点村要普遍自下而上的改选工会的领导机关，加强工人的民主生活，和民族、民主教育，从工人群众提拔土生土长的工人干部。其次成立棉山煤铁矿工人联合会、太岳煤铁矿工人联合会，成立公营工厂工人联合会，使工会成为工人的学校和根据地的有力支柱。

第四件大事：是在工人群众中，大批创造药彦明式的工人英雄，把工人武装起来，使他们一手拿着斧头，一手拿着武器，随时准备战争，进行武装保卫工厂。在战斗到来时，卷入对敌的武装斗争，完成工会的"农村雇工会员三分之二参加基干队、青抗先，集体工人全部参加工人自卫队"的武装计划。

太岳区工友们，举起手来庆祝"五一"！发扬"五一"的斗争精神！

（原载一九四一年四月三十日《太岳日报》第一版社论）

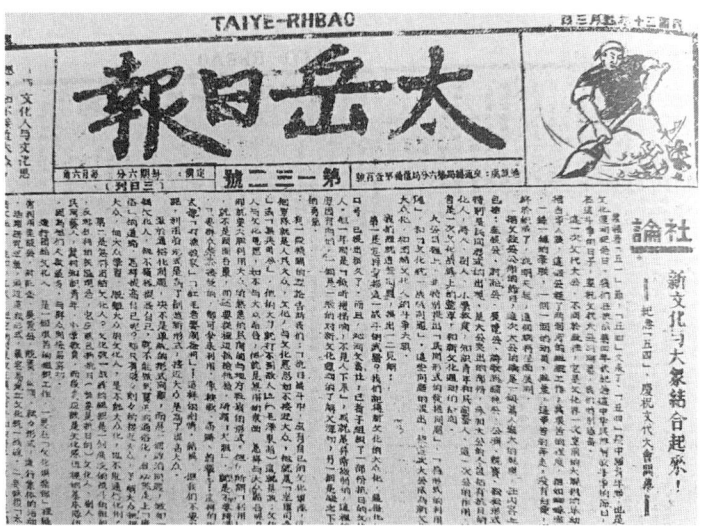

新文化与大众结合起来!

——纪念"五四",庆祝文代大会开幕

紧接着"五一"节,"五四"又来了,"五四"是中国青年节,也是新文化运动纪念日。我们在抗战第四年代纪念这中华民族解放斗争的节日,又在这斗争的日子,庆祝文代大会的开幕,我们特别感奋。

这一次文代大会,不同于既往,它是文化界一次空前的大规模的举动。据当事人谈,这个会经了两个月的组织工作,其艰苦的程度,犹如蜘蛛缀网,<u>一丝一丝</u>的牵联,一个一个的动员,但是,这辛苦的奔走,没有白费,网终于织成了,从明天起,这个网将全面展开。

据文救会公布的节目，这次大会的确是一个惊人宏大的规模，在内容上，包括：座谈会、讨论会、展览会、诗歌朗诵晚会、公演、竞赛种种形式。特别是民间形式的出现，是大会突出的部份，参加大会的人：包括有抗日的文化人、诗人、剧人、小学教员、知识青年和民间艺人。这一次会的作用，不啻是一次文化战线上的整军和新文化运动的检阅。

大众日程上，并特别提出"民间形式的发掘问题""旧形式的利用问题"和"文化统一战线问题"。这些问题的提出，使这次大会成为新文化大众化和团结文化人的斗争大旗。

我们想就这些问题，提出一二见解：

第一是怎样掌握这一战斗的武器？我们记得新文化的大众化、通俗化的口号，已提出很久了。而且，沁河文艺社，已着手组织了一部份抗日的文化人。但一年向是"只听楼梯响，不见人下来"，成就是异常微弱的，这里的原因有两个，一个是一般的对新文化运动的了解欠深切，另一个是缺乏下手的勇气。

有一段精辟的□论告诉我们："抗日战斗中，应有自己的文化军队，这个军队就是人民大众，文化人与文化思想如不接近大众，他就是'空军司令'，或'无兵司令'，他的火力就打不到敌人。"（毛泽东语）这就是说：文化人与文化思想，如不与大众结合，他就是无用的东西。怎样与大众结合呢？那就要大胆利用大众所熟悉的民间的与地方性质的形式，但□所谓"利用"，就不是囫囵吞枣，而还要从里边挑捡挑捡。所谓"大胆"就是不要踌躇，只要群众乐于接受的，都可拿来利用，像秧歌、高跷、旧戏……这样的形式像"打渔杀家""红毛老婆闯徐州"……这样的剧情、结构，但我们不要忘记，利用旧形式是为了创造新形式，接近大众是为了提高大众。

至于通俗化问题，决不是单纯的形式问题，而是一个政治问题。假如一个文化人，他不积极提高自己，就不能做到真正的通俗化，且必然走上"庸俗"的道路，怎样提高自己呢？却只有时时刻刻的接近大众、了解大众、把握大众，向大众学习。脱离大众的文化人，是不能大众化，也不能通俗化的。

第二是怎样团结文化人。文化统一战线的组织是一个广泛的战斗的组织，反对任何的狭隘观念，它应该包括抗日（只要是抗日的）文化人、剧人、民间艺人、农村知识青年、小学教员，而后者应该是文化队伍里的基本队伍，因为他们人数最多，与群众关系最密切。

进行团结文化人，是一个艰苦的组织工作。一要在"文化俱乐部"里经常利用座谈会、讨论会、展览会、竞赛、公演种种形式，进行集体的活动，活跃研究空气，通过这种形式，最容易建立文化统一战线。二要恢复"太岳文化"，并加以充实，把它的对象放在广大青年知识份子上边，通过他们去影响大众。这个刊□，要真正做到"大众的园地"，在太岳区，掀起创作的热潮。三要大量的输送文化粮食，到农村中去、工厂中去、军队中去，解救"文化的饥饿"，一边有计划组织图书的流通，一边有计划进行新书的采购，上边的办法，有的已经提出很久，今天是做的问题了。

我们今天的新文化运动，决不是建造"文化之□"和交际的"沙龙"，而是要□□巨大的力量，配合对敌军事的、政治的、经济的斗争，展开反奴化、反愚昧的文化斗争，是抗日战争一个重要的组成部份。我们以无限热情，庆祝大会的胜利！

（原载一九四一年五月三日《太岳日报》第一版社论）

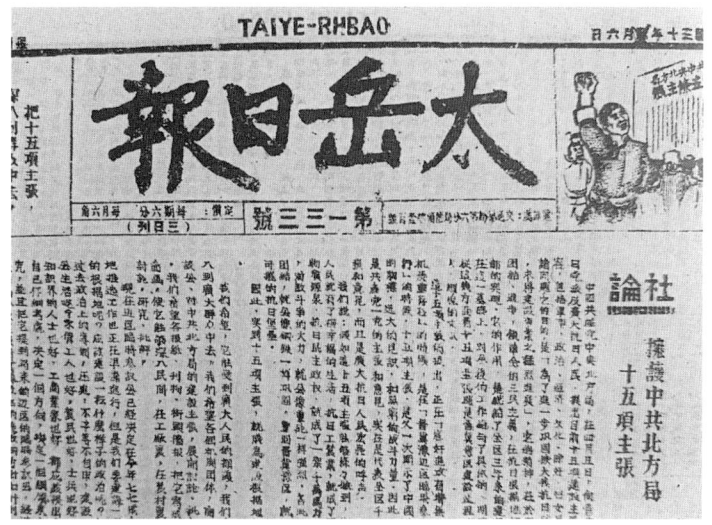

拥护中共北方局十五项主张

中国共产党中央北方局，在四月五日，向晋冀豫区各抗日党派及广大抗日人民，提出目前十五项建设主张。它的内容，包括军事、政治、经济、文化、除奸、妇女及少数民族诸问题。它的目的，是"为了进一步巩固扩大我抗日民主根据地，求得建设事业之猛烈进展"。它的精神，在于坚持抗战，团结、进步，使革命的三民主义，在抗日根据地里彻底的全部的实现。它的作用，是总结了全区三年来的建设工作，而且在这一基础上，对今后的工作给与了具体的、明确的方针，从这几方面看十五项主张确是晋冀豫区建设过程中，无比伟大、辉煌的口口。

这十五项主张的提出，正在"寇奸进攻有增无已，抗战危机严重存□"的时候,是在"晋冀豫边区临时参议会行将举行"的时候。十五项主张,是又一次显示了中国共产党伟大的胸襟、远大的见识和无穷的战斗力量。因此,它就不仅是共产党一党的主张和意见,实在是代表全区千万人民的主张和意见,而且是广大抗日人民宏亮的呼声。

我们说:假如这十五项主张能够条条做到,那么抗日人民就有了极幸福的生活,抗日工农业,就成了取之不尽的物质源泉,抗日民主政权,就成了一架千万马力的行政机器,对敌斗争的火力,就会像重炮一样强烈。各□□、民族的团结,就会像钢铁一样巩固。整个晋冀豫区,就变成了坚不可摧的抗日堡垒。

因此,实践十五项主张,就成为建设根据地的必由之路。

我们希望,它能受到广大人民的拥护,我们希望它能深入到广大群众中去,我们希望各个机关团体,开讨论会、座谈会,对中共北方局的建设主张,展开讨论、批评或补充。我们希望各报纸、刊物、街头墙报,把它写成文章,画成图画,使它能够深入民间,在工厂里、在农村里展开自由的讨论、研究、批评。

现在边区临时参议会已经决定在今年七七成立了,现在各地推选工作也正在准备进行,但是我们要建设一个什么样子的根据地呢?应该建设一种什么样子的政治呢?怎样来扫除过去政治上的专制、压迫、不平等不自由,建设一个新的社会生活呢?不管工人也好,农民也好,士兵也好,文化界及知识界的人士也好,工商业家也好,都应该提出意见,都要自己仔细考虑,决定一个方向,决定一个纲领来,大家互相研究,并且把它提到将来的边区的临时参议会,经过大家的讨论作为今后建设晋冀豫边区的施政的方针和计划,管理晋冀豫边区的政治。只有这样抗日根据地的政治,才能按照大家的意见去建设,并且实现大家的意见,以保障根据地的巩固和根据地人民的自由与幸福,才能实施真正民主政治,结束过去官僚体制的专制政治。

(原载一九四一年五月六日《太岳日报》第一版社论)

加紧人民武装保卫春耕

　　从二月到现在，各地的春耕工作，在各级春委会领导之下，已经取得了不少的成绩，有的地方正在胜利的完成着今年春耕的任务，有的地方则正在开展着热烈的春耕的浪潮，同时在春耕的浪潮中也涌出了不少的劳动英雄和许多值得赞扬的故事。如妇女的参加生产，如夫妇竞赛耕种，如□□村长以自己的耕牛代贫苦抗属耕种，如□□村□妇女自己耕地耙地下种等许多值得人人赞扬、人人钦敬的模范故事。春耕是已在胜利的开展起来，并且正在完成着今年春耕的任务。

　　现在是时候了，现在我们应该在大家的面前响亮的提出加紧人民武装保卫春耕保卫生产的口号来了。我们应该响亮的提醒大家，我们必须要知道我们的时代是一个战争的时代，我们的根据地就是战争的根据地，没有战争的胜利，就没有我们的根据地，就没有我们的自由和幸福。我们必须要响亮的提醒大家，今后华北的"扫荡"与反"扫荡"战争，必然更加频繁，我们要自由、要幸福、要胜利、要打垮敌人的"扫荡"，我们就要时时刻刻准备战争，学习战争，组织大家的战争。我们打破悲观失望，我们也要打破太平观念，悲观失望是没有出路的，太平观念，是必然自己麻痹自己，我们应该记取去年"扫荡"的血，记取去年"扫荡"的恨，记取去年"扫荡"的教训，要秣马厉兵，要艰苦奋斗，要整军经武准备力量，给敌寇以无情的打击。作到这样，我们才可以伸出手来说：胜利是我们的。

我们的春耕工作，是正在热烈的开展着，但是检查检查我们的保卫春耕保卫生产的工作怎么样呢？我们保卫生产的工作还差的很远，我们的武装自卫队还没有普遍的组织，联村联防的工作还没有建立，战争的准备，如空舍清野的工作还没有何等准备，我们还没有领导群众来整军经武准备战争。有些地方好像已经忘记了我们是在战争环境之中了。我们有些工作的干部，政府或群众团体的领导干部，他们也好像忘记了我们是在战争之中了，他们从来也不在群众中提醒群众一句，从来也不提醒群众使群众来进行必须的准备。他们布置的工作很多，然而没有一件是提到武装的。他们在工作的布置上，已经忘记了今天的战争环境，已经忘记了去年"扫荡"的血和恨，已经忘记了去年"扫荡"的教训。他们不知道战争是无情的，不知道战争是不肯等待你的准备的，他们口头喊武装是巩固根据地的中心一环，然而事实上他们在他们的工作布置上，早把所谓中心一环这个问题忘掉了，事实上他们丝毫没有把握住所谓中心，而是破坏了中心。

现在我们应该响亮的向各方面提出来，现在是时候了，一切要围绕着武装，一切要为着战争的胜利，一切要服从武装，一切要服从战争的胜利。真正的领导人民整军经武、秣马厉兵，只有这样才能真正领导人民，只有这样才能巩固根据地。

（原载一九四一年五月九日《太岳日报》第一版社论）

推选边参参议员的宣传动员工作

要想把一件事作好，必须先叫大家明白这是一件什么事，为什么要作这件事，怎样去作这件事——叫大家把这几点弄清楚之后，再去作，一定能收到事半功倍的效果。这种"叫大家明白"的工作，就是宣传动员工作。

边区临参会推选参议员的工作，在本区已开始正式进行了。太岳区推选参议员筹备委员会已正式办公，并决定第一期工作之主要内容为宣传动员，也决定了第二第三期工作中，应该继续深入宣传动员工作。我们认为在此次推选参议员工作中，首先强调提出宣传动员来，是十分正确的。

在推选参议员工作中，应该宣传那些东西呢？我们以为：第一，应该进行广泛而深入的民主宣传，叫每个抗日的老百姓明白民主政治的好处，明白过去皇帝专制的坏处，明白"只许州官放火，不许百姓点灯"的痛苦。叫每个抗日老百姓明白民国以来，军阀、官僚与国民党一党专政所造成的恶果——国民党一党专政十几年，进行了极惨酷的内战，杀了无数中华民族最优秀的子女，到处漫延了天灾人祸，后来专出了一个"九一八"，带进来一个日本帝国主义，使民族命运达到生死边沿；叫每个抗日的老百姓明白三十年来山西的黑暗政治给人民增加的痛苦——各种各样的苛捐杂税，巧立名目、想尽办法来剥削人民，用这些剥削人民血汗得来的钱，来供给腐败不堪的政府机关、荒淫无耻的官僚生活。第二，应该广泛展开反对敌伪残酷统治与反对亲日派反共派挑动内战的宣传，使每个抗日的老百姓明白实行民主政治是与赶走日本帝国主义分不开的，是与打垮亲日派反共派的投降分裂阴谋分不开的。第三，应该广泛宣传，边区临参会是个什么东西，它有什么权利，它是谁提出来的，是谁决定的，参议会中怎样实现"三三制"等。叫每个抗日的老百姓明白为什么要成立边参与边参的重要。第四，应该广泛宣传怎样推选边参参议员，太行区一共推选几个参议员，什么人可以当选参议员，到什么时候应该推选完。叫每个抗日的老百姓明白推选参议员与他本身的关系，因而进一步积极参加推选活动。

在宣传动员的方式方法上，我们想到几点：一、首先，最重要的要发动各级干部讨论，为什么要成立边参，边参的性质，提出的经过，参议员的推选办法等等，首先使干部真正认识这个工作。二、太岳区以至各县，有计划地出版定期的推选参议员的报纸、专刊，发动各党、各派、各界主要负责人写文章，发表谈话，刊登推选活动，竞选人的历史、谈话、文章，一般人民的感想、意见、期望，以及诗歌、小品等。三、发动太岳区以至各县的剧团、农村剧团、秧歌班，举行公演，组织民主运动的晚会（在目前可与春耕晚会一同举行），发动各党、各派、各界主要负责人以及竞选人，竞选人之赞助人，发表演讲。第四，组织各种讨论会、座谈会、讲演会、学校讲课、宣传队、街头宣传等。第五，强化各县以下的宣传机构，县筹参会下应设宣传部（由教育科、各救宣传部负责），区设宣传组（由区教育干事负主要责任，由各救干部协助，形成集体领导），中心村设宣传站（由中心小学校负主要责任，其他干部协助），各村小学教员为主要宣传员，但村长应帮助其解决事务上的困难（如召开晚会等），农村剧团应成为下层主要宣传武器。

边参推选工作时间日益迫近了，全区的宣传工作者、艺术家、文化人、作家们，全区各党各派各界的领袖们，全区人民中有威望的人士、政治家们，赶快展开你们的宣传活动吧！

（原载一九四一年五月十二日《太岳日报》第一版社论）

发掘民间艺术

——散论《茂林计》

《茂林计》的出现,就像平地一声惊雷,震荡了太岳区。据三次公演的结论,可以说这一剧本影响群众的深广程度,从宣传效果上看,胜过十万言的宣传文字,或一千人的巡回演说。从此,民间艺术的启用与发掘,被强调的提到宣传战线和文化战线上来了。

究竟什么叫民间艺术?

民间艺术是群众生活的产物,它与群众的生活,是血肉关联着的。它是群众智慧的一种表现,它传播群众的呼声,而为群众所喜闻乐见。民间艺术的种类,高级的形式有大戏、章回小说，低级的形式有评词、鼓书、秧歌、小调、民歌。

今天，我们针对着《茂林计》（大戏）这一种形式，谈谈民间艺术问题。

《茂林计》，表现了民间艺术的什么特点：

一、文字的口语化——民间艺术，以往常被人认为是"封建的"。不错，从历史上观察，民间艺术是屡次被封建的贵族艺术所盗窃、修改，但是被盗窃、修改之后，往往脱离了群众，不为群众所欢迎。真正土生的民间艺术，它仍是群众所喜爱的，它作为语言的文字，充分表现口语化这一特点，大胆放入民众日常语汇，既朴实而不精练，既生动而活泼，很少咬文嚼字，很少撇文绕牙。群众一听就懂，所以他留恋不舍。二、表现的强烈性——这是民间艺术的最大特点，是某些新的形式所不及的。在脸谱上，用白脸表示"奸"，用红脸表示"忠"，用紫脸表示"正"，丑角脸上涂白粉线，带圆纱帽翅的，表示狡诈，从脸谱上表现人的特性，刺激最强烈。在动作上、音调上也是如此。这种表现法不仅符合群众的习惯，而且适合于群众的理解力。三、结构的完整性——民间形式，一般的不采用片段的写法，而采用原原本本的写法，有头有尾，一个角色开口先介绍个人，一个剧本开头先介绍剧情，使群众清清楚楚的摸住了头脑，才能耐心的听下去。这一些特点，说明了民间艺术为群众所欢迎，不是没有原因的。

但是旧形式，仍有他落后的一面，因为这种形式，历代为封建统治者所利用，使它的发展大大落后于群众生活的发展，有的部份就成为死的格式，不能容纳进步的多样的内容，但从《茂林计》的演出，这种形式仍不失为抗日宣传的锋利的武器之一。

我们从宣传的效果上着想，教育大众着想，都应该深刻了解"不接近群众，你的火力就打不到敌人"，而且"不迁就群众的水平就不能提高群众"。新形式的创造是万分需要的，但是"新形式不能从'无'中产生出来，而是从旧形式的扬弃中产生出来"。因此，今天提出民间形式的发掘问题是有着实际的战斗意义的。

怎样发掘呢？

文化人那就要认真的研究它，只有透彻的了解它，才能切实辨别那些是应保留发展的，那些是应割弃舍掉的，囫囵吞枣的搬弄，是欺人又欺己的办法。不过把利用旧形式，当做轻而易举的事，那样，你必不能掌握旧形式，使他驯顺□服从你，反会为它所束缚。如此，发掘民间艺术的中心目的是达不到的。

其次，就要发掘埋藏在民间的艺术人材，这些人材是生长于群众之中，而本身就是农民工人群众的一员。他们的水平就是群众的尺度，他们的语汇就是群众的语汇，他们的情感是与群众的节节合拍的。怎样把他们组织起来、提高起来，是发掘民间艺术的重要工作。高尔基常常指出，伟大的作家，将在工农群众中出现，《茂林计》的创作，就是一个证明，像《茂林计》这样的剧，必须多多的创作，同时必需普遍的公演，这种群众的艺术形式必须大大利用，同时把他提高，这就是抗日文化人的责任了。

（原载一九四一年五月十五日《太岳日报》第一版社论）

拿武装斗争打击敌寇征捕壮丁

据息:"日寇近应德国要求,在最短期间将由中国征调五十万华工,赴欧参战,闻敌方现已在敌占区中,开始着手强征壮丁。"又息:"敌寇近为准备南进,将于最短期内在敌占区大批征调壮丁,组织大量伪军前往南洋作战。"

这些骇人听闻的消息,最近完全证实了:

据本报特讯:"敌在同蒲沿线,猖狂捕捉壮丁,光洪洞一地,近几天功夫,就抓去壮丁三百多人,连从前抓去的已达两千余,同时平遥敌人,也藉要苦工为名,一间抽两个,最狡猾的是以唱戏诱惑,当场捕捉,霍县被抓去的也不下千人。"敌寇这两只血污的手爪,到处狂舞,不仅限于同蒲沿线,在河北、河南、山东、都受到了这痛心的祸害,在正太线、在平午线，兵车辘辘终日不断，不知已有多少热血青年，落进了虎口，死无葬身之地了。现在，敌占区广大同胞，莫不谈虎色变，陷于极悲苦的境地，又莫不发指□□，恨敌入骨。

我们回想往日，敌人捕捉壮丁的事件，已不止千次百回。但这一次更加凶酷，更加毒辣；这次不仅像牛马一般奴役，而且像奴隶一样贩运了。观察，此次敌寇捕征壮丁的阴谋，包括有"一箭三雕"的内容：一是赶往德国做抵押品，交换德国的军火。二是弥补其兵力不足的死症，把中国大批青年送入狗咬狗的战场，做肉弹，当炮灰。三是正当我春耕时候，大事搜捕壮丁，以破坏我们的劳动力，削弱我们的抗日力量。其所采取的方式，是捕捉、强征、钩诱三管齐下。

既被抓去，所受的折磨与污辱，是难以想像的。据在霍县的跳车脱险的樊明志谈："敌人把我们捆了出来，装到没顶的火车里，临走时发给一块钱，说路上再不管吃喝。当时，我父亲在车外嚎哭，真钻心痛，当时就想一拚，可恨手捆得死紧，沿路吵闹的，到站就拉下去枪崩了，有的头皮叫打得稀烂，离开崞县（他的家乡）三天，人都饿得不能动颤了。"

这仅是一小部事实，但这已够寒心。被运走的，那就休望生还了。

父老们，你们愿你的儿子这样活活送死吗，青年们，你们愿这样冤枉的死去吗？可是既被抓走，就算上了□钩，既被运走，就算下了油锅。那就恨之太迟，悔之太晚了。

可痛心的，在敌占区，还有些人在敌寇威胁下，存有侥幸心理，于是"维持、维持"吧，前三十、后五十的送去，岂不知，日本帝国主义的兵员越打越少，帝国主义战争越打越凶，这张血盆大嘴是填不满的，把儿子送进火坑的事，是绝对不起儿孙，又对不起祖先的。

怎么办？有办法！药彦明说得好："在敌人面前，只有拚死命，才能换活命。"只有斗争，才能生存。游击区的同胞们，要武装起来，组织青抗先、游击队；以广泛的游击战争打击敌寇，缩小敌占区保卫家乡，敌占区的同胞们要组织起来，大家一气反对敌寇捕捉壮丁，破坏敌人捕捉壮丁的阴谋，不要给敌人任何捕捉壮丁的机会。组织壮丁像樊志明一样，解救自己的苦命运，回到祖国的怀抱里来。根据地的同胞们切实的武装起来，发展人民武装自卫队，基于自卫队、青抗先。一手拿枪，一手拿锄，以保卫家乡，准备反对敌人的任何时候的"扫荡"。

我们大声疾呼：以武装斗争，打击敌寇捕征壮丁的阴谋。

（原载一九四一年五月十八日《太岳日报》第一版社论）

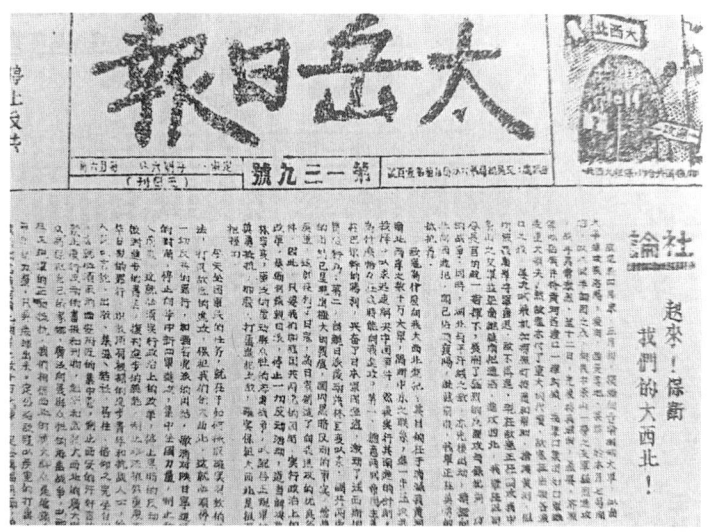

起来！保卫我们的大西北！

敌寇于四月末、五月初，积极向晋南调动大军，似图大举进攻我洛阳、潼关、西安等地。果然，于本月七号开始，以八个半师团之众，向我中条山一带之友军猛烈进攻，战斗异常激烈。至十二日，先后将我垣曲、孟县、济源等地占领，并将黄河各渡口一律封锁。我军□集团和□军虽受重大损失，然敌寇亦付了重大的代价。敌寇在占领各渡口之后，屡次以飞机和探照灯掩护和帮助，抢渡黄河，但均被我南岸守军击退，敌不得逞。现在敌寇正在围攻我中条山之友军并企图继续南犯潼洛，进攻西北。我军在卫司令长官的统一指挥下，展开了猛烈的反围攻与保卫河防的战争。同时，湖北与平汉线之敌，亦先后出动，积极向北向西进犯，闻已占领襄阳，继续前进，我军正在英勇的抵抗着。

敌寇为什么向我大西北进犯？其目的在于消灭我黄河南北两岸之数十万大军，隔断中苏之联系，进一步压迫我投降，以求迅速解决中国事件，然后实行其南进的计划。为什么恰恰在这时能向我进攻？第一，德意两个帝国主义在巴尔干的胜利，兴奋了日本军国强盗，激动了法西斯的冒险行为；第二，自亲日派发动茂林事变以来，国共两党的团结已早现出极大的裂痕，国内黑暗反动的事实，愈趋严重，这就便利了日寇，为日寇创造了向我进攻的优良条件。因此，只要我们加强国共两党的团结，实行政治上的政策，严厉制裁亲日派，停止一切反动活动，适当解决茂林事变，广泛的发动群众性的游击战争，以配合正规军的英勇抵抗，那么，打击进犯之敌，确实保卫大西北是很有把握的。

今天全国军民的任务，就在于如何采取确实有效的办法，打退敌寇的进攻，保卫我们的大西北。这就必须停止一切反共的罪行，加强各党派的团结，撤销对陕甘宁边区的封锁，停止向华中新四军进攻。集中全国力量，制止敌人前进，这就必须实行政治上的改革，停止黑暗的反动，启封进步的书店，复刊进步的杂志，制止非法摧残重庆新华日报的罪行，释放所有被捕的进步青年和抗战人士，给人民以言论、出版、集会、结社、居住、信仰之完全自由。这就必须取消西安附近的集中营，制止西安的汉奸言论，禁止发行反动的书报和刊物，组织和武装大西北的广大群众，为保卫自己家乡，广泛开展群众性的游击战争，以配合正规军的正面抵抗。我们相信西北的广大群众是蕴藏着无□的力量，只要发挥出来，定会给敌寇以严重的打击。我们相信黄河南北两岸之数十万大军，定会再接再励，英勇抗击，只要确实的援助他们，是可以制止敌寇前进，完成我们保卫大西北的光辉任务的。

今天我敌后抗战军民的任务，同样在于以积极的行动，破坏敌人的交通，阻滞敌人的前进，以配合友军作战。前些天，我二一二旅某团在洪赵地区攻占二十里铺，消灭守敌总部，予敌以严重的打击。今后，我们要继续这种精神，获得更大的胜利，确实保卫我们的大西北。

（原载一九四一年五月二十四日《太岳日报》第一版社论）

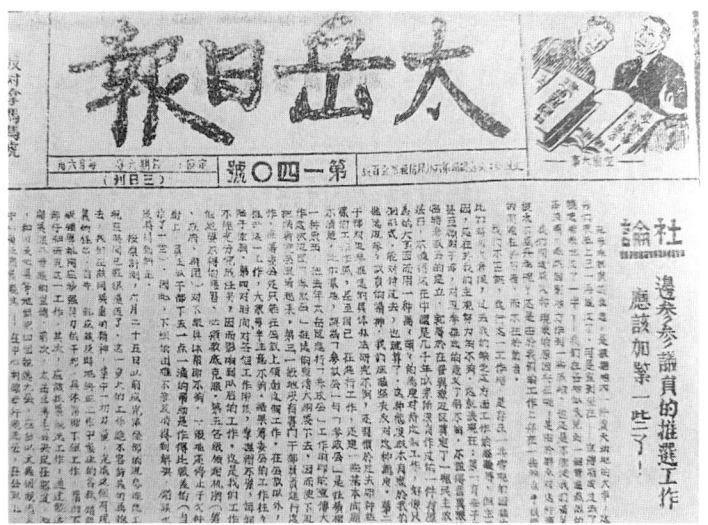

边参参议员的推选工作应该加紧一些了！

边参参议员的推选，是根据地内一件震天动地的大事，这在我们报纸上已一再说过了。可是直到现在——宣传阶段过去了，竞选阶段也过了一半——我们在各地似未见到一个普遍热烈的选举浪潮，虽然个别地方作到一些成绩，也还是不能使我们满足的。

我们问造成这种现象的原因安在呢！是由于群众对这件事情根本不感兴趣呢？还是由于我们的工作上存在一些缺点？很显然的，问题在于后者，而不在于前者。

我们不否认，进行这一工作时，是存在一些客观的困难的，比如时间太仓促，过去我们缺乏这方面工作的经验等。但主要原因，还在于我们主观努力的不够。这就表现在：

第一，有些干部，甚至领导干部，对边参推选的意义了解不够，不懂得晋冀豫边区临时参议会的建立，就等于在晋冀豫边区奠定了一块民主政治的基石，不懂得这在中国是几千年以来所没有作过的一件有历史意义的大事，因而用一种马马胡胡的态度对待这个工作，好像只要有个形式，能对付过去，也就算了。这种态度根本有□于我们这项推选边参参议员的精神，我们应该坚决反对这种态度。第二，一般干部对边参推选的具体办法研究不够，还习惯于过去那种粗枝大叶的工作作风，甚至自己在进行工作，还连一些基本问题也闹不清楚，比如某地，认为"参议会"与"参政会"是性质相同的一种东西，把去年太岳区进行"参政会"工作时印的宣传大纲，当作这次边区"参议会"推选的宣传大纲发下去，因而使下边同志把两者完全混淆起来。第三，一般地没有专门干部负责进行这一工作，□筹委会还只能在会议上领导这个工作。在会议以外，怎样推动这一工作，大众多半注意不够。结果筹委会的工作往往无形陷于空洞。第四，对时间对各个工作阶段，掌握得不紧，每个阶段不能充分完成任务，因而影响到以后的工作。这是我们工作中一个绝要不得的恶习，必须彻底克服。第五，各级领导机关（筹委会、政府、群团）对下级具体帮助不够。一般地还停止于文件的领导上，真正派干部下去一点一滴的帮助是作得比较差的（当然也作了一些）。因此，下级的困难不能及时得到解决，错误也不能及时得到纠正。

按原计划，六月二十五日以前应完成全部的边参推选工作，现在时间已经很逼近了。这一重大的工作绝不容许我们再拖延下去，我们应该用突击的精神，集中一切力量，完成这个有历史意义的任务：首先，就应该及时地纠正工作中发生的各种错误，上级领导机关应派强有力的干部，具体帮助下级工作，帮助下级干部仔细研究这一工作。其次，应该抓紧竞选工作，通过竞选活动开展深入普遍的宣传。前次，太岳区筹委会决定在□导沁源城、和川及沁县等地组织四个竞选大会，应该以这几个竞选大会为中心，广泛开展竞选——在中心村头举行竞选会。在会议上，候选人发表自己的竞选纲领，发表演说，介绍自己的历史。他的赞助人也可以发表赞助他的意见，群众对他可以提出批评、要求，竞选会也可以用座谈会，讨论候选人的纲领、政见等。此外，在这些会议上应该有活跃的文化娱乐活动，组织农村剧团的公演，儿童□□□群众把自己爱戴的候选人抬起来游行，以至举行化装宣传等。再次，应该全力着手准备各县代表大会，详细研究开会的内容，以及各种开会的技术（比如提案、投票、表决等等），虽然这是一些比较小的事情，但由于我们中国缺少民主生活的习惯，对这些小事还是应该加以充分注意的。

（原载一九四一年五月二十七日《太岳日报》第一版社论）

注视远东慕尼黑!

"远东慕尼黑新危机来了!"

阴谋的串演者,已经露出了他们丑恶的狐狸尾巴,不能遮盖了。随着欧洲战争的紧急,这阴谋也越来得急骤。中国被拍卖的危机,已经十分严重!

出生这个新阴谋的新的条件,是德国在欧洲的大胜利,希特勒的血盆大嘴,已吞没了欧洲大陆(苏联除外),而且正放起野火,向地中海、向近东、向北非延烧。这一把野火,烧住了英国的生命线(直布罗陀——马耳他——苏伊士),烧住了英国的仓房,使英国的霸权,痛感摇摇欲坠。这时美国已不能在后台"化装",而要到前台"出演"了,就是说,美国已逼近公开参战的时机。这时英美布下的阵势是"先对德,后对日"。

另方面日本帝国主义,眼看德国的胜利,确实有些眼热,可是中国这块大石头,绊住它两条细腿,拖也拖不动,拉也拉不动。这时,日本如意算盘是:先解决"中国事件"(就是灭亡中国),然后再乘机南进。

德帝国主义希特勒,自然也满心愿意,日本能从中国拔出泥脚,在太平洋上,拉住美国的腿,帮助它实现一场"称雄的好梦"。于是远东慕尼黑的新危机,就在恶臭的土壤上,飞速的生长起来。

五月七日开始,日寇在晋南,来了一个小的军事攻势,先"吓"了一下,这一"吓",就"吓"得国民党当权派手忙脚乱,有些发软了。日寇一看这种情势,就接着来了一个大的"谣言攻势",再"诱"它一下,这一诱就更眼花缭乱了。于是"眉目传情",串演起西厢戏来,英美从中急急忙忙,做了"铺床□被"的"红娘"。高斯最近在重庆大为活跃,还带了罗斯福的亲笔信去见蒋介石,葫芦里卖的什么药,是不难揣想的。

这时候,我们翻开中国的历史,就发现一个规律,就是一个奸贼,当他要叛变国家、人民的时候,总要来一个"罩眼法",蒙着大众的眼睛,自己去暗行鼠盗的勾当。最近中央社和国民党的御用报纸——大公报,狂妄的散布谣言,污蔑八路军,污蔑共产党,能说不正是这样一个企图吗?

可是事实最难辨,自晋南战争爆发以后,华北八路军即全线出击,猛袭各交通线,威胁敌寇后路,虽然八路军已经五个月得不到一文饷款,两年来领不到一粒子弹,但是战士们,为国家民族,仍以血肉体躯,起而配合了保卫大西北的战争。冀南的人民,虽被顽固份子践踏得百般凄苦,但仍发动了七万人的大破路,阻绝敌寇补给,这可算是仁至义尽了。造谣者,不仅昧尽天良,而且,是毫无人的气味了。

我们明白说吧!我们也绝对相信,中国是拍卖不了,也出卖不了的,因为中国有共产党,有八路军,有广大经得起风霜的抗日人民,而且有苏联绝对可靠的外援。在印度,在远东,在各个帝国主义的国家里边,不是正汹涌着反对帝国主义战争的斗争大浪吗？那磅礴的力量，乃是中国解放的依靠。

远东慕尼黑的血手已狂舞在中国人民的头顶，现在是老百姓起来说话、起来斗争的时候了。

（原载一九四一年六月三日《太岳日报》第一版社论）

迎接县临时代表会议

  一个半月以来，推选边参参议员的工作，已使我区的民主空气大大活跃起来。在根据地内各县，都先后展开了推选代表与候选人竞选的热烈活动。这对今后全区民主运动的开展上，无疑是会有重大影响的。现在这一工作，在各县都已进行到相当程度，县代表会议的代表，大都已经选出，举行县代表会议的阶段，就将开始了。

  县代表会议的开会，是边参推选的最后一个阶段，也是这一工作的最高阶段，代表会议开好，这个工作就胜利完成了，否则就等于前功尽弃。关于代表会议，我们觉得特别应该注意以下几个问题：

  第一，县代表会议的基本精神与全部工作，必须符合于抗日民族统一战线原则。在前一时期的代表推选中，我们就一再指出，代表应该是全体抗日公民的代表，因而也就必须广泛吸收各个抗日阶级、阶层、党派、团体的人士参加代表会议。更具体些说，代表会议的组成必须是"三三制"的，但是统一战线精神的具体表现，不只在于代表成份是"三三制"的，尤其在于其实际工作能照顾到各个抗日阶级的利益。因此，我们特别希望参加此次代表会议的各党、各派与无党无派的同志们，大大发挥"照顾自己，也照顾别人"，"遇事商量，绝不包办"的精神，而其中的共产党员，在这一点上更应该成为大家的模范。

第二，县代表会议的主要任务，就在于推选出一个真正为人民所爱戴的参议员。要作到这一点，绝不是单单靠几个代表的力量就能完成的，"谁真正能代表群众？谁真正为人民所爱戴？"这个问题，只有广大群众能够回答，所以代表们必须多多征询群众意见，倾听群众对各个候选人的批评。这样，代表才能真正代表群众。同时，代表们自己，也应该仔细研究各个候选人的历史表现、竞选纲领等，并与其他代表多多交换意见，以使这工作进行得充分郑重，不致发生错误。

第三，代表们在开会前，不只应该征求群众对推选参议员的意见，而且应该广泛收集群众对各方面的意见——比如群众最感痛苦的事情，群众对政府的意见，群众对建设根据地的意见等等——代表们应该把这把些意见带到县代表会议，经过大家讨论作成决议，作为对边区临时参议会的正式提案。一个代表如果不了解任何群众的意见，那他就是一个"空壳司令"，就不配代表群众。但同时还必须指出，代表的责任不只是一个简单的传达者，他还必须善于批判地整理群众的意见，分出主要的与次要的，并为群众的正确意见而坚持奋斗。

第四，代表会议集全县素有威望的各界代表、名流士绅于一堂，县政当局应该乘此良机，征求大家对政府工作的批评与建议。这虽不能等于正式民意机关的意见，但对今后政府工作的开展与进步上，却无疑是会有重大作用的。因此县政当局应该充分尊重代表会议与其意见，应该是诚恳与虚心的态度，接受其正确的批评与建议。同时，代表们也应该代表全体人民，认真检查政府工作，并提出具体的改善意见，以为全体人民谋福利。

第五，县代表会议开会前与开会中，对各种民主的手续、办法，应加足够的研究与注意，例如选举、提案、表决、复决等等。这些都是一些技术性的小问题，但如果这些问题弄出错误来，还是有其影响的。广泛征求群众的意见，认真进行代表会议的工作，争取边参推选工作的全部胜利！

（原载一九四一年六月十二日《太岳日报》第一版社论）

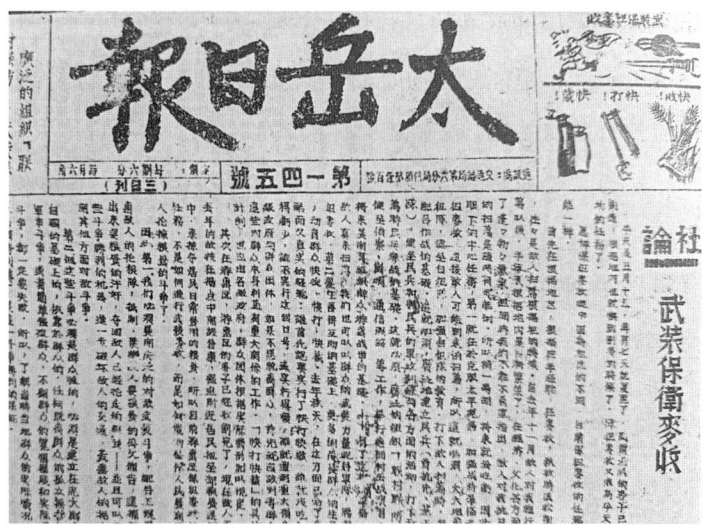

武装保卫麦收

今天是五月十五,再有七天就夏至了,同蒲沿线的麦子已经收割过,根据地内也就快到割麦的时候了。保卫麦收又成为今天很迫切的任务了。

怎样保卫麦收呢?因为地区的不同,目前保卫麦收的任务也不能一样。

首先在根据地区,根据往年经验,在麦收、秋收时或收割以后,往往是敌人"扫荡"根据地的时候。自去年十一月敌人对我施行大"扫荡"以后,半年来根据地内是日渐繁荣了,在经济、文化各方面都有了蓬蓬勃勃气象。但同时我们不能不着重指出,敌人对我抗日根据地的"扫荡"是随时有可能的。所以稍一马胡,将来就会吃亏。因此我们眼下的中心任务，第一就在于克服太平观念，加强战时准备武装保卫麦收，迎接敌人可能到来的"扫荡"。所以这就必须大大地发展自卫队，健全自卫队，加强自卫队的教育，打下敌人"扫荡"时自卫队配合作战的基础。这就必须广泛地建立民兵（青抗先、基干自卫队），健全民兵，加强民兵的军政训练与各方面的活动，打下敌人"扫荡"时民兵参战的基础。这就必须广泛的组织"联村联防"、健全侦察、岗哨、通信联络等工作，举行几个村庄战演习，打下将来展开□组织群众游击战争的基础，□□有了这□准备，即使敌人真来"扫荡"，我们也可以以群众的武装力量□□军队，胜利地保卫麦收。第二要在春耕互助的基础上，更多的发展群众的生产互助，动员群众快收、快打、快藏。去年秋天，在这方面已给了我们残酷而又真实的经验：谁首先认真实行了快打快藏，谁就没吃亏或吃得亏少，谁不实行这个口号，或实行得慢，谁就遭到重大损失。各级政府与群众团体，如果不想脱离群众，首先就应该引导群众进行这些对群众本身利益有重大关系的工作。"快打快藏"的具体步骤计划，也应由各级政府、群众团体根据实际情形加以规定。

其次在游击区，游击区的麦子已经收割完了，现在敌人正抄袭去年的故技在据点中开设仓库，强迫附近居民把全部粮食送到据点中，来掠夺居民日常食用的粮食。所以目前游击区保卫麦收的中心任务，不是如何进行武装麦收，而是如何发动全体人民展开反对敌人抢掠粮食的斗争了。

因此第一，我们必须展开广泛的对敌武装斗争，配合正规军队打击敌人的抢粮队，抵制、焚烧敌人要粮食的公文布告，逮捕敌人派出来要粮食的汉奸，夺回敌人已经抢走的粮食——并且可以乘着这些斗争胜利的机会，进一步破坏敌人的交通，袭击敌人的据点，展开其他方面对敌斗争。

第二，但这些斗争必须是群众性的，必须是建立在广大群众自觉自愿的基础上的，依靠于群众的。任何脱离群众的孤立无援的单纯军事斗争，或者简单强迫群众，不顾群众的觉悟程度和实际困难的斗争，都一定要失败。

所以，了解当时当地群众的实际情况，而加以"因势利导"，是这一斗争胜利的保证。

武装保卫麦收，反对敌人抢粮，不论在根据地或游击区，都已成为眼下最迫切的任务了。这些工作的胜利完成，首先决定于群众对这些工作的了解认识。所以领导的同志，必须善于利用每件具体的事情，向群众解释这些重要性，把收粮、藏粮、反对抢粮的任务与武装的任务密切联系起来，使群众在实际行动中逐渐了解，这样作对他们会有什么好处——这样使每个群众的个人暂时的、局部的利益与根据地建设的总利益，完全一致起来。

（原载一九四一年六月十五日《太岳日报》第一版社论）

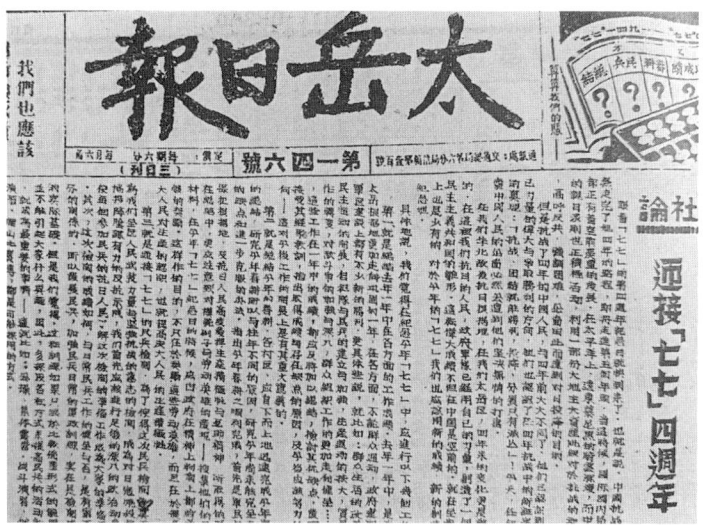

迎接"七七"四周年

眼看"七七"的第四周年纪念日就快到来了，也就是说，中国抗战已经走完了她四年的路程，即将走进第五个年头。当这时候，国际国内局势都正有着空前严重的发展。在太平洋上，远东慕尼黑的暗云弥漫，而中国的亲日派则也正积极活动，利用一部份大地主大资产阶级对于抗战的动摇，高呼反共，强调困难，企图由此而达到对日投降的目的。

但是抗战了四年的中国人民，与四年前大大不同了。他们已认识到自己力量的伟大与争取胜利的方向，他们也认识了在四年抗战中的所证实了的真理："抗战，团结就能胜利，投降、分裂只有灭亡！"今天，任何出卖中国人民的企图必然会遭到他们坚决无情的打击。

在我们华北敌后抗日根据地,在我们太岳区,四年来的变化更是惊人的。在这里我们抗日的人民、政府军队已经用自己的力量,创造了一个新民主主义共和国的雏形。这种伟大成绩不但在中国是空前的,就在全世界上也是少有的。对于今年的"七七"我们也应该用新的成绩、新的创造纪念她。

具体地说,我们觉得在纪念今年"七七"中,应进行以下几个工作:

第一,就是总结去年一年中在各方面的工作成绩。去年一年中,是我们太岳根据地更加走向巩固的一年,在各方面,不论群众运动、政府建设、军区建设上都有不少新的胜利。更具体些说,就比如:群众生活的改善,民主运动的开展,自卫队与民兵的建立与加强,生产运动的扩大,贸易工作的转变,对敌斗争的加强与深入,群众组织工作的更加走向健全等。这些工作在一年中的成绩,都应及时加以总结,检讨其优缺点,发现并接受其经验教训,指出取得成绩与存在缺点的原因,及今后应该努力的方向——这对今后工作的开展上是有其重大意义的。

第二,就是总结今年的春耕。各村区,应自下而上地迅速完成今年春耕的总结,研究今年春耕所以与往年不同的原因,研究今年尚未能完全克服的缺点和进一步克服的办法。指出今年春耕之顺利完成,首先是军民合作保卫根据地,及抗日人民高度发挥生产积极性与互助精神所取得的胜利。在总结中,更应注意到对模范例子与劳动英雄的发现——搜集他们的具体材料,在今年"七七"纪念日的时候,应由政府在精神上物质上都给予足够的奖励。这样作的目的,不只在于奖励这些劳动英雄,而且在于提高广大人民对生产的认识,也就提高了广大人民的生产积极性。

第三,就是迎接"七七"的民兵检阅。为了使得这次民兵检阅真正成为我们全区人民武装力量与坚强抗战的意志的检阅,成为对日寇烧杀与妥协投降阴谋有力的反抗示威,我们首先应该进行足够的深入的政治动员,使每个参加民兵的抗日人民了解这次检阅的准备工作成为大家的准备工作。其次,这次检阅的成绩如何,与日常民兵工作的健全与否,是有密不可分的关系的。所以发展民兵,加强民兵日常的军政训练,实在是检阅成功的实际基础。但是我们觉得,这种训练如果只限于比较偏重形式的范围,并不能引起大家什么兴趣,因此,多采取各种方式来提高民兵的活动能力,就成为最重要的事情——这就比如:公操、集体露营、战斗演习、偷营演习、爬山比赛等,都是可能采用的方式。

第四,就是优抗。经政府规定:"七七"是优抗节日之一。过去在优抗工作上,我们虽作了些,但离应该作到的程度尚远,今年"七七",各级政府、群众团体,应及早布置这个工作,在精神上物质上都予以真实的优待,过去那种只在"口头上优待"是绝对要不得的现象。军队的各级政治机关也应该配合地方政府、群众团体来进行这个工作。只有在大家互相督促和共同努力下,才能使优抗工作真正取得成绩,至于某些落后份子轻视抗属、不尊重抗属的现象,本来应该临时纠正的,在今年"七七",利用各种会议的机会,更应该对这种不正确的现象,加以严重的斥责。

(原载一九四一年六月十八日《太岳日报》第一版社论)

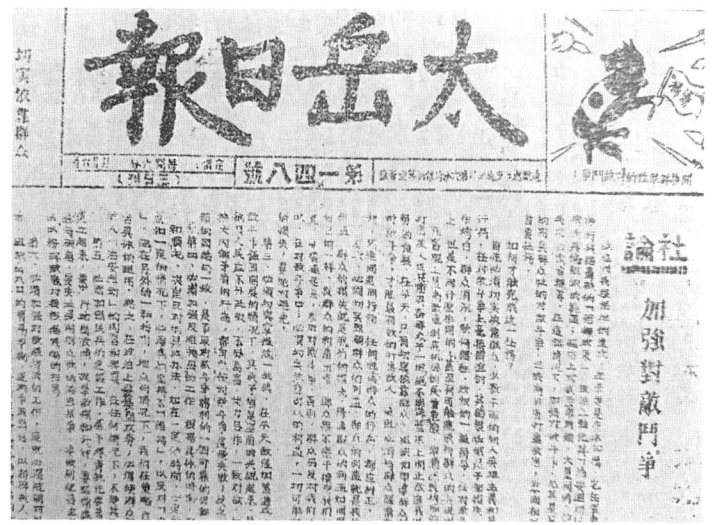

加强对敌斗争

敌寇对我根据地的进攻，近来更是变本加厉，它在军事上推行残酷毒辣的"恐怖政策"，政治上强化其"治安运动"，□大□□组织的范围；经济上对我严密封锁，大量□□，掠夺我之必需资源等。在这种情况下，加强对敌斗争，尤其是广泛的开展群众性的对敌斗争，已成为目前打击敌寇、巩固根据地的首要任务。

如何才能完成这一任务？

首先，必须切实依靠群众，少数干部的个人英雄主义和冒险行为，在对敌斗争上是毫无价值的。其结果必然是干部损失，工作垮台，群众消沉，敌伪猖狂。政权的一纸命令，在对敌斗争上也是不起什么作用的，甚至有可能造成与群众的尖锐对立，在客观上是为敌寇创造机会的严重危险。单凭武装□□的行动打击敌人也只能兴奋群众于一时，绝不能从基本上制止敌进我退形式的发展，在今天，只有切实依靠群众，组织和领导群众性的对敌斗争，才能最有效的打击敌人。这就必须与群众经常在一起，同进同退同行动，任何脱离群众的行为，都应纠正。

其次，必须切实照顾群众的利益，群众的利益就是我们的利益，群众的损失就是我们的损失，保护群众的利益如同保护自己的一样。从群众的利益出发，群众无不乐于接受我们的意见，并□□起来，参加对敌斗争。否则，群众会反对我们。所以，在对敌斗争中，必须切实注意群众的利益，一切可能避免的损失，要绝对避免。

第三，必须切实掌握统一战线。在今天敌寇加紧进攻、对敌斗争猛烈开展的情况下，民族矛盾是空前的尖锐起来。原本抗日人民应不分阶级、不分贫富，协力合作，一致对敌，任何扩大内部矛盾的行为，都可能使对敌斗争遭受失败；反之，内部的团结与一致，是争取对敌斗争胜利的一个可靠的保证。

第四，必须加强反维持会的工作。根据具体的时间、地点和情况，决定反对的具体办法。如在一定的时间、一定的地点和一定的情况下，必须我们坚持不"维持"，以反对"维持"，在另外的一种时间、地点与情况下，我们在策略□□□具体的运用。总之，在政治上要展开攻势，必须使群众了解敌人"治安运动"的内容和实质，在任何情况下，不受其欺骗。

第五，必须加强民兵的建设工作。基干队、青抗先要普遍的建立起来，要实行站岗放哨，捉拿敌探和汉奸，要经常进行割□与破□，要广泛展开群众性的游击战争，要做到配合主力作战，以粉碎敌寇对我根据地残酷的"扫荡"。

第六，必须加强对敌经济战的工作，这就必须统制对外贸易、组织出入口的贸易平衡，逐渐争取□□，以粉碎敌人"以□养战"的毒计，这就必须进行□□的货币斗争□□的打□□□，禁止□□的行□，□展冀□，加强□钞的巩固程度，以□□□□□□□范围，这就必须展开生产运动，一方面有计划的发展工业生产，奖励私人营业，□□□明，欢迎外来投资，□□以土货□□□货，另一方面，有组织的提高农业□□，开□、□□、□□种子与配料及生产工具，要知道没有生产建设就不能保证在经济战线上的决定胜利。

起来，对敌人展开猛烈的斗争！

（原载一九四一年六月二十四日《太岳日报》第一版社论）

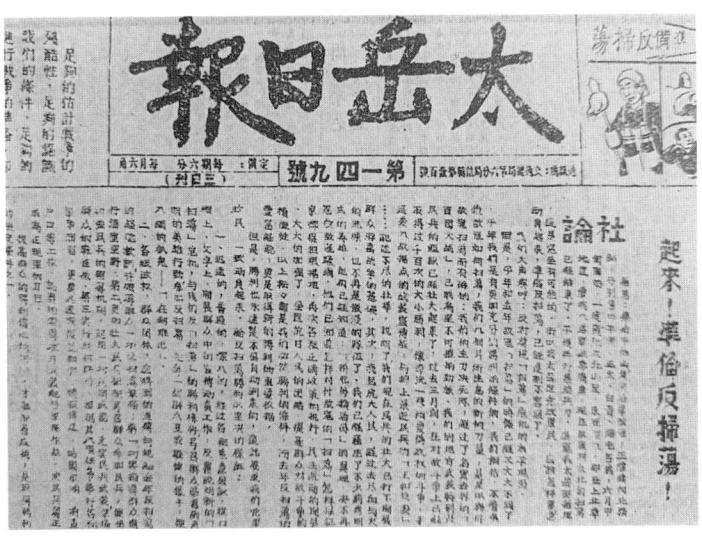

起来！准备反"扫荡"！

据息：集结中条山、黄河沿岸敌寇，正陆续向北移调，分别集中平汉、正太、白晋、临屯各线。六月中旬开始，一度窥犯太北山区，未经深入，即在上北漳地区，遭我八路军铁拳痛击，现在敌寇对太北的"扫荡"已经结束了。今后再行集结兵力，进窥我太岳根据地，这是完全有可能的。所以我太岳区党政军民，应该怎样紧急动员起来，准备反"扫荡"，已经是刻不容缓了。

我们大声疾呼：反对漠视"扫荡"危机的太平观念。

但是，今年和去年敌寇"扫荡"的时候已经又大大不同了。今年我们是有更加充分的胜利的条件的，我们相信，不管今后敌寇如何"扫荡"，我们八个月所生息的新的力量，是足以粉碎敌寇"扫荡"而有余的：我们的主力决死队，经过了名震世界的"百团大战"，已成为坚不可摧的劲旅。我们的地方武装特别是民兵的组织已经壮大起来了，过去三月间，在对敌斗争上已经取得过千百次的大小胜利，像漳沅一线倾覆伪政权的斗争、平遥袭入敌据点的武装宣传战与□上最近民兵的"王和夜袭"……记述不尽的壮举，说明了我们现在民兵的壮大已打下开展群众游击战争的基础。其次，我区广大人民，经过血与火的洗炼，也不再是散漫的队伍了。我们已经产生了不少药彦明式的英雄，他们已经知道"拚死命，换活命"的真理，决不再忍受敌寇蹂躏，他们已知道怎样对付敌寇的"扫荡"，怎样保卫家乡保卫根据地。再次，各种正确政策的执行、民主运动的开展，大大的加强了全区抗日人民的团结，提高群众对敌斗争的积极性。以上种种都是我们必然胜利的条件，而去年反"扫荡"的丰富经验，更是取得新的胜利的重要依据。

但是，胜利也永远是不会自动到来的，这就要求我们党军政民，一致动员起来，给反"扫荡"胜利以坚决的保证：

一、迅速的，普遍的，深入的，经过各种紧急会议，从口头上、文字上开展群众中的宣传动员工作。反复说明新的"扫荡"危机与我们反"扫荡"的胜利条件，号召群众学习药彦明的英雄行径，参加反"扫荡"，把每一个群众变成雄健的猎手，使入网的狐兔——"在劫难逃"。

二、各级政权、群众团体，应□到的宣传与总结去年反"扫荡"的经验教训，并领导群众一切反"扫荡"准备：第一，切实指导群众进行清室空野。第二，更加壮大民兵组织，号召群众参加民兵，健全□强民兵的领导机关，起用一切民间武器，充实民兵武装，准备群众的麻雀战。第三，实行联村联防，根据其八项任务举行各种军事演习，更要迅速恢复并加强情报传送、站岗放哨、清查户口等工作，认真的领导地方武装配合军队作战，使民兵真正成为正规军的耳目。

提高群众的胜利信心的决心，才能沉着应战，是取得胜利的决定条件之一。

我们大声疾呼：反对在战时任何张惶失措的现象。

足够的估计战争的□情况，足够的认识我们的条件，足够的进行战争的准备，那就□□疑问，我们必然胜利。

（原载一九四一年六月二十七日《太岳日报》第一版社论）

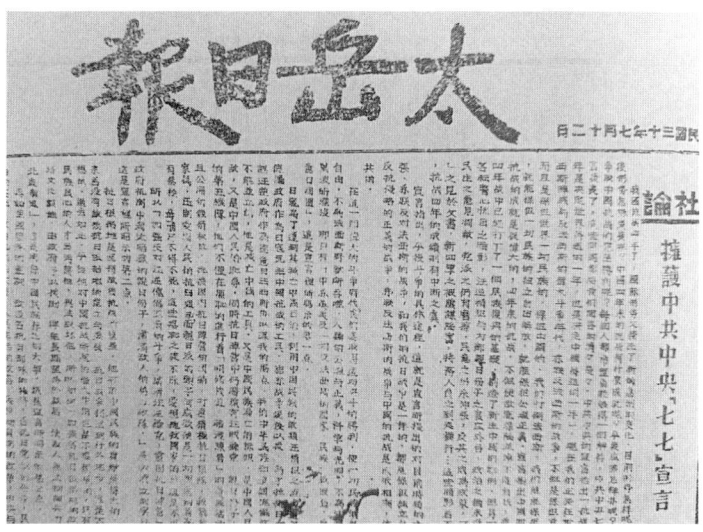

拥护中共中央"七七"宣言

　　我国抗战四年了,国际形势又发生了新的急剧的变化,目前形势怎样呢?今后形势怎样发展呢?中国四年来的抗战有什么成就呢?今后应该怎样办呢?怎样争取中国抗战的完全胜利呢?每个人都希望着能够得一个解答,中共中央"七七"宣言发表了,这些问题都给我们回答的清清楚楚。中共中央的宣言指出"抗战第五年是决定世界命运的一年,也是决定中国命运的一年",现在我们正处在世界法西斯阵线与反法西斯的伟大斗争时代,苏联反法西斯的战争,不但是保卫苏联的而且是保卫世界一切民族的,保卫中国的,我们打倒法西斯,我们就能保卫中国,就能保卫一切民族的独立自由解放,就能保卫公理正义。宣言指出中国四年来抗战的成就是很伟大的，四年来的抗战，不但使敌寇深插泥潭不能自拔，并且在四年战中已经打下了一个民族复兴的基础，创造了新生中国的雏形。但另一方面各种警心恍目之暗影，汪逆精卫与内部亲日份子之里应外合，政治之犹未澄清，民生之愈见凋敝，党派之仍有摩擦，民意之仍未伸张，反共之成为政策，"异党"之见于文书，新四军之被阴谋陷害，特务人员之到处横行……这些暗影若不消除，抗战四年的成绩则有中断之虞。

宣言指出，今后斗争的具体途径，这就是宣言所提出的对目前时局的十项主张。苏联反对法西斯的战争，和我们的抗日战争是一样的，都是保卫独立自由、反抗侵略的正义的战争，苏联反法西斯的战争与中国的抗战是成败相关、休戚与共的。

在这一个伟大的斗争时代，我们要取得这次战斗的胜利，使一切民族的民主与自由，不为法西斯野兽所吞噬，人类的公平与正义、科学与光明，不为法西斯的黑浪所湮没，那只有"中苏英美及一切反法西斯的国家、民族一致联合，反对德意日同盟"，这是宣言里所昭示的第一点。

日寇为了达到其灭亡中国目的，利用中国民族的败类汪精卫之流□□了汪逆傀儡政府作为日寇瓦解中国抗战的工具，德苏战争爆发以后，为了拉拢日本竟承认汪逆政府作为德意日法西斯□以谋我的据点。我们中华民族和这个傀儡政府是不能并立的，他是灭亡中国的工具。又是中国民族沦亡的标帜。是中国人民的公敌，又是中国人民的耻辱。同时抗日阵营中仍深藏有汪贼余党、亲日份子，敌人的第五纵队，他们不仅在无耻的进行着"明修栈道，暗渡陈仓"的卖国活动，而且公开的假借权位，挑拨国内抗日阵营的团结，打击积极抗日军队，杀戮抗日军家属，压制爱国人民的抗日运动，而亲日派的头子何应钦便是一切罪恶的首奎，朝有秦桧，岳飞乃不得不死，这些无耻之徒不除，要想挽救国家的□□是不可能的。

所以"加强反对汪逆傀儡政府的斗争,肃清汪逆余党,巩固抗日阵营""从政府机关中淘汰暗藏的亲日份子,肃清敌人的□□纵队",是必须立刻实行的。这是宣言里所昭示的第二点。

抗日根据地是坚持敌后抗战的堡垒,他对于中国民族的贡献是伟大的。四年来若没有敌后抗日根据地的建立与发展,抗日战争将落到什么地步,这是不能设想的。过去如此,今后他对中国抗战所起的伟大作用也是不难□见的,只有没有民族良心的人才会污蔑他,想法破坏他,所以如何"加强各抗日根据地的政治经济文化设施,由政府予以援助,俾能长期坚持于敌后,使敌人无法抽调兵力西进北进南进",这是关系中国民族存亡的大事,这是宣言所昭示的第三点。

再如全国军队的整训,敌后各抗日部队的接济,各抗日党派的合作,民主政治的实施,政治机构的改革,人民生活的改善,兵役动员制的改革,中央与地方关系的调整,在坚持今后抗战争取抗战胜利更有特别重要的意义。因此中国共产党,一秉至诚,站在为国家民族的立场上,光明磊落的提出:(三)—(十)各条,做为内政之方针。这都是对症的良药,也必须立刻实行的。这是宣言里所昭示的第四点。

这十项正确的主张,实是中国目前外交内政之基本方针。也是全国人民在抗战第五年代的斗争纲领。在国际局势剧变下,正是我们配合全世界反法西斯斗争,粉碎日寇侵略的良机。"我们不胜利即灭亡,不能做主宰自己命运的主人,就要沦为悲惨无比的奴隶。"而实现中共中央的十项正确主张,乃争取胜利的决定条件。

(原载一九四一年七月十二日《太岳日报》第一版社论)

开展村民主运动

今年七月至十月的四个月,是一九四一年内根据地建设的第二期,其中心任务是□□□区的村民主运动,实行孙中山先生的四权,举行全区的村政民选,建立崭新的民主的村民政权,现在政府及各界已经在开始筹备进行了。

村民选,在我们太岳区,这还是第一次,也是建设太岳区的一件大事,是太岳区人民摧毁几千年来的封建政治建立崭新的民主社会的一件大事。所以他的意义是伟大的。我们知道,村政权是最接近群众、整天与群众发生关系的政权,所以它是否由民主方式产生的、是否能够代表广大人民利益,就不只决定了它本身的性质,而且决定了整个政权机构的性质及其与群众的关系。因此,如果打算扫除几千年来的残余的封建统治，实行新民主主义的政治，使人民获得新的民主政治的生活，那首先就要从村政权的改造开始，所以村民选乃是实现新民主主义的政治之最基本的步骤。其次，此次村选可以打下今后区选、县选及边区大选的基础，我们的民主运动是包括着各级人民代表机关的建立、政府的改选的，村选不过是整个民主运动中的一个步骤。在此次村民选的过程中，一定会发现不少实际困难，也会创造不少新的经验，特别是在选举运动中，会给广大人民以实际的教育，会动员起群众积极参加民主运动的高度热忱，那么，这次村选的成功，就等于给今后的区选、县选、边区大选，直接打下了巩固的基础。再次，抗日民主政权的各种政策与进步法令的实现，基本上决定于村，但是如果村里没有一个能够代表各个抗日阶级利益、与广大人民保持密切联系的村政权，那么一切还都□□为空的，村民选就正是实现各种政策与法令的具体保证。最后，村民选不仅会动员起群众在民主运动上的积极性，而且会动员起群众在生产武装等抗日工作的各个方面的积极性，这对于今后根据地的巩固与发展上，不能不有最大的意义。

但是村民选并不是一件轻而易举的事情，在这一运动开始的时候，我们应该足够地估计到事实上所存在的困难，想好办法克服这些困难。这些困难：第一，就是我们农村中还严重存在着半封建的统治——土豪劣绅、官僚地痞、封建剥削者等等，把持政权压迫群众，并且因为农村生活的黑暗、文化的落后、群众运动的发展不够，使这些人成为农村里面很自然的统治者，他们世世代代掌握着村政权，欺弱媚强贪污自肥，使群众不能翻身。另外还有一部份新生长起来的干部也在半封建的大海中腐化下去，这些人实质上与旧的封建残余已没有什么不同，他们同样的是村民主运动的障碍物。第二，就是我们农村中的群众运动还缺乏深厚的基础，广大群众的觉悟程度，还没有足够地提高，减租减息、改善群众生活等运动还没有取得更多的成绩。因此村民主运动还在刚一开始的时候，可能有些群众不积极参加，采取"事不关己"的观望态度。第三，就是我们的干部们在这一工作上缺乏经验，不但我们的村干部是如此，就是我们的县区干部也没有更多的实际经验，因此，在工作中可能遇到一些困难，而感到不容易解决，至少在工作开始的时候，会觉得办法少。自然，这些困难并不是无法解决的，但是如果不经过我们主观上更多努力，却无疑地会造成工作上的一些损失。

在这种情况下面开始的村民选工作，使我们必须注意到以下几个问题：第一应该十分慎重地开始这个工作，必须认识，马马胡胡来作这个工作，就是一□罪地行为，那不但使村民选工作本身收不到什么成绩，而且会断伤了刚刚生长的民主萌芽，影响到新民主主义政治的实现。因此，我们必须接受春耕工作与边参推选工作的经验，要使各级选委会真正建立起经常的工作来，认真的领导、计划、督促、检查与总结这一工作，坚决反对把各级选委会当成一个空架子的倾向。同时各级干部必须认真研究这个工作，以补救我们的干部缺乏这一工作经验的缺点。第二，必须把村民选工作与反贪污、减租减息、改善群众生活等民主民生斗争联系起来，从各方面着手来进行村民选工作，只有在这各种工作的联系与配合中，才能提高群众参加民主运动的积极性，打垮障碍民主运动的半封建势力。第三，应该严格防止操纵、包办、贿赂、营私、舞弊等现象，尽最大努力争取百分之八十五以上的选民参加选举，在政权构成上更应该保证实现"三大关"，以期作到真正代表各个抗日阶级利益的真正的民主。只有真正作到这几点，才能保证今年村选的胜利。

（原载一九四一年七月十五日《太岳日报》第一版社论）

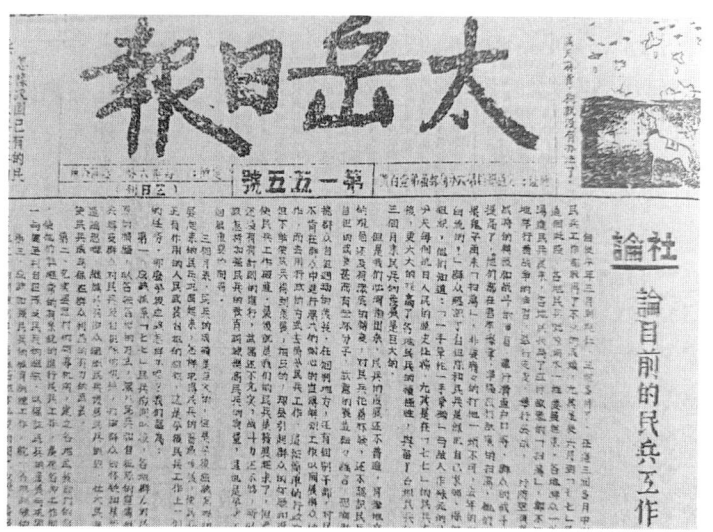

论目前的民兵工作

自从今年三月到现在,三个多月了,在这三个多月中间,各地民兵工作都取得了不少的成绩,尤其是从六月到"七七"民兵检阅这个阶段,各地民兵就像潮水一样发展起来。各地群众一批一批的涌进民兵里来,各地民兵为了应付敌寇的"扫荡",都不断的在各地举行着战争的演习,举行夜袭,举行会战,举行防空演习,举行战时的转移和战斗的演习,举行清查户口等,群众的战斗情绪大大提高了,他们都在摩拳擦掌,准备应付敌寇的"扫荡",他们说:"如果鬼子再来'扫荡',非要痛痛的打他一顿不可,去年的血是不能白流的!"群众认识了自卫队和民兵是保卫自己家乡、保卫生产的组织,他们知道:"一手拿枪,一手拿锄"与敌人作殊死的斗争，是今天每个抗日人民的历史任务，尤其是在"七七"的民兵大检阅以后，更大大的提高了各地民兵的积极性，兴奋了各地民兵的组织，三个月来民兵的发展是巨大的。

但是我们必须指出来，民兵的发展还不普遍，有些地方对民众的观念还没有彻底的转变，对民兵抱着怀疑，还不认识民兵是群众自卫的武装。甚而有些坏分子，故意的制造种种谣言，恐吓群众，阻扰群众自卫运动的发展，在个别地方，还有个别干部，对民兵工作不肯在群众中进行深入的耐心的宣传解释工作以开展群众的民兵工作，而去用行政的方式去命令民兵工作。这种简单的行政方式，不但不能使民兵得到发展，相反的，却会引起群众的怀疑和厌恶以致使民兵工作破产。最后就是我们的民兵是发展起来了，但教育训练还没有有计划的进行，武器还不充实，战斗力还不够，所以今后应该怎样加强民兵的教育训练、提高民兵的质量，这也是今后工作上一个很重要的问题。

三个月来，民兵的成绩是巨大的，但是今后应该怎样把已经发展起来的民兵巩固起来，怎样求得民兵的普遍发展，使民兵成为真正有作用的人民武装自卫的组织，这是今后民兵工作上一个很严重的任务，那么今后应该怎样办呢，我们认为：

第一，应该抓紧"七七"民兵检阅以后，各地群众对民兵的热烈的情绪，以各种各样的方式，深入民兵和自卫队的宣传解释，彻底转变群众对民兵及自卫队的观念，打破群众的怀疑和某些份子的造谣恐吓，继续号召群众组织民兵发展民兵组织，壮大民兵力量，使民兵成为保卫群众利益的有力的武装。

第二，充实县区村的领导机关，建立各地武装部门的经常工作，使他们能经常的有系统的进行民兵工作，严格各种工作制度，统一与健全村自卫队及民兵的组织，以保证民兵的发展与巩固。

第三，应该加强民兵的教育训练工作，统一各地训练的内容，制定各地统一的训练纲要，废除各地不必要的制式教练，普及游击战术的常识，熟习各种武器的使用，加强战斗演习，政治教育可与各救的教育工作合并进行，这样既可以节省人力，又可以节省群众时间免掉重复。

第四，应该实行联村联防，建立自卫队及民兵的日常工作，以加强民兵与群众日常利益的联系，并且提高民兵的作用。

（原载一九四一年七月十八日《太岳日报》第一版社论）

论村选的宣传工作

在一个巨大的工作面前，假如这工作又是依靠群众来完成的，那么，宣传工作就成为使这工作胜利或者失败的关键。这确切不移的道理，在已往任何工作上都屡见不鲜，这是今年在村选工作上应该深切注意的。

眼下，村选已经来了，这是一件空前的巨大工作，它关系着抗日根据地的巩固与发展，关系着群众整个的生活。如果村选胜利了，群众就可获得完全新的民主的幸福的政治生活，假如村选失败了，老百姓就不能不照旧的受着封建势力的统治。但今年的村选，已由历史条件决定了是一个非常艰苦的工作，一则因为中国从来没有民主的生活，广大群众没有民主的习惯，再则是我们的干部对村选中的一般问题，还没有深刻的了解和丰富的经验，这具体的条件，就决定村选的宣传工作，是非下一番功夫不可。谁打算从宣传工作上讨巧，甚至忽视了它，在将来村选实际工作中，谁就要费尽气力，而且会一无成就。假如全部的宣传工作做得不好，那么，村选的胜利，就变成了无根基的"空中楼阁"。这一问题是值得严重注意的。

今年的村选宣传，除了一般民主的宣传外，为了使群众对村民主有深刻的了解，在宣传上应该特别说明：这次村选是为了建立真正的崭新的政府，真正的"还政于民"，彻底的打破过去封建官僚政府，真正实行四大民权，把政府真正交给群众掌握，官吏由群众自己选举，而不由上级委派，如果自己选举的官吏不能替群众谋利益，可以依大多数选举人的决定，随时撤换它，而不由上级撤换。由群众创制适合于群众利益的法规，如果法规妨害了群众的利益，可以依大多数人的决定，随时□决，这种民主政府不但在民国以前没有过，而且民国以来也从没有过的一种民主政权，这种民主政府是他们从来不许建立的。其次一定要说明这次的选举法是最民主的。选举的方法，是普遍的、平等的、直接的、秘密的选举法，凡年满十八岁的抗日公民，都有选举权和被选权，没有什么财产、职业、性别、教育程度、居住年限的限制，富的、穷的、男的、女的，在选举权与被选举权上，毫无区别，这不仅是在封建统治的社会是没有的，而且在资本主义社会里也没有的，不但在民国以前是没有的，而且在北伐以后到现在，也从来是民主其名而专制其实的，他们从来不愿给民众以这样民主权力的，至于在政权形式上，将实行最合理的"三三制"，他是包括着一切抗日□□、抗日党派的最广泛的民主。这种政权不但是民国以前以及北洋民国时代是没有的，而且自北伐以后到现在，也从来是没有的，向来是被所谓"一党专政"，被所谓"训政时期"统治着的。以上三点，是应该在群众中充分说明的。

至于宣传方式和方法，列举如下，供各地工作者参考：

文字的——一定要生动，要通俗，要明确，切合于群众的水平。其方法：（一）如出版"村选专刊""村选小报"，以及基点村的"村选壁报"，来宣传村选，有系统的讲解村选的基本知识，如如何组织公民小组、如何选举、如何开票、如何竞选等，注意解答群众的疑难。（二）各地要发起写标语运动，编制小型宣传品、传单、街头诗、歌谣、村选课本，□成小册子，散发到乡村里去。

口头的——一定要简短、活泼，切合于群众的趣味。其方法：（一）动员脱离生产的剧团，编写街头剧、秧歌剧，深入乡村作巡回公演。（二）各地农村剧团，在村庄附近，组织农村晚会，组织当地的剧人，利用当地的格调，宣传村选。（三）各地小学生组织宣传队，趁集市的机会，举行化装游行、集体歌咏，使农村中沸腾在村选的歌声里。（四）在家庭里，青年宣传自己媳妇、姐妹，青年妇女宣传自己的婆婆，在□□饭后，实行"□门宣传"，宣传自己的左邻右舍。

最后，各个群众团体，它虽有广大的会员，这一大批有组织的群众，他们生长在群众里，是群众的一部份，通过他们去宣传群众，是最深入最有效的方法。因此，依各群众团体的系统，应展开一个热烈的宣传教育运动，运用干部会、座谈会、诗词会、小组会，深刻的研究讨论村选问题，使人人懂得村选，人人成为大众的宣传家，深入的去展开村选的宣传工作。

以上这些方式，是历年的累积，但还十分不够，怎样把村选的宣传工作，做得更生动、更切实，那就依靠在实际工作里，大胆的大量的创造了。

（原载一九四一年七月二十四日《太岳日报》第一版社论）

亟应整顿的小学教育

过去本区的小学教育确有相当成绩，据专属教育科统计，去年十一月反"扫荡"战争前，全区共有初级小学一千四百八十六个，男女教员一千八百五十二人，大部份学龄儿童能有机会入学，二沁的小学数目甚至超过了抗战以前，穷乡僻壤，皆能闻弦歌之声。此外尚有高级小学十五个，三十四班，完全小学三个，总共有一千一百多个学生，这在数量上虽然尚未能赶上需要，但在我们现在所处的条件下，这也就算不错了。而况，工作还在不断发展进步之中。

但在去年十一月反"扫荡"战争后，我们的小学教育就"景况全非"了，特别在二沁，小学教育几乎是一落千丈，不少的小学停止开课，任学龄儿童在街头陇畔游来耍去。有些地方虽是名义上有一个小学教育，有一个小学，而事实上则学生不过数人，上课时间不足一两小时，小学教员或成为村公所的文书协办，或成为无人过问的闲人。这种情形的造成，究其原因，约为：一、教育行政系统缺乏有系统的经常工作，没有严格的工作制度，没有切合实际的计划与有系统的深入的督促检查，而使这一严重现象自流地发展下去。二、小学教员本身有许多问题，还没有得到解决，首先是小学教员的生活问题。虽然以前政府早就颁布了提高小学教员生活待遇的办法，但是在各村中执行的一般很差，因此，在各地便免不掉要发生不安心工作的现象，同时由于现在的小学教员大部份尚未作到自由聘任，而是由行政上委派，有些小学教员与村中关系较浅，再加上某些人对外来小学教员的轻视，或者小学教员本身的某些弱点，因而造成小学教员与村中的若干隔阂，这也往往影响了工作。此外，如小学教员的本身学习问题、教学管理方法的改进问题，都没有得到很好的解决，这些也不能不影响到小学教员的工作。三、反"扫荡"后，有些村子因为房屋缺乏，居民大部分□□附近的小山庄上住，儿童也随之分散，这也影响到教育。四、教材极端缺乏。小学教员只好从报章杂志上东搜西凑一点材料来讲，听讲内容不外"政治"一类，讲课的教员毫无计划可言，听课的学生也感到单调乏味。学生的某些落后的家长更以"学不到什么东西"为理由，禁止学生上学，因此更造成恢复与发展小学教育的困难。除此而外，在根据地内尚有某些阴谋份子有计划的破坏、阻挠，在游击区与敌占区则有敌寇的摧残（对抗日的教育）与屠杀（对抗日小学教员），与有计划地扩展其"奴化教育"，并利用汉奸份子提倡"复古"的封建教育，以抵制我们的抗日民主教育，这些都使小学教员遭受到不少损失。

但是，我们不只应该指出目前的小学教育存在着严重的危机，而且应该指出这些危机确乎是可以克服的，克服的办法，我们以为：一、首先要建立教育行政上有系统的经常领导，根据目前的实际情况制定我们切实可行的计划。二、由政府严格督促各地实现提高小学教员生活待遇的办法，文救会应予以有力协助，社会上的各界人士均应□舆论力量，向轻视小学教员的现象作斗争。三、实现小学教员的自由聘任，把小学教员应该完全看成一个自由职业者，纠正随便更调小学教员的现象。四、迅速解决小学课本问题。最近听说交通局已派人专到白晋路东去取，这实是一个值得庆幸的好消息，但除了运回这些课本以外，各级教育机关还应该有计划地编制一些补充教材（例如关于"村民主运动"等），以补课本之不足。五、努力实现小学课程的正规化，克服东搜西凑漫无计划与单调乏味的现象，负责教育工作的领导机关应该拟定一定的课程方案、教育进度之类的东西，充实教学内容以纠正教学上的自流现象。

小学教育是国民教育的支柱，是我们下一代国民在思想上、文化上、精神上、身体上是否健康的决定因素。全区的教育先进，全区的教育工作同志，这一工作再不容我们忽视了！

（原载一九四一年七月二十七日《太岳日报》第一版社论）

澈底实行减租减息

半年来,我们在减租减息工作上,是有很大成绩的,譬如安泽、绵上等地,在今年的春耕时期,都获得了不少成绩。初步的建立了合理的租佃关系与借贷关系,根据所得材料,在今年春耕中,仅就安泽一个区的统计,就换了地租契约四三七张,包括租地六八二四亩,减租一五三八石,换借约二十张,包括借款一〇五〇元。这一些收获,曾发展了农村的统一战线,相当的发扬了抗日力量,但是,从全区观察,这些收获还不够大,也还不普遍,从实际效果上看,也还不够深入,有些地方,减租减息的工作方在开始,有些地方,则还没有着手,有些地方,虽然曾实行了减租减息,但有的地方是明减暗不减,有的地方是契约上减了而实际没有减,有的地方则"大租子""劳后地租""分副产""租钱租地""现扣利""牛租"(安泽、绵上)等等奇形怪状的租息形式,只以新的面貌出现在农村了。

这说明了什么呢?这说明了今天我区的减租减息还停留在文字上和口头上,还没有普遍的深入到农村里去,还没有普遍实行减租减息方法,所以减租减息仍然是我区目前一个很严重的问题。

但另一方面,也有些地方发生了以下的情况,如减租后不交租,减息后不纳息,或地租过小(如□□过低的货币地租等),都应该按照联办颁布的减租减息法令加以调整,务使减租减息□□"照顾这一阶段,也照顾那一阶段",且合乎抗战需要的原则,所以要适当的减租息,改善人民生活,是为了使民众得以衣暖食饱,发挥其抗日力量,所以要照顾地主利益,是为了巩固农村统一战线,减租减息问题,是发展与巩固农村社会统一战线最主要的问题,因为只有实行普遍的适当的减租减息,才能调整地主与农民的关系,才能实现新民主主义的政治,才能使农村的两个主要阶级——地主与农民,在政治上、经济上得到平等,也只有这样才能加强各阶级的团结,战胜日本帝国主义。

现在村选宣传,已逐渐深入农村,老百姓将从村宣传里,看到了光明的来日,了解了四年斗争的收获,而且会"百尺竿头,更进一步"。为激发实现民主的生活而热烈参选,为着实现村民主而奋斗,为要保证村选的真正胜利,就不仅经过真正的民主的选举,不仅建立真正的民主制度,而且要使政权成为各阶级的联合专政,使村政权不是国民党所宣传和实行的国民党一党专政,不是黑暗的官僚豪绅的统治,而是代表一切抗日阶级的民主政府。因此,则不仅应该在宣传上,深入民主的宣传,加强群众的民主教育,在选举上和政府组织上应该有完善的民主制度,而且应该彻底的执行政府一切改善人民生活的法令。因为只有这样,才能动员人民参加民主运动的积极性,才能吸引人民更热烈的参加村选,那么,在村选前边,开展普遍的减租减息运动。是十分必要的。而只有在这样实际的斗争中，才能把群众真正动员起来。如果说村选宣传是村选的舆论动员，那么，减租减息运动就是村选的物质准备。村选宣传与减租减息运动的结合，乃是确保村选胜利的两大条件。

现在村选运动正在逐步开展着，为了保证村选的胜利，为了在村选中克服租息问题上所存在的严重现象，进一步的发展与巩固农村统一战线，我们希望在村选中能够更进一步□□减租减息的工作，没有减租减息的地方普遍的实行减租减息，有错误的地方，即时纠正减租减息的错误，以保证联□减租减息法令的彻底实施。

（原载一九四一年七月三十日《太岳日报》第一版社论）

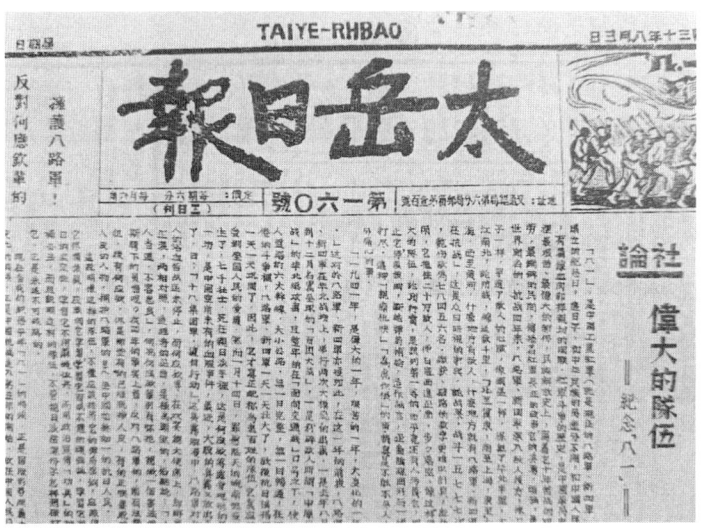

伟大的队伍

——纪念"八一"

"八一",是中国工农红军(就是现在的八路军、新四军)成立的纪念日,这日子,和中华民族的命运分不开,和中国人民有着像血肉那样亲切的关联。红军斗争的历史,是中国革命史里最艰苦、最伟大的部份,民族解放史上,写着它十年苦战的功劳,最偏僻的民间,传播着红军长征的故事,它的英勇、顽强,是世界闻名的。抗战四年来,八路军、新四军深入敌人后方,像刀子一样,穿透了敌人的心脏,像钢盔一样,保卫了华北半壁、大江南北。论防线,绵延数千里,"北至冀东,南至上海,东至大海,西至黄河,什么地方有敌人，什么地方就有八路军、新四军在抗战"，这是众目所视的事实。论战果，战斗一五七七七次，毙伤敌伪七八四五六名。缴获、破路的数字更难以计算。论作用，它拖住二十万敌人，使日寇西进企图步步落空。像这样伟大的队伍，论功行赏，是该列第一等的，如今竟还有人污蔑它、限止它，停发粮饷，断绝弹药补给，造作谣言，企图阴谋围歼与一网打尽。这种"亲痛仇快""为虎作伥"的事情真是不能不令人十分痛心的事。

"一九四一年，是伟大的一年，艰苦的一年，大变化的一年。"这对于八路军、新四军亦复如此。在这一年的前后，八路军、新四军在华北战场上，举行两次大模范的出击。一是去年八月到十二月名震全球的"百团大战"，一是粉碎敌人所谓"中原会战"的华北总攻击，且整年的在"面向交通线"口号之下，使敌人盘踞的六大干线、大小公路，无一日完整，无一日畅通，在不倦的斗争里，八路军、新四军一天一天壮大了，敌后抗日根据地一天一天巩固了。因此，它才真正配称为老百姓的队伍，它真应该受到全国人民的爱护。然而一月十四日，罪恶滔天的皖南惨变发生了，七千壮士，死在亲日派手里，这是何应钦等露骨现形的第一场，是中国空前未有的血腥事件。最近，大股的臭雾又放出来了，曰"十八集团军，擅自行动"，这臭雾弥漫中，八路军对敌人的浴血苦战迄未停止，而何应钦等，在欢宴德大使席上，却醉意正浓，两相对照，造谣者的企图，是极为显然的，俗话说："小人当道，不容忠良"，何况何应钦辈别有怀抱，想做一个寄法西斯胯下口当呢？从四年的事实上看，反对八路军的，前有汪精卫，后有何应钦，尽是那些有的已经脱掉人皮，有的正快要脱掉人皮的人物，拥护八路军的是全中国始终如一的抗日人民。

这说明像这样的队伍，不仅应该接济它的弹药粮饷，应该使它尽情发展，应该向它学习，学习它百战不倦的顽强性，学习它抗日的坚定性，学习它不用麻绳拉兵，而用政治宣传"劝兵"的扩补办法，而且说明这样的队伍，不管亲日派阴谋份子怎样想破坏它，它是永远不可战胜的。

现在当我们纪念今年"八一"的时候，正是国际形势起着大变化的时候，正是中国抗战进入第五年的开始。放在中国人民肩上的责任越加重大了，我们希望它，八路军、新四军，更加巩固，更加壮大，这个队伍越大，老百姓越有保障，日本鬼子就越没办法，中国抗战就越发迫近胜利。

（原载一九四一年八月三日《太岳日报》第一版社论）

论村选的试选

　　为了创造村选的经验，解决村选中的各种实际问题，保证村选工作的胜利，现在村选的试选，就要在各地方开始了。

　　试选，对今后村选工作的开展，是有着很重大的意义的。因为建设一个新的民主主义的、为人民所有、为人民所治、为人民所享的，团结各个革命阶层，代表各个革命阶层利益，对付敌寇的新社会，这还是中国有史以来的第一次。这件事情虽然在孙中山先生的三民主义里早已讲过，但等到北伐以后，就被"国民党一党专政"和"训政"的刀子给阉割了。一直到现在，除了陕甘宁地区以及冀察晋等抗日根据地以外，还没有实行过。今天对于我们也还是一个新的问题，这里面不但有很多技术上的问题，譬如公民登记的问题、选举办法、开会的方法和程序、政权的组织和办事的规则，需要我们耐心学习，虚心研究，实地实验，而且一定还有许多出乎我们意料的问题，需要我们解决，譬如怎样保证村政权合乎"三三制"的原则，能代表各阶层的利益而不为一个阶级所垄断，怎样克服群众轻视村政权、轻视村选的观念，怎样克服"抓大头"玩弄选举、玩弄村政权的错误行为。怎样打破妨害妇女参加政治活动的阻碍、吸引妇女参加选举式选举相当的代表，怎样调节各阶级利益等等，这些问题，都需要我们以实事求是的精神予以耐心的研究，这都不是一两篇文章、出席一两次会议所能解决的。所以试选要能作得好，作得切实深入，便能打破这些困难，使我们获得必要的知识与经验，以免成这个艰巨的任务。

在试选工作上应该注意那些问题呢？这与我们试选的目的是分不开的。我们试选的目的是为了创造领导群众参加村选的经验，研究与解决村选中的实际问题，以及研究如何创造"三三制"的村政权以实现各个革命阶级的联合专政。所以第一在试选中应该注意研究村选运动的组织与领导问题，如何深入各种群众的宣传动员工作。如何办理公民登记，以及村选委员会的工作与工作方法、选举方法、开会方法、竞选等。第二应该注意农村中统一战线的巩固与发展问题，如农村中各阶层的关系怎样，减租减息有没有偏向、怎样调整，农村有什么私人派系的冲突、怎样消除，以加强团结，各阶层对村政权的态度怎样，怎样消除他们的误会，吸引他们全体参加村选等以加强农村各阶层的团结。第三应该注意各阶层对村选的态度和村选中的偏向，以及这些偏向的纠正和克服困难的方法，譬如对村选的漠不关心的现象，玩弄或把持村政权的现象，应付选举的现象，互相争夺、互相排挤的现象，以及汉奸及阴谋份子的阴谋破坏的现象等，这在村选中是都可以发生的。第四应该注意村政权的建设问题，如村政权怎样分工、怎样开会、怎样处理村政、怎样确定村政权的施政纲领、怎样保证这些纲领的实施等，最后则应该注意研究村选与各种任务的联系问题：如怎样在村选中宣传政府法令，使政府政策得以实施；怎样在村选中纠正村政权脱离群众或违背群众利益的现象，使村政权成为与人民血肉不可分离的政权；怎样在村选中继续宣传民兵，使人民武装自卫队得到更大的发展等。这都是在试选时特别应该注意研究的问题。只有对这些问题，能取得更多的知识与经验，才能更好的完成整个村选的任务。

最后，为了试选工作能够获得更大的成绩，加强对于试选工作的组织与领导也是非常必要的。那么这就要有健全的组织，有严格的工作制度，对试选村有切实的了解，对经验有及时的总结和交换，以争取试选的成功。

（原载一九四一年八月六日《太岳日报》第一版社论）

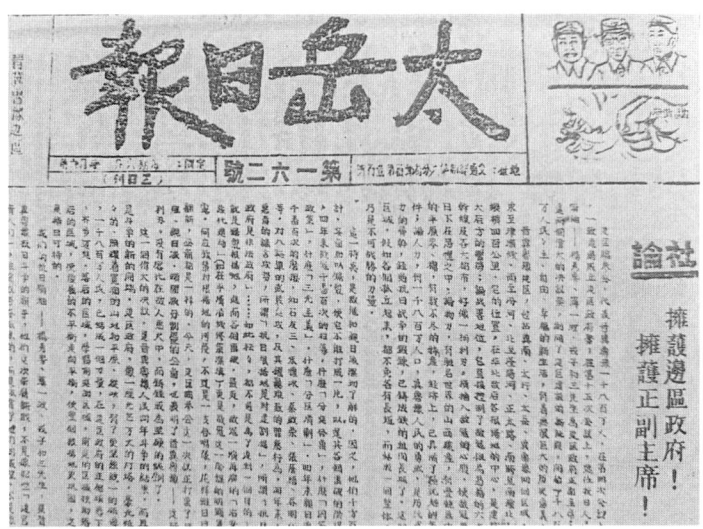

拥护边区政府！拥护正副主席！

边区临参会，代表晋冀鲁豫一千八百万人，在第四次会议上，一致通过成立边区政府案；在第十五次会议上，选任抗日人民领袖——杨秀峰、薄一波、戎子和三先生为边区政府正副主席；这两个伟大的决议案，划开了边区建设的新阶段，开始了千八百万人民民主、自由、幸福的新生活，有着无限巨大的历史意义。

晋冀鲁豫地区，包括冀南、太行、太岳、冀鲁豫四个区域，东至津浦线，西至汾河，北至滏阳河、正太路，南跨直南豫北，纵横四百公里。它的位置，在华北敌后各根据地的中心，是连接大后方的系带；论战略地位，它直接控制了敌寇依为凭藉的六大干线及各大都市，好像一柄利刃，横插入敌寇的心腹，使敌寇无日不在恐惧之中；论物力，有驰名世界的山西矿产，有丰饶无比的平原麦、棉，有数不尽的特产，经济上，已具备了极优越的条件；论人力，有一千八百万人口，冀鲁豫人民的勇武，是历代武力的骨干，经过抗日战争的锻炼，已铸成铁的血肉长城了。这个区域，假如各个孤立起来，都不免各有长短，而结成一个整体，乃是不可战胜的力量。

这一特点，是敌寇和亲日派深切了解的。因之，他们千方百计，妄图加以锯裂，使它不能打成一片，以逞其各个击破的阴谋。四年来敌寇千番百次的"扫荡"，什么"分口合击"，什么"囚笼政策"，什么"三光主义"，什么"分区清剿"。四年来亲日派千番百次的磨擦，如石友三、朱怀冰、秦启荣、张荫梧、乔明礼等，对八路军的武装进攻，及其擢发难数的罪恶行为，四年来，恶毒的谣言攻势，所谓"抗日根据地是封建割据"，所谓"抗日政府是非法政府"……如此种种，都不过是为了达到一个目的——就是锯裂根据地，进而各个击破。最近，敌寇一演再演的"治安强化运动"（如在平汉沿线修筑深沟），更是敌寇这一阴谋的明显暴露。何应钦辈对根据地的污蔑，不过是一支合唱队，花样虽日日翻新，企图都是一样的。今天，边区临参会这一决议正打击了日寇、亲日派。顽固派分割边区的企图，也表明了晋冀鲁豫——这柄利刃，没有溶化在敌人恶火中，而铸炼成为坚硬的纯钢了。

这一个伟大的决议，是晋冀鲁豫人民四年斗争的结果，而且是斗争的新的开端。边区政府，像一座光芒万丈的灯塔，豪光烁烁的、照耀着宽阔的山地和平原。从此，有了更坚强统一的领导，一千八百万人民，已结成一个力量，在边区政府的正确领导下，齐步迈进，落后的区域，学习前进的区域，前进的区域扶助落后的区域，使发展的不平衡走向平衡，使整个根据地更巩固，这是指日可待的。

我们的抗日领袖——杨秀峰、薄一波、戎子和三先生，是晋冀鲁豫抗日斗争的旗手，他们这次荣膺新战，不是像那些"达官贵人们"依靠权势夺取来的，而是依靠了他们的威望。不是像那些"假民主"圈定、指定来的，而是人民代表在光天化日下票选的结果。因之，他们的将来，决不会像那些"窃据要津□"，利用权势地位，以欺压人民，发国难财。而是出任巨艰，比人民更坚苦，比人民更英勇的站在抗日斗争的最前线。他们过去是如此，今后亦复如此。

晋冀鲁豫，一千八百万人民，我们要以无限热情，迎接晋冀鲁豫的新时期，迎接我们自己的新生活，更欢腾鼓舞的拥护边区政府、拥护边区政府主席，并在他们的领导下，为建设巩固的晋冀鲁豫抗日民主□□□，为争取抗战的胜利，而奋斗不懈。

（原载一九四一年八月九日《太岳日报》第一版社论）

普遍地建立民众学校

夏收过后，秋地里的草也锄得差不多了，现在正是百姓比较有闲暇、因而也正是开展民众教育最好的机会。

四年以来，由于我们全体人民的共同努力，根据地的社会性质已有了根本的变化——由黑暗落后的殖民地、半殖民地、半封建社会变为光明幸福的新民主主义社会。这里，我们不但建立了新民主主义的"三三制"政权，不但发展了新民主主义经济的因素，就是在文化上，也打破了□的愚昧、落后、迷信、独断的封建文化，开始创立了民族、民主、科学、大众的新文化。四年以来，广大人民的政治文化水平是大大提高了，各种文化上的提高，自然是政治经济地位提高的结果，但同时只□□来影响到其政治经济地位。

但是，如果我们仔细考察一下群众的文化生活，却不能不发现这样的事实：就是群众在文化生活上进步的程度远不如其在实际政治生活上的进步，因此也就限制了他们在政治上更进一步的发展。我们固然不能说文化程度的高低直接决定政治进步的快慢，可是其影响作用是不能否认的。比如目前正在开展的"村民主运动"，这是一个政治问题，但一般公民文化程度的高低，对这个运动的成败无疑会有重大影响的。

就是从已经组织起的群众来看，也同样是如此。今天的群众组织一般地已从开□、发展的阶段延□进到深入巩固时期，可是在群众组织中的教育工作，还一贯地是落于其他工作的后面。这样，当然限制了群众组织的巩固，最近半年，全区的民兵工作有了飞跃的发展，而目前在民兵工作中最薄弱的环节恰好又是教育问题——由此可见，四年来我们在提高群众的政治文化水平上虽已做出不少成绩，但是距离客观的需要还是很远的。

因此，普遍发展民众教育就不能不成为我们目前最迫切的任务之一。

过去的民众教育为什么未能取到更大的成绩呢？其中最主要的原因就是缺乏计划性、组织性，与力量□不集中。前一时期，各种群众组织都曾一度努力于本身的教育，农会建立过一些农民夜校，妇救组织过一些妇女识字班，其他的救国会也曾在这方面作过些工作。但是各种组织之间不统一，缺乏配合，而农村中的教育干部又极其缺乏，再加以领导上掌握不紧，所以各种夜校、识字班此起彼伏，始终未形成一个民众教育的高潮。

根据这些经验，对目前的民众教育工作，我们完全同意八月十一日专署教育科所召集的教育座谈会的意义：第一，为了力量集中，加强民众教育的计划性与组织性，我们不在一个村中建立各种不同的夜校、识字班，而建立统一的民众学校。第二，为了加强对民众学校的领导，在全区与各县普遍成立"社教委员会"，由教育科与各救、军区的宣教部门联合组成，专门研究民众教育问题。但其对下级没有垂直的领导关系，而是通过教育行政系统来实现其领导。在村中，则可由村教委会与村各救宣传部门、自卫队长，共同组成一个定期会议来计划检查。第三，应该充分估计到群众不习惯于过多的"上课"生活与群众的忙碌，所以上课次数不宜过多，每次时间也不可过长（最好不超过一小时）。第四，在课程上，普通课程只要文化课、政治课两种。在时间分配上文化课每周两次，政治课每周一次，后者用"新民主主义政治课本"（前曾在本报发表），前者用"民众千字□"（联办编）为课本。除了普通课程外，各救自身的"组织教育"与民兵的"军事教育"另外分别进行。第五，关于学校的组织，不设一个民众学校校长，由义务教育兼任，接受村教委会的领导。上课的群众可按其所属的组织（农、青、妇、工……）分别编队。关于课程的讲授，普通课由义务教员负责，小学教育也可以加以帮助。各救本身的组织教育应由自己进行，以减少义务教员的工作负担。民兵的军事教育，最好每区设一两个流动教员，专门负责到各村给民兵讲授军事课。如果找不到这样的人，应由各区武装干部兼任。第六，为了推动群众的学习情绪，使群众对教育感到兴趣，应经常按期进行测验，在学校内部发动各队、组之间的竞赛，在校与校之间应该发动以区甚至以县为单位的竞赛。

为了使民众认识民众学校的重要性，应该举行郑重的开学典礼与毕业典礼，□□毕业证书。

民众教育是一个重大而且艰苦的任务，刚一开始时，必然要遇到许多困难，我们应该以足够的信心和决心来克服它。今天群众并不是不愿学习，但是没有养成学习的习惯。所以动员群众入学，特别是使其保持经常上课，确是一件须要耐心和毅力的工作。不过困难主要是在开端，真正□学校建立起来，群众对学校有了正确的认识之后，那时工作也就比较好进行了。

在刚一开始的时候，我们不一定要求建立一个十全十美的学校。首先应该根据群众需要和□□来"打开局面"，然后再进一步使之正□□。比如某一个村的群众愿意学□□，我们的学校也就不妨□教授□□□□。

民众教育工作的成绩，将大大影响到我们其他方面的工作，这□大家一个共同任务，谁也不□推诿，全区的宣教工作同志们，特别是教育□、各救宣传点、与军区□教育工作□□的同志们，精神□干起来吧！□我们民众学校□□□□□□□□。

（原载一九四一年八月十五日《太岳日报》第一版社论）

抵制仇货

　　这半年来由于党政军民的努力，由于正确的执行了贸易政策和经济政策，我太岳区的市场是繁荣起来了；据说某些地方已超过了抗战以前的水平，这对于刺激生产、繁荣与巩固根据地是有着很大意义的。

　　但另一方面，却还存在着严重的现象：第一，各城镇市场仇货充斥，而且□是消耗品与奢侈品，而军用必需品与群众日用品却只占少数。第二，政府法令规定奢侈品与消耗品，有的禁止入口，有的课以重税，但据统计结果，出入口货物有十分之七是漏税的，而入口税仅占全部税收的三分之一。这就说明，大批仇货，如奢侈品与消耗品之入口，很多是走私漏税的。这一方面助长了敌人经济封锁（禁止必需品进入根据地）与倾销政策（推销奢侈品、消耗品掠夺根据地的资源）；另一方面，也给了投机商人捣乱市场的机会，便利了敌探奸细的渗入。第三，这种繁荣，基础是不巩固的，这就是说，开展生产，推销土货，真正摆脱敌人束缚，真正取得经济上的自力更生，还做得非常不够。在这样的情形下，我们提出抵制仇货的任务，要求开展热烈的抵制仇货运动。

我们首先要了解，抵制仇货不是单纯的防止资金外溢，而且有它新的严重的政治意义。应足够的认识，仇货倾销是敌人实行经济掠夺"以战养战"整个毒辣政策的一个环节，也是操纵我根据地的市场，以贬低□□的一种手段，敌人对根据地的企图是吸收物资，破坏建设，摧毁我抗日力量，逐渐扩大敌人的统治范围，以达到最后消灭我根据地的目的。因此，我们要确切的认识，抵制仇货与抗日根据地的巩固和扩大是分不开的。我们有充分的自力更生的基础，有丰富的资源，有正确的政策，这就是说，我们有着充分的粉碎敌人经济上的进攻的条件。

第二，要纠正一些错误的认识和倾向。要反对以□□店合作社（消费合作社）林立。摊贩布满市集，表面上市场上的繁荣，便是整个根据地繁荣了的过高估计。根据地繁荣的主要内容是生产发达，自给自足，摆脱敌人的操纵与束缚。在这样的基础上所造成的市场繁荣才是真正的繁荣。因此也要反对不敢抵制仇货，怕把市场抵制垮了的错误意见。因为只有抵制仇货，才便于推销土货，才能提高生产，才能造成市场繁荣的巩固基础。这就更应该纠正忽视生产建设的倾向，应该承认生产建设在我太岳区还是比较柔弱的一环。

第三，要加强贸易机关与税务机关的工作，要有计划的组织土货的输出与必需品的输入，以加强对仇货的统制，举凡一切奢侈品、化妆品、消耗品、丝织物、麻织物、草织物、海味等，应一律禁止入口。应严密缉私，要以严密细腻的组织工作，防止与克服目前存在着的严重的走私现象，在这方面贸易机关与税务机关更要有详细的计划与布置。

第四，要按以前联办颁布的抵制仇货的命令，仿照以前太北所已执行过的办法，开展热烈的抵制仇货运动。政府应责成贸易局商联会登记各商品、各合作社现存的一些应该禁绝的仇货，限期拍卖，以后严禁运销。特别是各合作社应首先执行政府命令，不再运销仇货，替各商号作模范。

最后，抵制仇货必须造成一个广泛的群众运动，依靠少数税收人员是万分不够的。公务人员应首先以身作则，不用仇货，消除过去公务人员是仇货主要顾主的恶劣现象。对商人则进行耐心的说服与□□，使其自动的不贩仇货，贸易局商联会应号召各商号自动的登记现存仇货。对群众则进行深入的宣传教育，激励其敌视仇货、爱护土货的观念，造成一致不用仇货的"抵货"热潮。而最基本的问题是党政军民更有计划的开展生产运动，加强工业的生产，奖励私人营业，奖励私人投资；必须掷出：某些土货工厂的出品，不肯用土货商标，而假以舶来品的牌号，是错误的。我太岳区人民应一致起来生产土货，爱护土货，逐渐以土货代替仇货，从基本上粉碎敌人的倾销政策以及"以战养战"的阴谋，为确立自力更生、独立自主的新民主主义的经济而努力！

（原载一九四一年八月十八日《太岳日报》第一版社论）

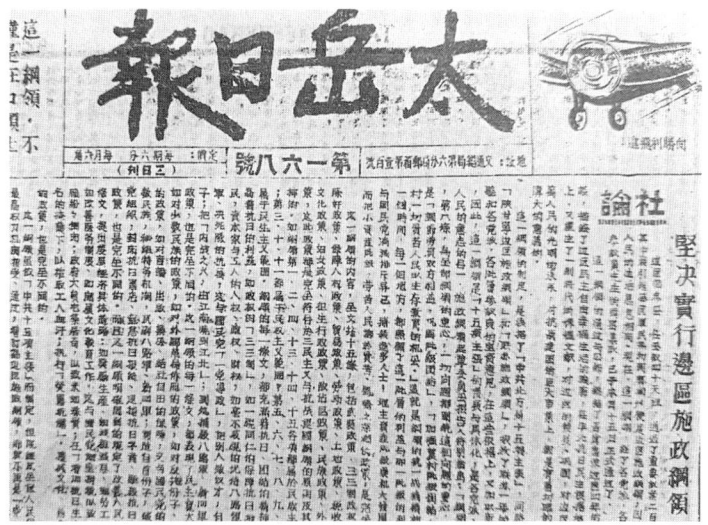

坚决实行边区施政纲领

边区临参会，在会议四十天里，通过了重要议案二百余件，其中最引起全区军民热切关怀的，便是边区施政纲领，因为这与人民的生活息息相关。现在，这一纲领，经了各党派、各阶层诸参议员先生的缜密集议，已于本月十五日正式通过了。

这一纲领的通过与公布，总结了晋冀鲁豫边区四年的艰苦建设，描绘了边区民主自由幸福生活的轮廓，在华北抗日民主根据地创建史上，又产生了一划时代的辉耀文献，对边区的发展、巩固，对边区千八百万人民的光明的未来，对抗战建国的巨大事业上，都是有着切确的贡献和伟大的意义的。

这一纲领的制定，是依据了"中共北方局十五项主张"，同时参照了"陕甘宁边区施政纲领"和"联办施政纲领"，吸收了联办一年的施政经验和各党派、各阶层参议员的宝贵意见，在这些依据上，又加以新的补充，因此，这一纲领是"十五项主张"的发展与具体化，是各党派、各阶级人民的意志的合一，施政纲领起草委员会报告人特别指出："纲领的第七，第八条，为全部纲领的重心，一切问题都围绕这个问题的重心。"这就是"调节劳资双方利益，巩固阶级团结"，"加强农村阶级团结，给予农村一切贫苦人民以生存教育的机会"。这就是纲领的统一战线精神，在每一个时间，每一个地方，都照顾了这一阶层的利益与那一阶级的利益，这与国民党消灭排斥异己，捕杀进步人士，地主资产阶级乘机大发国难财，而把小资产阶级、劳苦人民掷于贫苦、饥饿之深渊的政策，是完全不同的。

这一纲领的内容，全文共十五条，包括武装政策、"三三制"政权政策、除奸政策、保障人权政策、贸易政策、劳动政策、土地政策、税收政策、文化政策、妇女政策、卫生行政政策、敌占区政策、民族政策、外国人政策，这些政策都是完全符合于三民主义与抗战建国纲领的原则及其基本精神的。如纲领第一、二、四、十三、十四、十五各项都属于民族主义范围；第三，十、十一都属于民权主义范围；第五、六、七、八、九、十二都属于民生主义范围。纲领的每一条文，都充满着抗日、团结的精神，一切为着抗日的利益，如政权的"三三制"，如一视同仁的保障抗日地主与农民、资本家与工人的人权、政权、财权，如毫不歧视的优待八路军、中央军、决死队的抗属。这与国民党"一党专政"，把别人做奴才，自己做主子；把"内战之火，由江南烧到江北"；到处捕杀八路军、新四军家属的政策，也是完全不同的。这一纲领的每一条文，都表现了民主宽大的气魄，如对少数民族的政策，如对外国革命侨胞的政策，如对反共份子、反共军的政策，如对言论、出版、集会、结社自由的保障，这与国民党的歧视少数民族，秘组特务机关，瓦解八路军、新四军；制造自首份子，破坏共产党组织，封闭抗日书店、室息抗日报纸、逮捕抗日学者、驱杀抗日青年的政策，也是完全不同的。而且这一纲领明确周到的规定了改善人民生活的条文，提出发展经济具体道路：如奖励生产、如减租减息、如劳工保护、如改善医务制度、如开展文化教育工作。这与国民党加重捐税以致四川糖厂纷纷倒闭，政府大员屯集居奇，以致米如珠宝；在"增加抗日生产"美名的掩护下，以榨取工人血汗；执行"焚书坑儒"，摧残文化、愚化人民的政策，也是完全不同的。

这一纲领虽依"中共十五项主张"而制定，但既经过全区人民代表的最高权力机关的接受、通过，增订为边区施政纲领，那就不再是一党一派的主张，而已是边区政府和全边区人民的施政纲领和最高法则。因此，我们不仅在口头上怎样维护它，而是在实际工作中怎样使之逐步实现。

那么，政权干部，每个抗日干部首先自己要研究熟识，使它成为检查自己工作的标尺，政府一切大小法规的制度，每件施政计划之执行，应以此基本大法为准绳。在群众中进行深入的宣传，使每一个群众都掌握了这一纲领，使这一纲领的实现，获得雄厚的物质基础。这一施政纲领实现的程度，与边区发展巩固的程度，是不可分离的。

为坚决执行施政纲领而斗争，是千八百万人民的战斗任务。

（原载一九四一年八月二十七日《太岳日报》第一版社论）

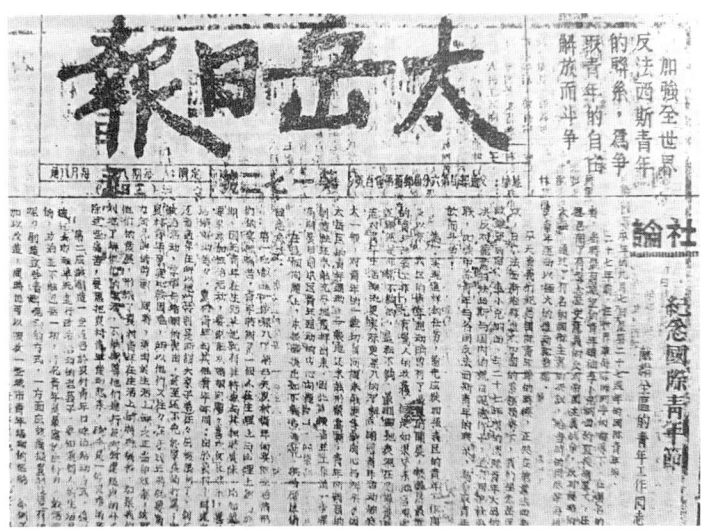

纪念国际青年节

——献给全区的青年工作同志

今年的九月七日是第二十七周年的国际青年节。

二十七年前,在世界革命导师列宁的指导下,在著名的国际主义者、当时最有威望的青年领袖李卜克纳西的直接领导下,在瑞士的倍□召开了有重大历史意义的反对帝国主义战争、反对侵略的国际青年大会,通过了有名的国际主义的决议,给当时的国际革命□动,特别是青年运动以极大的推动和鼓励。

今天当我们纪念国际青年节的时候,正处在德意法西斯向苏联进攻,日本法西斯继续进攻中国的紧张局势下,我们全太岳区的青年应该继承列宁、李卜克纳西、□二十七年前的国际青年大会的精神，坚决反对德意日法西斯与国内的亲日亲德份子，坚决拥护社会主义的苏联，加□中苏青年与各国反法西斯青年的联系，为争取青年的自由解放而斗争。

为了实现这样的任务，首先应从加强我区的青年工作开始。四年多以来，我区的青年运动确曾有了□□的开展，特别是最近半年以来的青年武装工作，□有惊人的收获，但是如果拿来和客观需要相比，还显然是非常不够的，这种不够，最明显地表现在领导青年工作的同志对青年生活缺乏更实际更深入的了解，领导青年活动□□□□简单太一般，对青年的一些切身问题未能更多的关心与解决，因此，□□太岳区的青年运动，一般地还未能形成高潮。青年所□有的积极性和创造性还未能充分地发挥出来。因此□□青年工作进一步深入，就成为开展目前本区青年运动的中心问题□□。

在这个问题上，本报仅提出如下几点意见，供给全区的青年工作同志参考：

第一，应该进一步深入了解今天农村青年的实际□□情形，解除他们的实际痛苦。青年时期是一个人在生理上与心理上□□□成熟的时期，因而青年在生活上也就有其特点与其独特□□。比如要求学习，要求参加政治活动，要求□□婚姻问题，喜欢文化娱乐，喜欢集体，活泼好动等等。农村青年与其他青年不同：由于农村的封建家长制度还普遍存在，所以他们特别是所谓大家子弟往往会被限制了，剥夺了参加政治活动、学习与婚姻的自由，甚至还不免于家长的打骂；由于大部农村青年家庭比较困难，所以他们又往往在□□年时就要负担超过体力所□□的劳动。同时，更由于生活上缺乏正当的娱乐，这就阻碍了他们的发展，形成了农村青年在生活上的特殊□□。如果我们不能深刻地了解他们的生活，不能领导他们进行反对封建压迫的斗争，以解除这些痛苦，要想把农村青年发动起来，确实是一件很难的事情。

第二，应该创造一些适合于农村青年口味的活动方式。这首先要打破过去那种单纯进行政治活动的老套子，要知道个人的生活是多方面的，政治并不能包括一切，何况青年是最富于生命力、最活泼好动的呢？创造这些青年活动的方式，一方面应该发掘农村□□有的形式而加以改造，同时也可以吸收一些城市青年活动的经验，举例子说，比如在体育活动上，可以开拳□，举行越野赛跑、游泳比赛，以及组织某村青年对另一村青年的"体育对抗"，□□□□□赛跑、跳远、跳高、掷重等，并可以在这些活动中充实□□□的内容；比如在文化娱乐活动上，可以组织八音会、秧歌班、歌咏队，开关于青年本身问题或其他专门问题的座谈会、讲演会，在□□节日纪念日开晚会（这些晚会可以采取各种形式、各种内容，比如八月□□□在月下开□会，正月十五可以开灯谜会，秋收后可以到野外会餐等）。组织棋类的比赛，□□□□□的□□、演习（比如陕甘宁地区青年举行的"□□□□"演习，"九一"大会太中举行"公审何应钦"演习等）组织甲村青年与乙村青年、校内青年与校外青年的联欢等。比如在生产劳动上，可以组织青年扎工队；在青年的军事组织中的活动上，可以进行野战实习，举行露营，练习夜袭、偷营等等。

第三，应该加强农村青年学习的组织与领导，使他们在政治与文化上进一步提高，因为农村中的青年要参加生产，所以大部份是不能入学的。即使上过小学，但如果毕业后就再也不翻书本，日久天长，也就记不得什么了。因此，领导青年的日常学习，就应该成为青年组织的最基本任务之一。在学习的方式上，除了一般的参加民众学校外，程度较高的青年可以在青救会（或文救会）的领导下建立学习小组，进行某种专门问题，或一般政治文化的学习（比如：新民主主义研究会、边区施政纲领研究会、新文字学习小组、算术学习小组等等）。这种学习小组，可以聘请一些对某一问题较有基础的人为指导员，还可以定期举行几个小组的联合测验、竞赛等，以鼓励学习。

第四，应该教育农村青年合理的解决婚姻问题。由于家长的包办婚姻，今天有许多青年在婚姻问题上是感到□□的，因之在这一问题上也就产生了一些偏向。目前最严重的现象就是两性关系的混乱（自然，这种现象不单纯是封建婚姻制度的结果）。因此，我们今天一方面应该领导农村青年争取婚姻自由，反对封建的家长包办婚姻，同时应该在青年中展开反对两性关系混乱的斗争，使他们了解这种现象对社会秩序、国民健康、国民心理的恶劣影响，认识这种行为是不合于新民主主义道德的。此外还应该领导青年反对早婚、自淫，以及其他一切不合理的婚姻制度与两性关系。

（原载一九四一年九月九日《太岳日报》第一版社论）

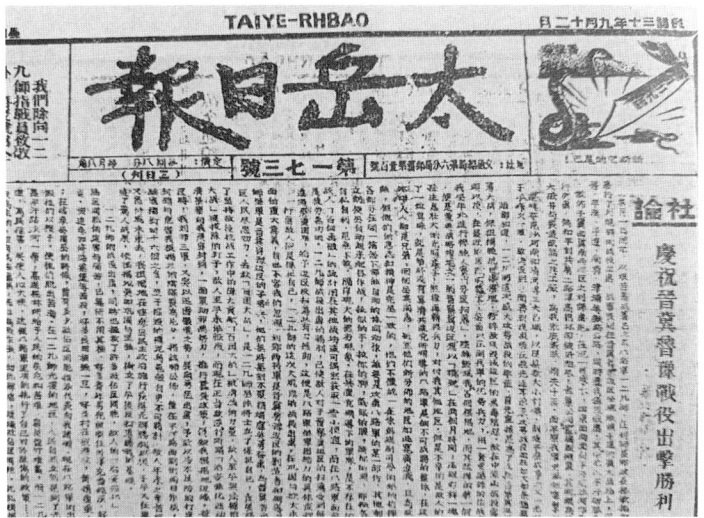

庆祝晋冀鲁豫战役出击胜利

本月一日开始,以艰苦善战著名之八路军一二九师,在刘师长邓政委机敏指挥之下,举行了大规模的战役出击,战事展开在晋冀鲁豫边区全境纵横千里的广大战场上,同□、白晋、平汉、平辽、南□、津浦等铁路公路,同时遭我猛烈攻击,其中尤以平汗动□□□□□。散布于冀西冀南两地区之刘师□□,在统一号令下,由东西两面向平汗□沙河邯郸一线施行夹击,伪和平剿共第二路军高德林部被歼殆尽,老巢公□□捣毁倾覆,其所谓为金库之三大矿井与制造武器之兵工厂,为我彻底毁灭,损失千□。而平原我军更风驰电掣所向无敌连续夺克沙河南和清河等三大名城,以及无数大小村镇,创造平原战争之又一光辉战绩,于□烽火一□，敌伪□□，□胜利□□犹在竞先□耳朵来，攻势战役迫在如火如荼猛烈发展之中。

谁都知道，一二□□这次盛大攻势战役的举发，首先直接是为了支援晋察冀边区的反"扫荡"大战，保卫模范抗日根据地，粉碎敌寇毁灭边区的恶毒阴谋。敌在中条山战役尝到一些甜头以后，在最近的□□□□下，□面以压制我军的优势兵力，用一□更酷辣的作战方法，向我全华北进行惨绝人寰"分区'扫荡'"，陆续毁灭我各个根据地，而其选择的第一个开刀对象，便是□□战略阵地之一的晋察冀边区，想以"精锐"在两个月时间，击破那样一块炎黄子孙生息壮大的光明□□，然后再转移兵力，对付我其他地区。但是不幸的是敌人的算盘打错了一粒算珠，就是始终没有算清共产党所领导的八路军是个不可战胜的整体。在这统一的整体□人人都是兄弟，个个全为同志，虽然他们所分布的地区如此宽广辽阔，且为敌所分割隔□，但他们的意志和精神是完全一致的，他们不仅统一在朱彭总副司令的□的指挥下，而且各部分在同一信念下都能自动的协同动作，谁要是攻击八路军的某一部份，其他部份的健儿立刻便会自动起来配合作战，扯你的手，拉你的脚，截你的腰，断你的头，那种各保实力、自私自利、见危不救、隔岸观火的恶劣现象，在共产党领导下的军队，是不存在的。因此，敌人"各个击破"的诡计用在其他战场或可偶然获取一些小便宜，而在八路军面前，却完全是徒劳无功的。一二九师战役出击的胜利，已使敌人对于晋察冀边区的"扫荡"受到很大牵制，遭遇严重困难，给予边区反"扫荡"以有力援助，这便是八路军全军团结力的具体发挥。

打击敌人便是保卫自己，一二九师的这次大规模的战役出击，在巩固与扩大本根据地方面的重大意义，自也不容我们忽视，刘邓两将军是晋冀鲁豫边区的创造者和领导者，一二九师全军是晋冀鲁豫边区的子弟兵，他们无时无刻不殚精竭虑英勇奋击，为晋冀鲁豫边区和边区人民尽忠效力。去秋"百团大战"，是一二九师全体将士为了保卫自己、发展根据地，为了坚持敌后抗战工作中的伟大贡献,"百团大战"被消灭的力量,敌人至今无法补偿,"百团大战"被拔除的钉子,敌人至今未能恢复,而现在正当敌遂行所谓"治安强化运动"一面筑沟筑寨向我严密封锁,一面策动邪恶势力,推行"蚕食"政策,侵蚀我根据地边缘。扩大其占领区时,我刘师三军,又突以迅□□□之势,展开勇猛出击,予敌以冷不及防的打击,使敌寇封锁与危□我根据地的阴谋裂为片片。据该师公□,仅在平汉路西侧的两日作战,我已拔去敌寇□钉四十六个之多,至于摧毁的□泥乌龟壳自更不可胜计,敌人年来之辛苦经营,可谓又悉付流水东去,我根据地在临参会民主政治施行获得光辉胜利以后,于今□在军事前线创造了惊人战果,使根据地更加巩固与坚强,树立了今后反"扫荡"胜利的基础。

一二九师的战役出击,同时也拯救了许多敌占区同胞。敌人的"治安强化",其给予沦陷区同胞的迫害与痛苦,已无所不用其极,好多青年男儿被□往外洋充当炮灰。好多老□童叟,被迫参加修路筑堡等苦役,好多良田被毁一旦,好多村庄被湮没,苛捐重重,虐杀时闻;在临参会开会的时候,曾有多少敌占区同胞推派代表向我请愿,现在八路军的出击,便是假他们以援手,使他们脱出苦海。在一二九师光复的地区,人民自然立刻见到了光明,特别是平汉踏沙河一带,高逆德林所给予人民的灾厄和苦难,真是罄竹难书,而一二九师痛创高逆,为民除害,真使人心大快。这里八路军坚决的执行了自己对于敌伪的政策……宽大和□服为主的,但有民族蟊贼,死心为敌作伥,助仇肆虐,蹂躏敌占区同胞,扰乱根据地安全,而又执迷不悟,争取不成者,则八路军唯有以最严厉手段,最后促其反省,由此可见一二九师不仅是坚持晋冀鲁豫边区抗战的主力,而且是边区同胞、敌占区同胞的救星。

一二九师的攻势作战□在节节进展,但敌人对晋冀鲁豫边区的"扫荡",已剑拔弩张,今日我们庆祝战役出□的大捷,除向一二九师全体指战员致以崇高的革命的敬礼外,同时即在此□□号召,全边区军民加紧一切备战工作，准备□□敌人空前暴虐的大"扫荡"。而为了要使反"扫荡"胜利，最重要的是要保护我们自己的子弟兵一二九师，帮助子弟兵的壮大发展，解决子弟兵的各种困难，没有子弟兵就将没有边区，这是我们应该深刻铭记在心的。

（原载一九四一年九月十二日《太岳日报》第一版社论）

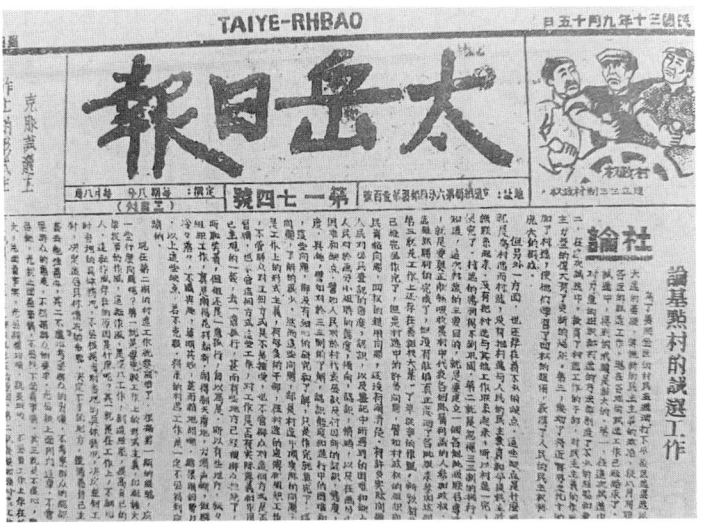

论基点村的试选工作

为了展开全区的村民主运动，打下今后区选县选以及边区大选的基础，实施新的民主主义的政治，从八月开始了各县各区的试选工作，现在各地的试选工作已经结束了。在这次试选中，得到的成绩是很大的。第一，在这次试选中各地方对力量的组织和村选的方法都创造了不少的经验和教训。第二，在这次试选中，教育了村选工作的干部，对民主主义的作风，与民主力量的伟大有了更新的认识。第三，发动了将近百分之九十的公民参加了村选，使他们学习了四权的运用，获得了人民的民主权利，兴奋了广大的群众。

但另一方面，也还存在着不少的缺点，这些缺点是什么呢？第一就是为村选而村选，没有把村选与人民的民主教育和今后民主政治的实施联系起来；没有把村选与其他工作联系起来，所以村选一完，什么也便完了。村选的胜利得不到巩固。第二就是忽视"三三制"的执行，他们不知道，这次村选的主要目的，就是要建立一个各个阶级联合专政的政权，就是要真正能够吸收农村中代表各个阶层利益的人参加政权。所以村选虽然胜利的完成了，但没有能够真正发动了各阶级来参加这个政权。第三就是工作上还存在着粗枝大叶、潦草从事的作风，所以村选过程已经完全作完了，但是村选中的许多问题，譬如村政权的组织问题、公民资格问题、四权的运用问题，还没有闹清楚。有许多实际问题，譬如人民对公民登记的态度、认识，以及登记中所遇到的困难和缺点，譬如人民对于划分小组时的态度、倾向、认识、情绪，以及在划分小组中的困难和缺点，譬如人民对于村代表会议及村公所的认识、态度、了解程度、兴趣，譬如对于"三三制"的了解、认识态度和进行中的困难和缺点等，这些问题，都没有细心的研究和了解，只是作完就真完了。这些实际问题，了解的很少。然而这些问题，却是村选中顶实际的问题。第四就是工作上的形式主义，有好多的干部，在村选的宣传和组织工作方式上，不管群众对这个方式是不是接受，也不管群众对这个方式是否合群众习惯，也不管这个方式这些工作，对工作是否有实际意义和作用，凭自己主观的一套，去一意孤行，甚而有些地方已经被群众拒绝了，被群众所耻笑着，但他还是一意孤行，自以为是。所以有些地方，种种宣传和组织工作，真是闹得花样翻新，闹得翻天覆地，力竭声嘶，但群众还是冷冷落落，不感兴趣，莫明其妙，甚而暗地胡嘲，结果闹个费力不讨好。以上这些缺点，若不克服，将来的村选工作是一定不会得到应有的成绩的。

现在第二期的村选工作就要开始了。根据第一期的经验，应该注意一些什么问题呢？第一就是要克服工作上的形式主义和粗枝大叶、潦草从事的作风。这种作风，是深入工作、创造经验、提高自己的最大敌人。这种作风存在的原因是什么呢？其一就是在工作上，不细心了解当时当地的具体情况，不会根据当时当地的具体情况，决定整个工作的方针，决定适合具体情况的步骤，决定下手的地方，仅凭着自己主观的一套去勉强着办。其二不虚心考察群众的习惯，不考察群众的认识，不考察群众的态度，不根据群众的要求。光会从上面闭门造车，不管他是否合□，光从上面看事情，不会从下面看事情。其三就是不虚心，骄傲自大，片面看事实，光会夸耀功绩，说长□□，不会看工作上存在着的缺点和暗影。这就是这种作风存在的原因。第二就是要加强村选工作与其他工作的联系，以巩固村选工作的胜利。首先要在村选中或村选后保证政府各种政策如民主政策与财经政策的彻底实施。其次要真正改善人民生活，要大大发展人民武装自卫队伍及民兵以保卫家乡巩固民主生活，要实行优待抗属，提高抗属的社会地位。最后而且也是最重要的加强反"扫荡"的准备工作，加强对敌斗争，只有这样才能巩固村选的胜利。至于"三三制"的执行，尤为村选工作的中心，所以如何保证"三三制"在第二期村选更应切实注意。

（原载一九四一年九月十五日《太岳日报》第一版社论）

粉碎日寇秋季"扫荡"!

八月以来,日寇开始对我冀察晋边区大举"扫荡",同时在华北各地加紧其所谓"第二期治安强化运动",其内容为:首先日寇"扫荡"我抗日根据地之方针,是以我某一地区为对象进行全面的突然袭击,尽量使用新式武器,并辅以经常的小规模"恐怖""肃清"和"包围",同时随着"扫荡"的进展,普遍地修路、浚河、筑堡以及大量编练伪军。这样来割裂和封锁我抗日根据地,将我军民围困于狭小范围,以便遂其各个击破的毒计。其次在日寇所到之处,特务人员(工作队)即大施恐怖手段,震慑人民,屠杀逮捕,大捉壮丁,登记人口,发给良民证,发展连环"爱护村",实行联保连坐法,建立公开和秘密的"维持会",

同时更加无耻地以"反共""灭共"为中心，挑拨欺骗，散布悲观失望情绪，推行顺民奴化政策，建立各种反动组织，以期麻醉我抗日根据地人民的抗战意识。复次在经济方面，敌人对我根据地将采取封锁和毁灭政策，这便是隔断我各抗日根据地的联系，隔断城乡的联系，并实行其"烧光、杀光、抢光"的"三光"口号，极力破坏我根据地内的建设事业。在目前则强夺我收获，运入敌人据点内，此外大量发行伪钞，破坏法币，倾销仇货，以期摧毁我根据地金融和经济。

为了保卫根据地，粉碎敌人的"扫荡"，我们应当采取如下的对策：

第一，要普遍和灵活的开展游击战争，对群众作深入动员，使他们踊跃参加与支持游击战争，帮助和配合八路军主动作战，积极和主动的袭扰消耗和牵制敌人，武装保卫秋收，将收获安全储藏，实行空舍清野，并袭击掠夺秋收□□抽丁的敌伪部队，并积极的开展破坏交通战，派战后宣传队突入敌后揭破敌人的欺骗宣传，加紧灌输人民以应付日寇各种新武器的知识，如防空防毒和消灭敌人降落伞部队之方法等。

第二，利用日寇暴行事绩，激发根据地人民和敌占区人民同仇敌忾之心，而建立广泛的抗日民族统一战线。

第三，充分利用敌伪间的任何矛盾，与日益增长的伪军反日情绪和敌军厌战情绪来加紧敌伪工作，执行正确的对敌伪军政策和俘虏政策，以瓦解敌伪军及伪政权，扩大抗日民主政权的影响。

第四，有计划地进行锄奸工作，肃清敌伪在根据地内一切特务活动，根绝内应，特别要在群众中揭发日寇的奸细政策，来提高人民的警惕性。

第五，执行正确的财政经济政策，吸引根据地内外人士提□举办生产事业，减轻人民负担，改善人民生活，展开抵制仇货运动，严禁有害于根据地的物品输入，这样来打破日寇在经济上毁灭我根据地的企图，而保证我对日寇进行持久战争所需的经济基础。

（原载一九四一年九月十八日《太岳日报》第一版社论）

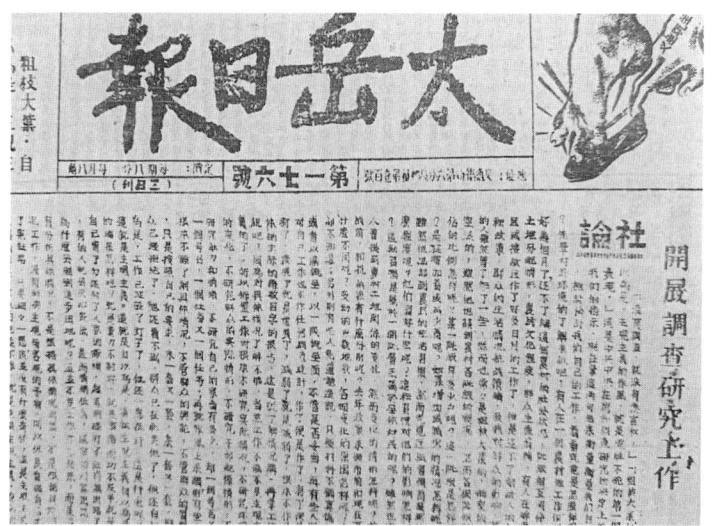

开展调查研究工作

"没有调查,就没有发言权。""粗枝大叶、自以为是、主观主义的作风,就是党性不纯的第一个表现。"这是中共中央在关于调查研究的决定上给我们的指示。现在拿这两句话来衡量衡量我们自己,检讨检讨我们自己的工作,看看究竟是怎么样呢?先拿对于环境的了解来说吧!有人在一个农村做工作作了好几个月了,还不了解这个农村的社会状况、阶级相互关系、土地分配情况、农民文化程度、群众生产情况。有人在游击区或接敌区作了好多日月的工作了,但是还不了解敌人的各种政策、群众的生活情况抗战情绪、敌我对群众的影响。有的人虽然曾了解了一些,然而也常常是粗枝大叶的、抽象的、空泛的,虽然他也谈到农村各阶级的情况，然而各个阶级所占的比例怎样呢？某一阶级有多少户呢？这一阶级是怎样呢？是在增加着或减少着呢？如果增加或减少的情况怎样呢？虽然他也谈到农村的生活习惯，然而究竟这种习惯普遍到什么程度呢？他们习好什么呢？这种习惯对他们的影响怎么样呢？这种习惯是属于一个阶层或属于全体村民的呢？虽然也有人曾提到农村土地关系的变化，然而变化的情形怎样呢？抗战前和抗战后有什么分别呢？去年政策未颁布前和现在有什么不同呢？变动的户数地数，各个变化的原因怎样呢？这都不知道。另外则有些人则道听途说，只顾材料不顾真伪，或者以偏概全，以一段概全面，不管是否妥当，再有些人则对自己工作也不作任何调查统计，作了便是作了，有了便是有了，发展了就是发展了，减弱了就是减弱了，根本不作具体的实际的带数目字的报告。这是就了解情况讲。再拿工作说吧，因为对具体情况了解不够，当然工作不能不是主观主义的了，所以布置工作对根本不研究实际情况、不研究环境的变化、不研究群众的实际情形、不研究干部配备情形、不研究能力和情绪、不研究自己的家当有多少，却一个号召又一个号召、一个任务又一个任务。再就作风上来讲，则有些人根本不愿了解具体情况，不管群众的舆论，不管群众的习惯，只是按照自己的要求，来一套又一套，来一套有一套。群众已经拒绝了，他还看不到，群众已在耻笑他了，他还自以为是，工作已经碰了钉子了，他还一意孤行，这是什么呢？这就是主观主义，这就是自以为是。这种主观主义、自以为是的结果怎样呢？就是费力不讨好，就是事倍而功不及半，就是自己费了力还讨了人家的厌烦。□等到碰钉子碰得无出路了，有的人就会灰心丧气，甚而情绪低落，感觉烦闷无出路。为什么会闹到这步田地呢？这并不是工作作不起来，而是没有分析具体情况，不是根据具体情况出发，不是根据具体情况工作，没有解决主观与客观的矛盾，所以尽是□碰□□□了冤枉路。只要细细一想，这并没有什么奇怪，这是主观主义应得的结果，所以治也并不难。这就是克服主观主义，克服自以为是的作风，建立调查研究工作，切实研究具体情况，而又从一切具体情况出发，这样就可以保证成功。

但这并不是一件容易事情，要想真正作到，必须来一场斗争才可以。向什么斗争呢？要向老百姓过日子似的习惯作斗争，老百姓在家里过日子，每年土地总小过几□，每天出入总不过是□□□□，接触的人总不是伯父兄弟□□，无大□□□□□□，所以是用□□调查□□研究工作的。

（原载一九四一年九月二十一日《太岳日报》第一版社论）

劝募公债

生产建设公债已经发行下来了，太岳区认销的数额是五十万元。

这六百万元的边区生产建设公债，是抗日政权发行的，是人民代表机关——边区临参会决定发行的，目的是为了发展生产建设，巩固根据地，改善人民生活。所以与边区的每个公民的利益都是息息相关、不可分离的，因此推销生产建设公债，这应该是每一个爱护根据地的公民光荣的责任。

且举眼前几件事情，这是大家亲眼看到的：日用品的价格为什么飞速上涨？煤油、食盐、电料、火药为什么这样缺乏？太岳区是羊毛、棉花的名产地，为什么还缺乏布匹、毛线？我们有河滩为什么不产稻米？我们有松□，为什么缺乏墨汁？我们有麻皮，为什么没有麻布？我们有瓷土，为什么没有瓷器？我们有钢铁，为什么没有充分的铁货？为什么？问题在那里？这些问题的焦点，就在于我们还没有大大发展生产、建设工厂与修水利。然而这正是我们目前所需要的，因为只有这样，才能解决我们日常的需要，才能够作到自给自足，摆脱对外的依赖。细密的调查一下，我们不难了解，我们有丰富□□人的资材，但是这些资材，却贱价为敌寇吸去，我们换回的，是价格十倍高昂的制造品，所以每年结算下来，总是入口的东西比出口的东西多好几倍，货币大量外流，为什么？就是因为我们还没有大大发展生产，建设工厂，兴修水利。然而这在对敌斗争上却正是目前所需要的，因为只有这样才能争取出入平衡，才能变入超为出超，增加国民财富。我们常说人民生活的改善，然而怎样才能改善，除了在政治上调节各阶级利益外，而最重要的便是发展生产，因为生产发展了，根据地繁荣了，工商业便可以发达，国民的收入便可以提高，人民生活便可以得到更好的改善。

这次人民代表机关——边区临参会以高瞻远瞩的伟大见识，通过了边区三年实业建设计划，拟定了实业建设的具体方针，举凡造林、畜牧、纺织、造纸、冶金、采煤、炼铁……并且发行了实业建设的公债。没有问题，这与根据地的巩固、人民生活的改善、击破敌寇的经济封锁、坚持敌后长期战争，都是有着重大的作用的。

现在公债已经发行下去了，每一个公民，都应该热情的购买自己的公债。参议员们，为了领导人民已四处劝募，并做购债的先导了。另外，我们更希望各级干部、各机关团体、士绅名流、热心公益素孚众望者，竞作先锋，承当一定数额，为群众表率。同时把发行公债的意义、公债的用途、公债的发行办法，深入到群众里去，使人人了解这是人民自己的事，同时向自己的亲属、友好、故旧，进行劝募，使自己成为募集公债的□□队员，如此人口一词，人手一纸，五十万生产建设公债，不难一卖而光。

同时为了迅速完成公债的推销，在募集公债上，应该掌握时间，抓紧时间，把它当做一个疾风暴雨□□□□，切记□止一个□向，就是摊派。这种摊派不但会影响群众的积极性，影响群众对建设公债的认识，而且会妨害□□□□□，影响政府的威信：□□大家了解了公债是什么，为什么发行公债，□□□踊跃□□。想□这一地步，唯一的依靠是□□的宣传工作。

现在公债已经发行下来了，□□开展每个□□劝募□□，掀起一个广泛的发展□□的□□□。

（原载一九四一年九月二十四日《太岳日报》第一版社论）

再揭露敌寇的"治强"阴谋

随着太平洋形势的紧急，敌寇的"治安强化运动"叫得越来越凶了。现在侵略与反侵略两个阵营中间已呈现了爆炸的状态：泰国已宣布了"保卫王国法案"，开始举国的动员，英军络绎增防香港，菲岛首次实行灯火管制，津沪美军已全部撤退，调移菲岛，英澳、荷印相继保证一旦日美冲突，即为美方后盾，美国正式决定武装保卫滇缅路，派遣空军掩护军火输华。在太平洋的东岸，日美谈判正奄奄一息，从遥远的顿河流域，又传来了苏军攻克罗斯托夫的捷报，正在这个时候，我二届国参会，再次郑重决议："抗战到底，收复失地"的伟大决定，这种种情势，□使日寇陷于"人人喊打"的狼狈状态。

日寇在中国已经打了四年半，越打越拔不出腿来，现在又不能不卷到太平洋的战争漩涡里边去，拿自己所有力量，去碰英国美国的飞机军舰大炮；不管是三个五个月或是三年五年，日寇的命运总是不妙的。

日寇和汗奸现在整天的狂叫"治安强化"，这是很自然的，假设他们不能把敌占区人民的物力人力，拿去当炮灰，一旦太平洋上的战争爆发了，日寇更无法支持太平洋战争。卖国汉奸头子汪精卫和王揖唐之流，也无法应付中国人民的反对，来维持他丑恶的"统治"。

什么叫作"治安强化"呢？"治安强化"就是更加严厉的镇压敌占区的中国人民，榨取敌占区中国人民的人力物力做支持太平洋战争的资本。所以所谓"经济战"，就是榨取我敌占区同胞的烟幕弹，所谓"灭共自卫"，无非是捕捉壮丁，去做日寇的替死鬼，事实上他已经这样作了，四年来他已经捕捉去了二百九十万壮丁了。不过，现在更加凶恶。现在敌占区，敌人正以强迫入股的办法，没收我商家的资本，并以"保□"粮食为名，抢夺我农民的粮食，最近洪洞已开始"圈地"夺我农田，强迫种植棉花、大麦，割断我农民依以为命的粮食生产，眼前，敌占区苛捐杂税，已不下八十多种，一颗金牙要税，一根扁担要税（叫搬运工具税），吃肉也要税（叫做优居饮食税），穿皮鞋、烫头发、生孩子、娶媳妇……都要税，杂税累累不胜枚举。强迫人民领"身份证"、"居住证"，强迫合并村庄，施行辗转敲诈，使我同胞无走路、居住自由，敌以"自卫"为名，搜捕青年壮丁，或编入各种伪武装，做敌军后备，或秘密运送出境，做苦力、当伪军，竟至如奴隶一样，卖给德意换取军火，使我万千青年，生受冻饿、劳役、鞭笞之苦，死无葬身之地。今天我敌占区同胞所受到的压榨剥削，已超过了历史上任何的黑暗时代。

华夏汉奸头子，在这个时候是很费踌躇的，命运好像风前残烛，所以日寇一旦倒台，便不免来一个"树倒猢狲散"，到那时，日寇既不能依靠，中国人又未必要他，中国的革命人民革命军队还要打他，所以他到处狂奔，替日寇做马前走卒，进行疯狂搜刮，特别鼓噪其"经济封锁"，搜索破铜烂铁，做制造军火的原料，抢夺人民食粮，替日寇囤积军粮；鼓噪组织群众，捕捉壮丁，统治人民日用品，一天三根火柴，一月四两食盐，来效忠日寇，捞下些本钱，但这是不是能挽回他们悲惨的命运呢？这除非天下倒转。

关于敌寇的"治安强化运动"，敌占区人民和根据地人民的斗争更加一致起来了。我们时时刻刻不能忘记他们是中国民族的优秀儿女，我们时时刻刻不能忘记他们每天所受的侮辱蹂躏和虐待，我们时时刻刻不能忘记他们的悲哀他们的愤怒，他们的抑郁与烦闷。我们时时刻刻不能忘记被敌人驱使奴役，被敌人送往不知几千里以外的青年壮丁。现在□□"治安强化运动"，敌占区的中国同胞的生活是更加恶劣了。

这时候，根据地的人民，应向敌占区的人民伸出我们的援手。这时候，我敌占区的同胞，应广泛展开对敌人的不合作运动，从多方破坏敌人的阴谋，打击敌人，削弱敌人，使敌寇"治安强化"阴谋归于破产。

（原载一九四一年十二月三日《太岳日报》第一版社论）

西南太平洋形势紧张

日美谈判已进入严重的阶段。

美国务卿赫尔于上月廿六日以美国照会面交来□，由他转送东京政府。至今亦已旬日，但日本政府却还未作书面的正式回答。本月一日日本政府开临时内阁议会，东条首相虽一面宣称与美暂时继续谈判，同时却又公开宣称："日本已具决心，以非常之力，排除英美在远东之势力。"本月二日，美副国务卿威尔斯再向日提出照会，质问日本派遣军队□至越南之目的安在？日本今后意图若何？日本亦尚无合理的答复，却继续增兵越南。而野村亦称："对赫尔通牒和□□□，日本尽可能的避免战争，但任何事项，亦不始终排除战争。"以外交人员而说出此种言论，尚属初次。

日本在华军队不仅不撤退，却大施轰炸滇缅路，作为对美国声言保卫铁路运输和"空中巡逻"之回答。德国在日本之第五纵队，亦大肆活动，中野正刚于三日在会议上说："美不承认东条三原则及停止援华，日本将诉诸武力，如击沿美国运输轮船等。"由于日本政府这些挑战的言行，因此远东形势，尤其是西南太平洋形势突然紧张起来。

希特拉正在用各种方法策动太平洋上日美战争。德国的策动，不限于外交上的引诱和压力，如东京德大使之不断活动，以及里宾特洛甫宣称："日本为东亚主人，亚洲的最大同盟国"之类，并且采用军事进攻的方法。这种军事上的策动，不仅表现于对苏京之第二次攻势和最近在北非对英军之反攻，并且直接表现于在印度洋上之海盗行为。德舰窜印度洋，击沉澳巡洋舰"□尼"号，即为一例。希特拉已伸出自己的魔手，□呼自己的盟弟，参加正在进行着的欧非大战，日本见于德军之逼近莫斯科和最近两日英军在北非之进攻失利，亦正在跃跃欲试，于是有日军集中机械部队和□机于越南之□，对泰国滇缅路和荷印等地侵犯之姿态准备待机而动。敌报亦提出什么"日泰联防"之计划，无非欲制造侵泰借口和"社会舆论"而已。

英美政府鉴于日寇言行可疑，在西南太平洋上乃不得不采取某些自卫的具体军事措施。英国新建立之舰队开抵新加坡，而马来亚于十二月一日宣布动员全体预备兵和义勇军，荷印空军于次日宣布全部动员，菲岛亦采取非常警戒，英海军部亦下令在华英船立即驶往香港，在我国沦陷区英美侨商亦大批撤退，上海证券大为跌价，香港汇丰银行总行已奉命迁往新加坡，美国援华工作亦较前积极，大批空军及飞机运华等等。所有这些措施之目的，一方面是为美日谈判之后盾，以求谈判之成功。另一方面也是严防谈判破裂后日本发动新的军事侵略行动。

日本疲于对话侵略战争已四年四月有余，英美对日实行经济封锁亦有四月。日本国内经济困难和人民反战情绪日益增涨，日本对外又处于孤立寡助之地位。德意虽为日本同盟国，但相距太远，在经济上既不能给日本以直接援助，在军事上亦不能给日本以直接之战略配合。处在内外困难条件之下，日本是否立即发动新的军事冒险，首先取决于莫斯科苏德前线和北非英德前线战局发展如何，再取决于太平洋上ABCD等国对日态度之是否坚决一致，以及日本内部革新派与现状维持派之间的斗争结果如何。

南线苏军虽收复罗斯多夫，但莫斯科前线严重形势尚未解除。北非英军进攻最近两日亦不顺利。日美谈判陷入僵局。日前虽然还不能断定日本立即发动新的太平洋战争，但太平洋上的暗云确实日益增涨，西南太平洋的形势是尤为紧张。假若日本侵泰，则正如美官方人士所言："日本侵泰，即为菲律宾及美国获取荷印资源之直接威胁，日本倘若统制泰国，亦即直接威胁新加坡，使英国在印度之地位受严重影响。"因此，英、美、荷、印□□不会袖手旁观，不像去年对日本攫取越南时所持之态度，而□引起日美谈判之□□□□，以敌□太平洋上日本与ABCD等国□之大战。这□□□□□□□，我们就以□□□□象力，□□目前西太平洋形势之□□。

（原载一九四一年十二月九日《太岳日报》第一版代论）

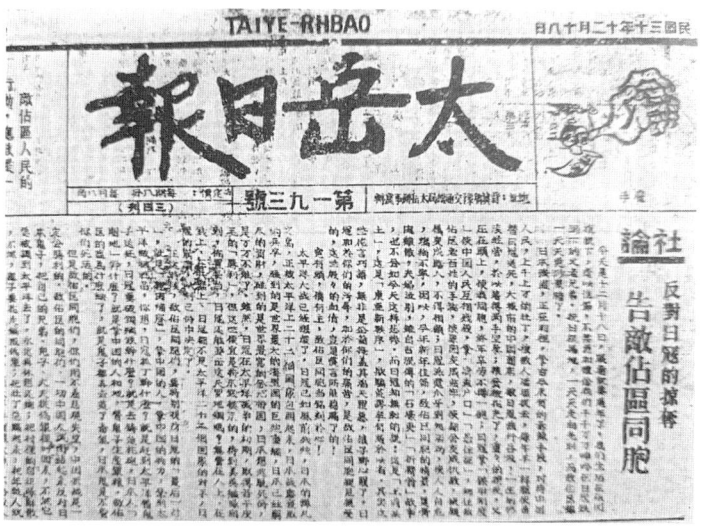

反对日寇的掠夺　告敌占区同胞

今天是十二月十八日，眼看就要过年了。我们生活在祖国旗帜下，逢此佳节，不禁更加怀念我们千千万万呻吟在日寇铁蹄下的父老兄弟。抗日根据地，一天天走向光明，而敌伪区却一天天更形黑暗了。

日本强盗，正在那里，拿古今未有的毒辣手段，对待中国人民，上千上万的壮丁，被敌人活活捉去，像牛羊一样驱使着替日寇送死，大城市的中国商店，被日寇强行吞没，一生的惨淡经营，于以□得两手空拳；粮食被抢光了，重重的捐税，又压在头上，使我同胞，终年辛劳不得一饱；日寇拿"保甲制度"使中国人民互相残杀，拿"清查户口""居住证"，绑住敌占区老百姓的手脚，使家园变成监牢，使邻舍变成仇敌，使亲属变成路人，不得相顾；日寇派遣爪牙到处活动，使人人自危，□□不宁，因此，今年新年佳节，敌占区同胞的情景，是骨肉离散，夫妇泣别，虽自古流传的"石壕吏""折臂翁"故事，也不会如今天这样悲惨。而日寇却无耻的说：这是"王道乐土"，这是"东亚新秩序"，欺骗荒谬宁有过于此者。其实这些花言巧语，无非是企图掩盖其滔天罪恶，狼子野心罢了。日寇加于你们的污辱，加于你们的痛苦，是敌占区同胞亲见亲受的，这些殷殷的血债，岂是谎言所能隐瞒了的！

冤有头，债有主，敌占区同胞当铭刻于心！

太平洋大战已经爆发了，日寇已如风前残烛，日本的弹丸之岛，正被太平洋上二十二个国家包围起来，日本战□□败的兵卒，碰到的是世界最大的海□国的巨炮重舰，日本已经穷尽的资财，碰到的是世界最富的金元帝国，日本想逃脱死命，是万万不能了。虽然，日寇在太平洋战争的初期，取得若干皮毛的"胜利"，但这些便宜是拚本钱换来的，待到美英舰队开到，布置妥当，日寇还能飞出这天罗地网吗？□□在人上，在钱上，在武器上，日寇都不是太平洋二十二个国家的对手，日寇的崩溃，此刻已命中决定了。

在这时候，敌占区同胞们，要特别提防日寇的"最后一计"，就是"挖肉补疮"，拿中国的人，拿中国的物力，拿到太平洋做牺牲品，你想，日寇抓丁干什么？就是赶到太平洋替鬼子送死，日寇要破铜烂铁干什么？就是去铸造枪炮，日本人"圈地"干什么？就是拿中国的人和地，替鬼子生产军粮。敌占区的盐为什么缺了，就是鬼子都弄去造了毒气，日本鬼是不管你们死活的。

但是敌占区同胞们，你们用不着悲观失望，中国抗战是一定会胜利的。敌占区的同胞们，一切中国人民团结起来反对日本鬼子，把自己的兄弟、儿子、丈夫从伪军里叫回来，不然它要被调到太平洋去了，永远再休想还乡；把村里的"自卫队"解散，不然，鬼子要抢走编成伪军；把壮丁隐瞒起来，把年轻人统统送到根据地来，不给敌人抓走到太平洋里喂大鱼；不给敌人种地,不给敌人送粮。围困敌人的据点,爆破敌人的交通线。

一九四二年,是中国更加接近胜利的一年,我国将在这一年配合友邦打击日寇,准备大规模的战略反攻,争取抗战的完全胜利。

今天,敌占区人民的行动,应该是一切为了积蓄力量,打击敌人,配合全国的反攻。

(原载一九四一年十二月十八日《太岳日报》第一版社论)

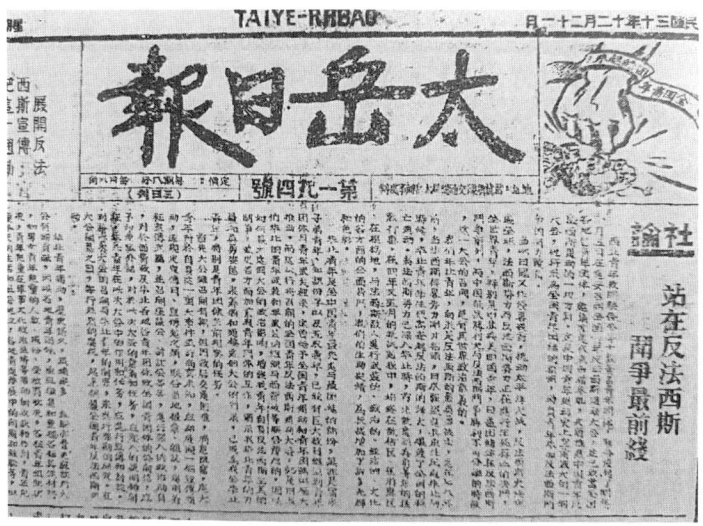

站在反法西斯斗争最前线

西北青年救国联合会等十数著名青年团体，联合发起了明年□月五日在延安召开全国青年反法西斯运动大会，并已致书全国各地的青年团体，邀请□□代表出席参加，共商推进中国青年反法西斯运动的一切方针。这是中国青年运动史上空前盛大的一个大会，他将成为全国青年团结的旗帜，动员青年参加反法西斯斗争的有力号角。

当以日寇又作侵略戎首，挑动太平洋大战，反法西斯火焰燃遍全球，法西斯势力与反法西斯势力正在进行生死存亡的决斗。全世界青年，特别是中苏英美四国青年，日益团结□在反法西斯斗争前列。而中国抗战胜利尤与反法西斯斗争胜利不可分离的时候，这一大会的召开，是有其世界政治意义的。

我们华北青年，向来是反法西斯的最英勇战士，远在七八年前，当法西斯侵略势力刚才抬头，日本强盗进兵东北压迫华北的时候，华北青年学生便高举起反法西斯的烽火，爆发了全国的救亡运动。当法西斯势力已深入华北时，首先就遭到英勇青年的猛烈打击。在四年又五月的抗战过程中，始终在敌占区、在游击区、在根据地，与法西斯敌人进行武装的、政治的、经济的、文化的各方面的全面苦斗，我们的生动口绩，为抗战增加了许多光辉和色彩。

华北青年是全中国青年最先进与最团结的部份，无论是富家子弟青年、知识份子以及工农青年，已经有巨大数目组织到青年团体与青年武装里来，这曾给予全国青年运动和青年团结以极大推动。而这次行将召开的全国青年反法西斯运动大会，就是由我们华北的青年武装和非武装的组织与西青救等联合发起的，因以如何扩大这个大会的政治影响，增强我青年自身反法西斯主义的斗争，并从各方面加紧我青年团体的工作，显示我华北青年的力量和英勇姿态，来筹备和迎接这个大会的到来，已成为我全华北青年，特别是青年团体当前现实的任务。

首先大会虽召开有期，但因敌后交通困难，消息阻塞，广大青年对于自身这一重大事件或许尚有未知，应即展开一个宣传运动，或规定宣传日、宣传周之类，联合当地报章、杂志，运用各种宣传武器，并召开座谈会、讨论会等等，进行深入的政治动员，对于西青救及华北各地各青年团体致全国青年团体的公开信，应予印发或介绍，对于此次大会的意义和任务，应深入的说明和解口，口华北青年在此次大会中的作用和任务，应进行宣传和讨论。对于此次大会的召开与华北青年的关系，来进行深勘的研究。在大会开幕之日，举行热烈的庆祝，起来拥护全国青年反法西斯运动。

华北青年运动，历史悠久，成绩既多，经验亦丰，更应该对大会有所贡献，因此各地青年团体，亟应征集和整理各种具体材料，如男女青年儿童的人数、成份、受教育状况，各种青年组织状况，青年儿童在军事文化政治经济等活动的收获和作用。青年儿童今天的生活和社会地位，各地青运发展中的问题和经验等，以及各地青年和青年组织对于大会有何建议要求和希望，都应广泛搜集提交大会。

但是必须了解，反法西斯宣传决不仅是一时突击工作，而是一种经常的工作，因此，应该在大会前、大会中以及大会后，长期的去进行，使青年反法西斯运动深入普遍到每个县区和村庄中去。

（原载一九四一年十二月二十一日《太岳日报》第一版社论）

拯救沦陷区青年

本月初,日寇在太平洋上发动了侵略战争,以海盗行动,攻袭英美军事根据地,且乘英美布置未定在关岛、马来亚、菲律宾、香港、婆罗洲等地登陆,日寇新的侵略战场,现已扩展至纵横五千里的广阔洋面和星罗棋布的岛屿之上;而在中国绵亘数千里的战场上,近日,我军转趋活跃,尤其在华北敌后,八路军到处猛烈出击,前传山东我军一度进迫烟台,今又传晋北我军攻克岢岚、偏关两城,日寇欲从中国抽调兵员,亦势所难能,在苏"满"边境,苏联为反法西斯阵线的重要一员,日寇虽无胆碰苏联之铁壁,但"贼子心虚",自必屯集重兵,不敢轻易调离,在这种八面受攻的情势下,日寇兵员不足、捉襟见肘的窘状,已处处暴露。

近据情报：同蒲、白晋沿线，每一据点驻敌多至十数人，少则一二人，因此，日寇为挖肉补疮计，随太平洋战争形势的发展，敌捕捉壮丁的活动，必然更加疯狂。

日寇捕去的壮丁，"出路"有三：一为编入伪军，继续调赴太平洋战场，做日寇侵略战争的炮灰；二为押送出境，运往东北等地，投入煤窑、工场做苦力，衣不暖，食不饱，直至力气熬尽，即弃掷路旁；三为做敌人借刀杀人的工具，做日寇牛马，反自己同胞，当万人唾骂的汉奸。

日寇捕捉壮丁的手段是十分毒辣的，有时以"集训"名义按户抽丁，有时以唱戏开会赛马为名，实行突击绑架，有时突然包围戏园，将壮丁全部抓走，有时以支差为名，按村指派捕捉，此种狡诈诡计，已惯用不灵，日寇近更穷其黔驴之计，组织集体结婚，当场将把新郎捆去，编入伪军，把新娘送入随营妓院。种种花样，极尽无耻之能事。我敌占区青年，在日寇的魔手下，有的已身落陷阱，走上悲惨的道路，即未被抓去者，亦日夜惶惶，受着极大的威胁，他们的处境，是空前的痛苦了。

怎样打击日寇此种暴行，拯救敌占区万千青年，在对敌斗争中，已是刻不容缓的事情。我们认为反对敌寇捕捉壮丁的有效办法：

一是在根据地和游击区，普遍设立招待所，救济沦陷区青年，使逃出虎口的青年兄弟，不致流落街头，无人过问，而一般敌占区青年因敌寇封锁与欺骗宣传，对根据地或有若干隔膜，应耐心宣扬根据地的情形，揭破敌人欺骗，拯救沦陷区青年跳出火坑；入所后，一切宿食应负责供给，愿找职业者，代为介绍职业，或入学学习，如愿暂留招待所者，则优予招待，嗣时机转换再送其回家。现正筹建中的"文化俱乐部"，亦应□事救济沦陷区文化人，在根据地里的干部、人民，应更多关心敌占区受难同胞，写信给现住敌占区的亲戚、朋友，□□脱离悲惨的魔窟，回归祖国温存之怀抱。

二是开展对伪军、伪组织的宣传，使其勿当日寇捕捉壮丁的猫脚爪，勿中日寇借刀杀人的毒计，勿做那伤天害理的事情。因日寇捕捉壮丁，势难亲自下手，此时伪军伪组织人员，应念及日寇为我死敌、青年为我骨肉，从多方隐避青年，欺骗敌人，维护我沦陷区青年的生命安全。

三是开展武装斗争，沦陷区中的英勇青年，联合起来，密组武装自卫队，打击敌寇逮捕壮丁，对死心塌地的汗奸，则"予威胁者以威胁"。如□县某村，青年十数人结合一气，告诫汗奸："如我们任何一个被敌人抓去，就和你拚命。"如此，汗奸虽甘做日寇走狗，但为苟全生命，亦束手无策。

青□闻将发起"青年拒捕运动"，这一运动，应配合武装宣传，深入沦陷区，使□□的广大青年，深刻了解：被抓去是死路一条，起而对敌展开□□的拒捕斗争。

（原载一九四一年十二月二十四日《太岳日报》第一版社论）

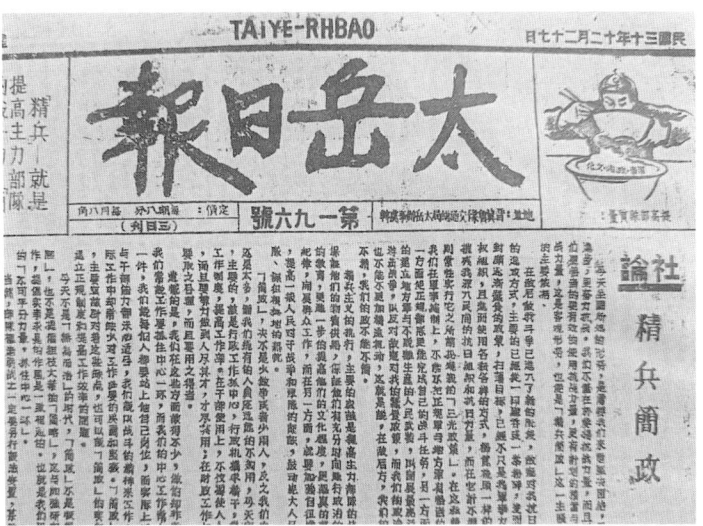

精兵简政

今天全国所处的形势，是需要我们来更坚决团结，更巩固进步，更奋力抗战。我们不仅在于发扬抗战力量，而且要求我们更恰当的更有效的使用抗战力量，更有计划的积蓄与培植抗战力量，这是客观形势，也便是"精兵简政"这一主张被提出的主要依据。

在敌后敌我斗争已进入新的阶段，敌寇对我抗日根据地的进攻方式，主要的已经从"一口鲸吞"或"一举粉碎"，变而为分割封锁逐渐"蚕食"的政策，"扫荡"目标，已经不只是我军事力量和政权组织，且进而使用各种各样的方式，□篦梳头一样的来搜索摧残我深入民间的抗日组织和抗日力量，而在它计不得逞时，则索性实行它之所谓抢、烧、杀的"三光政策",在这种情势下,我们在军事编制上,不能不把正规军与地方军有恰当的比例,一方面使正规部队更能完成自己的战斗任务,另一方面更广泛的建立地方军与不脱离生产的人民武装,以开展最广泛的群众游击战争,以反对敌寇对我的"蚕食"政策,而我们的政治机构,也不能不更加精透机动,这就是说,在敌后方,我们的兵不能不精,我们的政不能不简。

精兵主义的执行,主要的应该是提高主力部队的战斗力,保证他们的物资供给,保证他们有充分时间进行政治的和军事的教育,更进一步的提高他们的文化程度,更认真的遵守群众纪律,开展群众工作,而在另一方面,就要加强自卫队的训练,提高一般人民对于战争和军队的认识,鼓动广大人民爱护军队、保卫根据地的热忱。

"简政",决不是少做事或者少用人,反之我们应该做事还是太多,而我们现有的人员还远远的不够用,今天实行简政,主要的,该是行政工作抓中心,行政机构求精干,建立正规工作制度,提高工作效率,在干部使用上,不仅要使人人有工作,而且要努力做到人尽其才、才尽其用;在财政工作上,不仅要取之合理,而且要用之得当。

遗憾的是,我们在这些方面谈得不少,做的却非常不够,我们常说工作要抓住中心一环,而我们的中心工作常常是不只一件,我们说每个人都要站上他自己的岗位,而实际上工作岗位与干部能力都未必适合,我们说以战斗的精神来工作,而在实际工作中却常缺少对工作必要的严肃和坚强。"简政"的执行,主要应该针对着这些缺点,也可以说"简政"的实行,就是建立正规制度和提高工作效率的问题。

今天不是"无为而治"的时代,"简政"不是恢复于"简陋",也不是提倡粗枝大叶的"简略",这与加强研究调查工作、提倡实事求是的作风是一致相通的,也就是我们平常所说的"不可平分力量,抓住中心一环"。

当然,部队里老弱战士一定要另行设法安置,某些机关冗员必须紧缩和减少，不急之务一定要停办或缓办，不急之需一定要少发或免发，但是这一切都为了更好的使用我们的人力、物力与财力，积蓄力量准备大规模的战略反攻。

（原载一九四一年十二月二十七日《太岳日报》第一版社论）

反对敌寇组织伪军

近据情报：日寇在平汉线清河镇一带大肆捕捉壮丁；华中北平训练。本区洪赵一带一周内亦有壮丁数百为日寇捕走，在涿县一带伪治安军十三团突被调走，去路不明。在其他地区抓壮丁及抽调伪军事件，亦迭有所闻。随着太平洋战争的发展，日寇的困难必大大增加。为弥补其损失，日寇必将大量掠夺中国之人力。因此今后日寇捕捉壮丁组织伪军必十倍于今日，而已组成之伪军有全部被调赴前线替日寇作战之危险。

太平洋战争决不同于中日战争，日寇所遇到的敌人，是科学与工业高度发达的英美。不但其有强大的海陆空军，而且有丰富的资源，同时太平洋沿岸廿二个国家已亲密团结起来，联合对日作战，在这种情况之下，太平洋战争必然是空前残酷的与长期的大战，决不是一□半□所能结束的，日寇要想在这次战争中取得胜利，实比登天还难。因此已被调走的伪军和已被日寇捕捉的壮丁，永无返回的希望了。

伪军同胞与敌占区同胞，过去在日寇压榨欺凌下，求生不得求死不能，而今又遭此空前的浩劫，实应引起我们最大的注意与同情。

敌占区同胞是我同胞最痛苦的一部份，伪军虽为敌的爪牙，但仍是中国人民的子弟，大部份是被迫的在敌人刺刀之下不得已为敌人所驱使利用。因此我们应当伸出援助的手，来拯救他们出以火水，而敌占区同胞与伪军同胞，也应认清目前的危机，想尽一切方法，用尽一切力量，向敌人展开斗争，反对敌人抽调伪军，反对敌人捕捉壮丁，反对敌人组织新伪军，反对敌人利用与压迫的一切企图，摆脱行将到来的浩劫厄运，寻找自己的生路。为此，我们号召：

一切根据地的群众应当即时写信给敌占区的亲戚朋友，告诉他们敌人的企图与阴谋，告诉他们处境的危险，促起他们的警惕。指出他们的出路，尽可能的争取他们特别是青年壮丁回到根据地来。对伪军不要怀仇恨之心，而要同情他们的痛苦，关怀他们的命运，通过敌占区亲友关系，感化他们，指出他们前途的悲惨，而且设法拯救他们。如果自己的亲朋有□参加伪军者，则要应负起拯救他们的责任。

抗日政府、抗日的群众团体，应当积极□□伪军工作，揭破敌人的一切阴谋，告诉他们日寇必败的道理与根据地光明幸福的生活，组织与领导他们对敌斗争。凡在敌占区不能存在的，应当让他们回到根据地来，并保证其生活的安全。一切回家的伪军，尤其是回家过年的伪军，不要难为他们，而要保护他们。

各地绅□，不管在敌占区或根据地，应挺身而出，拯救敌占区同胞。居住在敌占区者，要劝导伪军官、伪组织，不为敌人利用，不作敌人爪牙，劝□自己的乡里，不为敌欺骗；并尽量设法隐藏青年子弟，不为敌所获。居住在根据地者，一方面要通过自己的社会关系，通过敌占区士绅亲朋，多对伪军对敌占区同胞作说服教育工作，一方面要慷慨解囊，救济无法生活在敌占区的归来的同胞。

一切伪军军官、伪组织人员，切勿贪图一时小利，做伤天害理的事情，而要拿出自己的良心，设法抵抗敌人的抽丁与调伪军的命令；或事先通知自己的同胞与伪军兄弟叫他们早为防范，或设法阻止敌人计划，使其无法实现，或临事率领伪军兄弟与自己同胞进行反抗。对作恶多端、死心塌地的汉奸，则应群起而攻之，使其无立足之地。

敌占区同胞，敌寇在垂死之时，已将你们置于死地，你们是中华民族的好儿女，应当继续过去光荣的斗争，粉碎敌寇这种毒辣的阴谋，寻自己的出路。伪军同胞！敌寇走到了末路，也将你们带到了末路。你们是中国人民的子弟，切勿得过且过，中了敌人的奸计。当机立断，现在已是时候了，一切抗日人民，抗日政府，抗日群众团体！拯救自己的同胞是我们的重大责任。拿出我们的力量，让敌人利用中国人力物力从事太平洋大战的阴谋成为泡影，让我们敌占区同胞、伪军同胞回到祖国怀抱，重过幸福的日子。

（原载一九四一年十二月三十日《太岳日报》第一版社论）

《太岳日报》

一九四二

YI JIU SI ER

一九四二

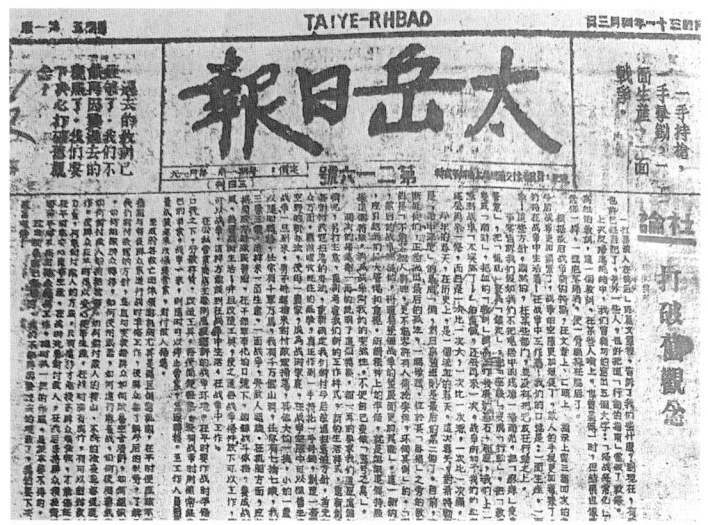

打破旧观念

《打击敌人在敌后》那篇文章里，告诉了我们些什么？到现在，有些人也许已经忘记了。另外一些人，也许把这"行动的指南"当做了教条。

上次反"扫荡"总结中，我们曾痛切的写出五个大字："备战经常化"，做为血的教训，这一个教训，在某些人嘴上，也曾轰传一时，但结果也像临难念佛一样，一旦疤落痛消，便一骨脑摔在脑后了。

根据敌后战争新的特点，在文章上、口头上、提示上曾三翻四次的说：今后战争更加频繁了，战争的空隙更加短促了，敌人的手段更加毒辣了。我们将在战争中生活着！在战争中工作着！我们的口号是：一面生产、一面战争！

这些方针，显然的，在某些部门，并没有把它放在行动之上。

事实告诉我们假如我们不把观念中的残□一扫而光，把"麻痹"变为"警觉"，把"慌乱"变为"镇定"，把"空谈"变成"行动"，把"教条"变成"南针"，把血的"教训"转为工作发展的基石，那么，我们上一次感到战争"太突然了！"的遗憾，还会再来一次。战争所加予我们的□□，还会再来一条，而且是一次比一次大，一次比一次深，一次比一次痛。

今年的春天，在历史上，是一个流血的春天。这次春天，对希特勒已经是"命中注定"的最后一个，对日本强盗则是最后的第二个了。目前，法西斯匪徒们，正面抛出最后的孤注，一赌命运。位于其"卧榻"之旁的敌后，他是"不能容他人鼾睡，更不能容许有人荷枪实弹，环伺其侧"的。"因此，敌后的战争无疑的，将随着整个战争的发展而更加残酷"。这一新的特点，应引起我的□大警惕和重视。所谓精神上的准备，就是认识这个特点，掌握这个特点，消灭战争对我们的突然性，不使自己变做"惊弓之鸟"。

两次的"扫荡"都一再的说明了这个特点，都一再的要求我们适应这个新的情况，另打主意，重新考虑我们新的工作样式，新的生活样式，重新创造一套对付敌寇"扫荡"的办法，重新确定我们对付今后敌寇"扫荡"的方针。首先在群众方面，应该吸收既往的经验，真正作到一手持枪一手拿锄，创造一套清壁空野的新办法，使每一农家，成为战时家庭，在战争空隙中可以照旧生产。战争一旦到来，男子拿起枪来对付敌寇"扫荡"，其他大的一□，小的一□，可以随时转移，任你有千军万马，我有千万个山洞，任你有七擒七纵，我则有三紧三慢，这样来一面生产、一面战争，与敌人周旋。在机关方面，应该根据简政方针彻底紧缩，在干部军事化的口号下，锻炼战斗体格，养成战时作风，熟习战时生活；并且改造工具，使之适合战争条件，放下可以工作，□起可以战争，这样方能谈到在战争中生活，在战争中工作。

在公私营业商店工厂则应□□新的战争环境，在平时要作战时准备这个口号之下，分散存货，改造工具，务使简便□□，没有战事时则照常经营自己的事业，战争一来，则随时可以停止营业，□□转移。至工作人员则□□尽量武装起来以保护营业，对付敌人"扫荡"。

至政府各救亡团体领导机关尤其是县区领导机关，在平时便应该不断的指导与督促群众来进行战时准备工作，使群众都了解今后的形势，了解今后我们对付敌寇的方针，并且切实教给群众如何改善空舍清野，如何组织情报，如何组织群众转移，如何使用武器，如何进行麻雀战，如何使用旧武器，如何对付敌人的搜刮掠夺，如何对付敌人的搜山、不断的检查并督促这个工作，使群众在平时得以安心从事生产，在战时胸有成竹，有可以对付敌人的力量，有□对付敌人的方法，只有这样才能提高群众积极性，才能保证群众在平时能安心从事生产，在战时沉着对付敌人，在战后保持群众积极情绪。□□平时不□□□□□□工作，□时□一把的作风，是根本要不得的。

过去的□□□□□□，我们不□□因□过去的观□了，我们要下决心打□□□□！

（原载一九四二年四月三日《太岳日报》第一版社论）

自我批评从何着手？

自我批评对于整个共产党或每个共产党员的重要，这是人人都知道的事情，但是尽管常识人人都有，我们的自我批评还是极少。这是怪事！这是需要尽快消灭的怪事！

党中央去年七八月关于增强党性和调查研究的决定，毛泽东同志最近关于整顿三风的演说，乃是全国范围的自我批评。我们党的工作中，竟然有各种各式的缺点，但是它们的根源，在这些文件□是已经揭发出来了。要来克服这些缺点，不只在口头上、文字上，而且在事实上、行动上。克服这些缺点，就需要在党的每个部份和每个党员中间，根据这些文件进行自我批评，并且按照自我批评实行有□的改正，这也是常识水平的道理，无□烦□的事，但是却也有不少同志，明察秋毫之末，对于这件事偏偏看得不甚了了，可见怪事虽然可恶，要消灭它都得费些手脚，并不像唱一段叙情诗那样方便的。

这不是无的放矢。延安看过讨论过党性决定和调查研究决定，听过毛泽东同志□告和□□同志传达的人，为数不下三千。而"脱裤子"的声浪，近来□□□□□上，但是直到今天，真正□□的过□的检查了自己的究竟有几个？□这是雷声小雨点大，或者是□合于事实吗？因为雨点曾经落，而且还在落，而且已经把有些人□成落汤鸡，但是□、这是些什么样的雨点呢？这些雨点的百分之九十九，都是向着别人的。但是自我批评这一面镜子，照来照去总是照不见小我，照见的大我又是望文生义、残缺不全，有时还□□万不可□□□的大□，□□□种批评，也可以贴上反主观主义、反□□主义商标么？毛泽东同志在他的演说中所提出的·"知识份子最无知识"的标语，在一部份和部份干部中竟无善后的反应，这不又是一件怪事么？在加强党性□□，加强反对主观主义、宗派主义、党八股的斗争中间，确是需要大量的"硬骨头"来作先锋队，但这种先锋队，只有在拔掉自己的□□□性，忽视调查研究的主观主义、宗派主义、党八股的"硬骨头"以后，才能□产生工欲善其事必先利其器，既不利其器，又不择其器，则在□人的裤子还没有摸到的时候，自己的裤子就有先掉落的危险：裤子掉落虽也是一种揭发，可是这还不能就算解决了问题，因为如□我们不赞成为□□而□□一样，我们不是为揭发而揭发！

我们在这里丝毫不想降低今天已经发生的各种批评的意义，这些批评绝大多数都是出于爱护党爱护革命的热诚，它们毕竟是多少暴露了我们工作中的□□□定以引起我们的注意和纠正，但是□□□受过去的经验教训乃一个毋庸置疑的真理。既是真正坚强的自我批评，需要方法，需要首先充分懂得中央决定，和毛泽东同志演说的实质，需要思想上精神上的郑重的准备，而现在的情形怎样呢？各级的干部各方面的干部，对于今天我们所要进行的斗争，有了多少深思熟虑呢？我们是要"有的放矢"，但是我们对于"矢"有了多少研究？对于"的"有了多少调查呢？如果□□一个人既无党性的常识，又无唯物论的气□，只以交游中的□□而调查，以□□中的感想□□□，□□□□而□□□□。以为只要一切安排得合于自己的胃口，就可以□□□党，来整顿三风，来推进抗□□革命□□众□，这如何能不蹈前人的覆辙，□在现实的□□上现实的□□□□？正因为我们□□□□自我批评，我们不但希望全党成为一个充满自我批评的□□，而且希望能有更多的为原则而战斗的自我批评□出现，我们就□□不□□，每一个党员和批评者更好的充实您自己的□□，把中央的文□多□□□，□多想几遍，只有能虚心学习的人，只有敢□□□自己□□□□□□□，只有有决心用正确的思想方法、正确的□□□□□自己并□□战胜自己的人，才能在战场上有效的将敌人消灭，□□死不缴械的敌人投出准确的致命的一击。

（原载一九四二年四月六日《太岳日报》第一版社论）

反对敌寇四次"强化治安"运动！

从四月一日起，华北敌伪又开始了所谓四次"强化治安运动"。这次虽不像过去叫嚣得那样厉害，但也不能忽视其阴险毒辣，而加以漠视。

四次"强化治安运动"的内容，据敌伪宣布为："建设亚洲""剿共自卫""勤俭增产"三大目标。即所谓"集中全力、展开思想战"。及实行运动，以期高度的确立治安，完成大东亚战争的目的。

从这些内容看来，不难知道他闷葫芦里卖的是什么毒药。因为四次"强化治安运动"开始于太平洋战争已成为长期的广泛的战争的时候。所以它内容与前三次也有所不同。像若说前三次的"强化治安运动"，目的还是在准备与部份的骗取与驱使中国人力物力、榨取财力支援日寇在太平洋上战争的话，那么这次"强化治安运动"的目的就在于直接骗取与驱使中国人力物力，更高度的榨取财力来支持长期的战争。

什么是"建设亚洲"呢？即敌伪所谓："向治安区及敌区（即我区）用尽所有的手段与方法，将大东亚战争之意义及我方（敌人）之实力，切实宣传，阐明以确立山西省内民众之思想体势，对应大东亚战争之进行。"换句话说，就是对中国人民进行无耻的欺骗宣传。他想拿这个宣传。第一，掩盖日寇此次战争反动的野蛮的非正义的狰狞面目。第二，掩盖日寇不可克服的困难及最后必然失败的命运。第三，麻痹敌伪军的动摇，打击我敌占区游击区人民的抗日信心，以达到他们使中国人民作太平洋战争的牺牲品与维持其统治的目的。日寇夸大宣传其暂时胜利的"赫赫战果"的目的也在这里。

什么是"剿共自卫"呢？所谓"剿共自卫"就是以"中国人杀中国人"的□名。换句话说就是用"剿共"做幌子来驾驭与驱策无耻之□与无知之人，宰割敌占区中国人民，反对与破坏抗日根据地。其次则以"剿共自卫"为名，改变与加强伪军的政权及一切伪组织，以这应其战争的需要。使群众不知不觉中其圈套，如充实"保甲组织"，目的在使群众就范，扩充"防共自卫团"，目的在扩大伪军供其驱使。

什么是"勤俭增产"呢？所谓"勤俭增产"就是更高度的榨取与掠夺中国人民的□名。多年来敌占区群众已被榨得干了，继续榨取发生困难，于是就强迫中国人少吃饭多生新的剩余价值，供其继续不断的榨取。敌寇在这次"强化治安运动"中，组织的"政治经济工作队"的任务，就是一面宣传一面收□。"勤俭增产"的另一意义，就是敌寇为着完成它所谓在华就地取□的目的，也就是敌寇企图在中国□决其物力人力财力困难的一种毒辣手段。

敌伪□□□的四次"强化治安运动"的目的就是如此。

敌伪为了进行他的四次"治强运动",将所有地区分成三□,工作□□各有不同。对我根据地其中心专以"建设亚洲"为主眼。对□□应以"建设亚洲""剿共自卫"二者为主眼。对敌占区以"建设亚洲""剿共自卫""勤俭增产"三者为主眼。其"讨伐"则以□为原则,但□□□□行□□联合"讨伐"。

敌伪在此次"治强运动"中特别强调动员"灭共班",组织情报网,并在我根据地区筹设连络处,培养在我根据地里的汉奸特务份子。

敌寇更大量利用宗教团体,贯彻其所谓"反共"思想。基督教、佛教、□教、□□会等都在其利用之列,旧有的"反共"结社,则使之"反共"思想更彻底化。

这以上说明了敌寇此次"治强运动"比过去广泛和多面了。

四次的"强化治安运动"在敌占区正开始推行着。我们希望全区军民很好的□□的研究敌寇这种毒辣阴谋的活动。□□□□的对象,□以□□□□□□。

(原载一九四二年四月九日《太岳日报》第一版社论)

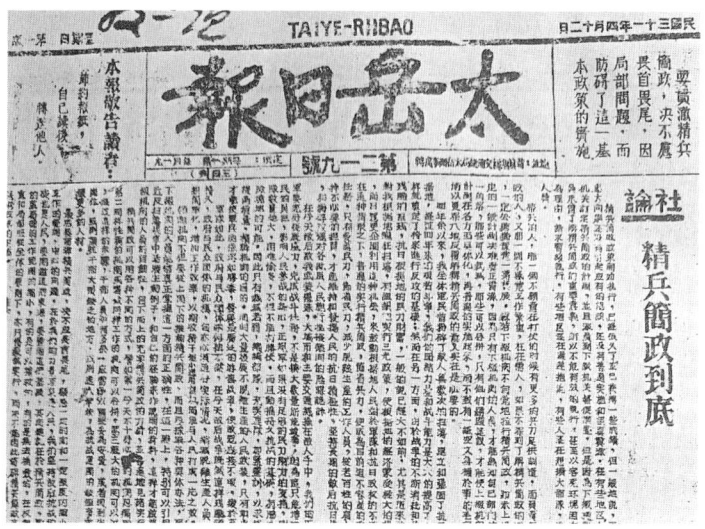

精兵简政到底

精兵简政政策开始执行,已经很久了,并已获得一些成绩,但一般地说,这一重大问题还没有引起应有的认识,还没有普遍实施和认真贯彻。在有些地区,上级机关订定精兵简政的计划,并且派员到下级机关督促调整,但是因为下级机关人员未曾了解精兵简政的重要意义,所以不能有效的执行,甚至以客观环境困难等为理由,请求暂缓执行,有些地区还在迟迟拖延,有些人还在想扩大部队,添补人员。

带兵的人,那一个不愿意在打仗的时候有更多的兵力足供调遣,而负责行政的人,又那一个不感觉工作繁重,实在需人,如果不深刻了解精兵简政的必要,一定会犹犹豫豫一筹莫展。口若下级机关不自觉地推行精兵简政,那末上级所定的一般计划决难真正贯彻，因为只有下级机关的人员，才能熟知自己部门的每一角落，那些可以裁减，那些可以合并，只有他们踊跃建议，才能使上级机关的计划在各方面具体化，再普遍的实施起来，而不致有一纸空文无补于事的毛病。所以更深入地反复解释精兵简政的意义实在是必要的。

四年余以来，我全体军民曾粉碎了敌人无数次的"扫荡"，建立和巩固了抗日根据地。经过四年来的艰苦斗争，我们的团结力量和战斗能力是大大的提高了，这样就奠定了将来进行反攻的基础；然而在另一方面，由于战争的不断消耗和敌人残酷的摧残，抗日根据地的民力财富，一般的说已经大不如前，尤其是近来敌人对我根据地疯狂"扫荡"，有组织地实行"三光政策"，使根据地的经济蒙受极大的损失，而日寇更企图利用这种机会，来鼓动根据地人民对于军队和抗日政权的不满，在这种情形之下，普遍的实行精兵简政、节省兵力，便成为目前迫不容迟的重要任务，只有爱护民力，节省民力，减少脱离生产的工作人员，从老百姓的肩上拿掉不必要的担负，才能维持和发扬人民的抗日积极性，坚持长期的敌后抗日战争，和粉碎敌寇对各阶层人民施行挑拨离间的阴谋诡计。

在今天敌后敌我武装悬殊，大城市和主要交通线操在敌人手中，我们的正规军要充分发展威力，完成战斗任务，不是扩大数量所能竣事，因为这只能增加人民的负担，影响人民参战的热心，正规军如果没有足够的民力财力的支持，则部队数量越大，困难愈多，不但不能打胜仗，而且动摇持久抗战的基础，有陷入危险境地的可能。因此只有裁减老弱，缩编部队，充实连队，加紧整训，以求达到提高质量、精干机动的目的。同时大量发展不脱离生产的人民武装，只有如此，才能使军民关系溶如胶漆，发展最广泛的游击战争，使敌寇应接不暇，疲于奔命。

军队如此，政府与民众团体亦何独不然，在今天敌后战争既然这样残酷频繁持久，政府与民众团体的机构，自亦必须适合实际情况，缩减脱离生产人员，组织简单化，增加工作效率，以期收精干短小运用自如，而能与人民打成一片之效。

领导机关不但要从上而下的推动精兵简政，而且要采取各种具体办法，来使下级机关的人员能够真正掌握这一方面的正确性，在这一点上，特别可以引用最近反"扫荡"战事中活泼生动例子，和自己的经验来作说明的材料，这样才能启发下级机关的人员的自动性，自下而上的充实精兵简政的方针，并□遍地见诸实行。

精兵简政可以用各种不同的方式，譬如第一今天不十分必□的机关忍痛取销。第二同样性□的机关或者做同样工作的机关可以合并。第三庞大的机关可以减缩，经过这样的步骤，干部人员必有多余，应当予以调整妥为安置，或者回到生产岗位，或则调往干部大□缺乏的地方，或则送入学校，为抗战建国的艰巨事业□□更多的人材。

最后要贯彻精兵简政，决不应畏首畏尾，顾虑一定时间和一定限度内缩小了工作的范围，中心的问题，在于我们的力量源泉是人民，我们坚持敌后抗战的基础也是人民，要开□这个泉源，要巩固这个基础，其关键就在于精兵简政，暂时的□□□的工作范围的缩小，有的是可以挽救的，有的是无法补救的，在权衡轻重和局部服从全体的原则下，亦只得□□实行，而决不能因此妨碍精兵简政这一□□政策的实施。

（原载一九四二年四月十二日《太岳日报》第一版社论）

春耕工作怎样了？

　　据我们了解：春耕工作，在表面上，虽然已经开始，但实际上，大多数地区，还没有形成热烈的群众运动，许多群众仍在困难中唉声叹气，群众的生产热忱，也还没有普遍的提高。这中间原因虽多，但主要的，应该说是：许多干部还没有透彻了解：今年的春耕问题，是根据地的存亡问题，是抗日人民的生死问题。

　　有些地区，春耕委员会，已经开始工作并已获得若干成绩，但有些地区却变成工作上的"小摆设"，丝毫不起作用，有的只开会一次，而在会议上似也只照样的把上级的计划背诵了一遍，奉行故事的讨论了一遍，嘴里似乎是念念有词，心里却漂漂浮浮。最后，也粗枝大叶的订了一个计划，但一点不着边际，一点不切实际，对春耕中的具体问题，不经思索，就拿出挡箭牌来，宣布向困难退却，于是"反正解决不了，少费心血为妙"，会议草草结束，困难却原封未动；有的地方通过了"满天星"的决议，空谈如何如何，事前既没有周密的盘算，事后当然难以兑现，这一纸支票，被事实粉碎以后，于是谈虎色变，丧失了勇气和信心；有的地方，流行着一种盲目乐观论调："群众已经春耕！不劳我们瞎费口舌，惹人讨厌。"于是袖手旁观，听春耕自流，虽然也挂了一个春委会的幌子，却不问春耕的事情。

有些地区，大家为了春耕的胜利，自从春耕开始以后，就到处奔忙努力，频导群众春耕，但却竟有个别地方的干部，他们似乎忘了春耕，公开违背精兵简政爱惜民力的基本精神，仍在拚命的浪费民力。据说：某县某某机关，为了改善自己的生活，经常向群众派差磨面。在□□县，某次干部会议，为了填塞自己的胃口，竟一切不顾，向群众派差，日以继夜的做了两石小米的煎饼。其他，送信措粮，在某些地区，依然继续着……这种把停止支差命令当做"耳旁风"，把群众劳力任意挥霍的犯罪行为，是颇堪痛恨的。

在这两种作风下，幻想春耕线上，乘风破浪，闯过难关，是不可能的。前一种人，已经丧失了打烂这块绊脚石的勇气，打算两眼一闭，混它过去。后一种人，却罪恶的在堆积着绊脚石，继续下去，结果必然是绊倒了群众，绊死了自己。

为亡羊补牢计，我们觉得有二三基本问题，还有重新解决的必要。

一、在今年的春耕运动中，困难是严重的。比如耕畜、耕具、种籽、人力的缺乏等等，但这些困难，并非是不可克服的。行署为了解决人力物力上的问题，曾□发了春耕贷款，颁布了停止支差的命令，为了鼓励人民的生产热忱，曾宣布了绝不增加人民负担、并减轻人民负担十分之一的决定，为了真正节省民力，已开始实行精兵简政。这些措施，至少可以打破阻碍人民生产情绪的难关了。但可惜的是：这些问题并没有能经过干部，深入到群众里去，使他变成巨大的政治力量。有些同志说："政府的物质补助，乃杯水车薪，无济于事。"说这话的人，只表现了他还没有认识群众的力量。在一个农村中，假如动员群众自己，拆东补西，以众人之力举众人之事，这个困难真是天一样大，海一样深吗？我们说：非不能也。"为"不够也。

二、有些同志认为所谓领导春耕，就是教农民种地，或是到农村"铸造"，这都是不对的。假如真的这样，就难怪有人感觉"我不如老农"而无事可做了。春耕是不能用空谈完成的，而是要深入的去了解人民的实际生活，体察人民的实际困难，具体的想出解决困难的实际办法，这才是干部的责任。如果想做到这样，那就决非潦草的坚□会议、盲人瞎马的决议所能实现的、需要的，乃是深入的调查，周详的研究，耐心的组织工作。同时想打开春耕运动的场面，不可忘记两件"法宝"，一个是减租减息法令的彻底实施，一个是土地纠纷的正确解决。拿起这两个"匙"来，任何锈了的"锁"，都可应声而开。这就是政策的伟大处。只有正确的实现了抗日政策，才能启发群众的生产情绪，也是毫无疑问的。

三、那种浪费民力的罪恶行为，也决不能容其继续，我们号召□□这些罪人，把政令贯彻到底。

（原载一九四二年四月十五日《太岳日报》第一版社论）

黎明前的黑暗

黎明快到来了,可是朦胧的夜色还是笼罩着大地,这种破晓前的情景,正可替目前时局写照。

苏联红军经过胜利的冬季攻势,已经获得了战争的主动权,这是整个世界反法西斯阵线的一个极大收获,也是世界反法西斯战争成败利□的一个极重要关键。在苏德□□上,给敌寇军遭受了重大的损失,□□了许多优秀的军团,□□□军心民心已开始有动摇的征象,士兵逃跑投降事件不断发生,人民厌战反战情绪迅速增长,而在德军占领区内,反德运动亦日益扩大,战争延续下去,苏联红军的战斗将日益得到纳粹铁蹄下广大人民的拥护,而形成内外夹攻希特勒的形势,再加以英美等与国的配合作战,使我们相信击败希特勒并不是渺茫辽远的事情，而是一年以内可能实现的目标。可是在另一方面，我们必须指出：德国法西斯还未被击溃，希特勒在冬季失利采取守势之际，□尽力补充他的军实，从德国的庞大的欧洲被占领国家搜括了大量人力物力，并尽力动员所有军事工业日夜不断的制造新式武器。现在春季已届，德寇孤注一掷再次对苏大规模攻势的严重危险仍然存在。希特勒在近□力图压迫土耳其投降，在远东推动日寇协作攻苏，这种严重形势是不容忽视的。

假若在欧陆方面，苏联已经给纳粹以痛创，已经胜利的打破纳粹的预定的战略计划的话，那末在远东方面日本并没有支付很大的代价而实现席卷大部份南洋的目的，在苏联红军获得主动权之时，日寇在南太平洋上的胜利，对于保持整个轴心的声势起了不小的作用。今天日寇侵略印澳的凶焰未熄，而北向犯苏的新冒险行动正在酝酿着。

整个国际形势已处于胜利前夜的艰巨的斗争面前。

我们中国坚持抗战将近五年，现在，我们的抗战已和世界反法西斯战争打成一片，一年内击败希特勒、两年内击败日寇，这是世界反法西斯阵线的胜利的前途，这也就是我国抗战胜利的前途。但是正因为在世界舞台上，法西斯侵略者还未被击溃，特别在远东方面日寇仍然占着优势，猖獗不已，所以目前摆在我们面前的，还有一段异常艰苦的途程。西南国际路线的被阻断，新式武器和工业资料的缺乏，战时物价的高涨，人民生计的艰难，这一□都□我们以新的困难。特别在华北敌后，日寇对我抗日根据地的"扫荡"，其残酷与频繁为以前所未有，现在日寇正在准备新冒险的时候。不但不会放弃，而且必然要加紧对我根据地的残酷进攻，不仅在军事上必然会继续实行反复"扫荡"，而且在经济上，亦将更残酷地实行□□封锁，以图摧毁我抗战的物质基础。在这种情形之下，我抗日根据地的面积和人口可能□少，税收来源会更形减少，军队给养亦更加困难，我们必需正视这一事实，在精神上有充分的准备，同时采取各种具体办法（如精兵简政）

来克服这些困难。

最后胜利并不在远，□认识这一点足能保持战斗的信心，严重的困难正摆在我们面前，要正视这些困难，努力克服这些困难才能使"争取最后胜利"一语不至成为空谈。

黎明快要到来了，但是还有黎明前的黑暗，胜利临近了，但是还有着胜利前夜的黑暗，只有□破晓后，克服困难，才能达到胜利的□时□地。

（原载一九四二年四月十八日《太岳日报》第一版社论）

迎接困难　加强团结

现在是我党二十□□历史上最团结的时期，这种团结是有其巩固基础的。□有□的正确的总路线——抗日民族统一路线，这是全党统一的行动纲领，不仅全体党员对之具有最大的信心，而且全国人民也对之具有无上的信仰，党在工作方面获得了伟大的成绩，抗战五年来，我们的党对于抗战的事业、人民的事业，有了不可磨灭的贡献。许多同志的鲜血，全党同志的自我牺牲、埋头苦干的工作要□□的党今日在抗战中中流砥柱的地位。党有他的伟大领袖毛泽东同志，他代表着正确的方向，他代表着胜利的旗帜和克服困难的力量。二十年来，党经历了许多风浪和暗礁，经受了许多胜利的□□，这些□□的锻炼，使党由幼稚而走到成熟，这一切都是党的团结最重要的保证。要□□叛党后只身逃去，对党未能发生任何作用，就是党的团结程度的最好的指□。日寇和某些反共份子，对于我党的造谣污蔑、挑拨中伤，真是无的放矢，□□疯狗向着太阳狂叫一样。

但我们不能满足于目前的现状，还要加强团结。中国抗战正是处于黎明前的黑暗的时候，巨大的困难横阻在我们的面前，我们坚信两年内抗战必然胜利，但愈是接近胜利的时候，困难也越厉害，日寇在各抗日根据地实行反复的"扫荡"和残酷的"三光"政策，他妄想把人都杀完，房都烧光，生产全部毁坏，使我抗战军民同归于尽，国际上□□□□，也随着轴心国家攻势的加紧准备而摧残□□，□□□□，民族团结受着威胁，进步人士遭遇迫害，抗战团结投下一道暗影。抗战五年来，空前未有的困难已经临到我们面前了，这是党的一个重大考验。□我们必然在这个考验中站稳自己的脚步，我们必须□□黑暗走向光明；因此就需要我们的团结更提高一步，我们的战斗力更加强一步。

我们党是一个包含着八千万党员的大党，我们有不少久经锻炼的党干部，这是撑持党的骨干，同样我们也有许多带着新鲜血液的新干部，算是党的宝贵资本。这两种干部的配合，才使党有力量、有□□活泼的气象，但在新老干部之间，无论思想方法、工作习惯，都是有差异的，新干部有热情、有朝气，但是缺乏工作经验，不会全面的看问题，他们没有经过□时期斗争的磨练，他们中间□有些人□非□□阶级的意识还保留得不少，党的建设的根本原则显然在书本上讲过，但还不能完全实行。有些人，遇到问题时还不会站在党的立场、阶级的立场上去观察，去处理；老干部奋斗的历史久经验多，但他们之中，有些人缺乏活泼朝气，为过去的经验所束缚，思想公式化，不会应付新的环境、新的事物。党的中央虽然是早就执行着正确的路线，但历史的负担——主观主义、宗派主义、党八股，还有很多的残余，这些负担对于新老干部的改造和进步，都起着阻碍的作用，所以虽然全党在政治路线上和实际工作上是完全一致的，而思想方法和工作作风则还是有差别的。

进一步加强我们的团结，就是要在思想方法、工作作风的统一上去求得，这是使我们的干部相互学习、密切溶合的基础，最近中央以很大的注意来进行整顿三风的工作，领导大家研究文件、检查工作，这一方面是加强党的教育，同时也就是加强全党的团结。

延安各机关从现在起，在最近两三个月的时间内，是集中力量研究整顿三风的文件，这些文件都是过去流血经验的结晶，研究这些文件，是党的教育上的一件大事情，研究文件的目的，是领会这些文件里的观察问题、处理问题的方法，最重要的是要自己用这些方法来办事，这便是求得全党在思想方法上的统一。

研究文件之后，下一时期中心任务，就是检查工作，无论机关的或个人的工作，□□根据研究文件所得的正确结论加以检讨，定出改进的办法，这就是要改□不正作风，建立正确作风，这便是求得全党在工作作风上的统一。

这是巩固党的最要紧的工作，这是全党学习马列主义最实际的一课，在这个工作中，每个组织、每个党员，都要前进一步，全党的团结也要提高一步。

我们将以最大的力量来进行这个有历史意义的工作，我们的队伍将团结得更紧，任何困难都吓不退我们，黎明的曙光不久就要来到了。

（原载一九四二年四月二十四日《太岳日报》第一版社论）

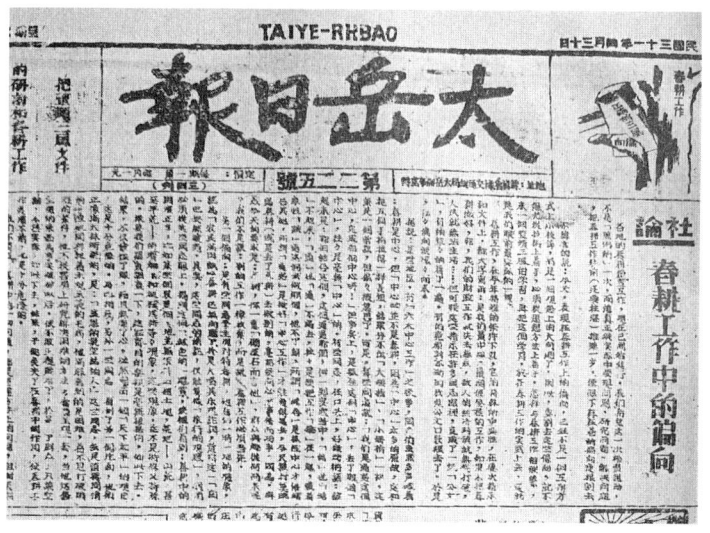

春耕工作中的偏向

各地的春耕检查工作，现在已经开始进行。我们希望这一次检查运动，不是"照例的"一次，而能真正从实际中发现问题、研究问题、解决问题，把春耕工作往前（还要往深）推进一步，使眼下存在着的偏向连根割去。

不讳言的说：今天，表现在春耕工作上的偏向，已经不是一个工作方式上的小枝节，而是一个观念上的大问题了。因此，要割去这些偏向，就不能光从技术上着手，必须从思想方法上着手。怎样与春耕工作相联系，来一个整顿三风的学习，再把这个学习，放在春耕工作的实践上去，这就是我们眼前最实际的一课。

春耕工作，在今年特殊的条件下边，它的特殊的重要性，在屡次指示和文件上，都大字写出：是我们最中心、最关系全局的工作，如果不把春耕做好，那，我们的财政工作就失去根底，敌人的经济封锁就无从打破，人民就无法生活……但可惜这些指示在许多同志眼里，变成了一纸"公文"，有的草草的看了一遍，有的竟原封不动的放进公文口袋里去了。于是，种种偏向便滚滚而来。

据说：某些地区，有"六大中心工作"之怪事，同志们虽然声声喊着：春耕是中心，但"中心"并不是春耕，因为"中心"太多的原故，这和把五个手指拉得一样长短，结果分不出"大拇指""小拇指"一样，这虽是一个常识，但偏偏被忽略了。可是，有些同志说："我们是通过这个中心，完成那个中心呀！"但事实上，是抓住这个"中心"，去了那个"中心"，往往是毫无"中心"的。有些同志，在口头上，好□□术语：谈起来是：那个结合这个，这个通过那个，但一到实践当中，"结"也"结"不起来，"通'也"通"不过去，往往是硬把工作"□"在一起，或者率性"跳"过这个去做那个，他不了解，所谓"结合"是抓住中心才能结合其他，所谓"通过"是做好"中心工作"才能通得过去，今天□打□跳过春耕（或是丢了春耕）去做别的，毫无疑问必然事倍而功半。因为，群众今天的要求是：春耕，你一意"顾左右而言他"，群众兴趣从何而来呢？我们不是说：别的工作一律放弃，而是说，春耕工作必须当先。

另一个偏向：是有些同志拿主观对待春耕，他看到一时一地的现象，认为"农民满田□"春耕已无问题了。于是大喝其乐观论调，觉得这一"关"已安然渡过。其实，这些同志的结论，只能算□"旅行的观感"，我们必须从这些同志眼上，揭开这个"□色的"眼罩，使他们看到：春耕中的困难正多，比如某些佃农是佃，地主无条件出租土地，荒地——山荒，甚至平荒——的增加，和粗种浅耕等等现象，这些现象，并不是特殊又□□的，只要我们认真调查一下，这种盲目的乐观是毫无根据的，如此下去，结果，不仅□住了眼，而且麻痹了心，必然□出一个"天下太平"的观念，这是十分危险的。与此相反,另外一些同志,看到了另一个片面,他们正像□□□所说的,是"诚恳的说空话的人"。这些同志,虽是值得同情的,□□□也同样犯着主观主义的毛病,他满眼看到的是困难,看不见打破困难的条件,他不从客观上研究解决困难的方法,□□主观一套,当他这套主观的东西为事实碰破以后,便不敢正视困难了,于是,□□群众,只讲空话、不谈实际,如此下去,结果,干部丧失了在春耕中的作用,使春耕工作迟滞不前,也是十分危险的。

我们不是说,春耕中的一切问题,都是思想方法上的问题,但对春耕工作的领导上,这是十分重要的,如果把正确的态度与我们的条件连在一起,将给我们巨大的力量。在整顿三风的□□中,我们□□同志们,依据反主观主义、反官僚主义、反党八股的精神,□□这些偏向,好好研究一下:怎样打开春耕准备的问题。

(原载一九四二年四月三十日《太岳日报》第一版社论)

寄语工代大会

全区工人代表大会,于"五一"开幕。在这时候,我们拿整顿三风的尺子来度量一下工运工作,是非常必要的。

我区工运和工人中,是否有三风不正的现象呢?我们说:有的,它表现在那里呢?它表现在:工作上不了解具体情况,工人的行会感想和忽视工人教育这三个问题上。

第一个问题,表现在工资问题上,则特别明显。有些地方、有些同志,不顾具体情况一味的"增加",只有"以上",不能"以下",把主权双方已定的合同一手推翻,只问工□多少,不问实际情形。据调查:"在绵上□村雇主马□的雇工徐□□才十一岁,村工会硬逼雇主增加工资小米三石六斗、单衣一套,雇主不愿,于是私自解雇,村工会斗争无效。"另外一个例子："在绵上胡汉平村，在增□'附加工资'的浪潮中，干部不问原赚工资多少，每个工人增加了两对袜子、三双鞋子、一套单衣，并规定八个月□□一年，雇主没法，虽然口头答应了，结果拖欠不给。"处理这问题的同志们，心意是好的，但他忽略了两个问题，一个是今日农村经济的变化，一个是雇工的劳动效率和技术条件。这是一方面的情形，但是另一方面却有很多的地方，在空喊提高雇工工资，空喊改善雇工生活，但是雇工生活却一点也没有得到改善，雇工的工资一点没有提高，譬如安泽□□村两个牛工，最多的一个是每年六十元，其次一个则每年不过三十元，按现在的布价折合只能买一套单衣服，后者，则不过只买半套衣服；按米价来□则不足一石，最少的则一年的工资不够五斗，绵上□□村一个牛工一年的工资仅仅十元，他们的工资就连穿鞋袜也不够。又有人看不到这种现象总喊太左太左，认为工资提得已经过火了。因此很早的就收起了改善雇工生活的工作，从此对工人生活再不肯问闻，这些都是主观主义的不顾实际情况的表现。

在工人中间，行会主义的存在，是第二个问题，在工厂煤窑中所表现的主要形式，是地域□□，在手艺工人中所表现的主要形式，是师徒关系。一个工厂里，这一县的工人排挤那一县工人。本地工人排挤外路工人，分门立户，勾心斗角。据说：在某公营工厂中，一派工人，竟至把对方管理的机器□中破坏，施行诬害。另外一件事情，是发生在某地煤窑上，两"帮"为争夺包工，一"帮"讨价一五八元，一"帮"减价六元，最后一个工□讨价四元的"胜利"了。可是，"胜利了的"工人们，为闹意气至工作终日不得一饱。类似这样的事，在各地相当普遍。这种行会主义，在中国历史上，是有其悠久传统的，是封建经济下的产物。过去一般工人，视行帮为靠山，做为争夺生活的组织。而且，往往一"帮"独占了工作，便劫持工作。这种狭隘的行会主义对于工人的团结都是有□□，然而这种行会主义的思想竟有时会反映到工会领导机关里来，这是应该注意的、应该防止的。

第三个问题是工人教育工作中的偏向。特别在公□工厂中，某些做工会工作的同志和工厂的指导员。正是"不问对象，夸夸其谈。"不问工人的文化水平，不研究工人的成份，不了解工人的要求，一讲就是一会大□□，有的弄出一套落后□□教育工人，以图"保证"工作，有的用过"左"的词句刺激工人，甚至有□□工厂，抄袭帝国主义对待殖民地的落后手段，制造"帮"与"帮"的对抗，从中收"分而治之"之效，不以为罪大恶极，反为得计。此外，大部份工人中间存在着浓厚的□□观念，"必做工，多拿钱"。物质上□□□□起来，工作上采取自由主义态度，技术上死守成规，不研究、不改进，觉得有这□本事吃这碗饭，颇以为满足，丝毫不了解工人在生产中的责任。这种现象的存在（甚至发展），固然，在中国社会中有着根深蒂固的传统。也正暴露了工人教育工作上的弱点，但在我区主要的还不是教育上的偏向，而是教育工作的薄弱。

以上这三个问题，就是我区工运工作之"的"。中共中央关于"五一"节的指示，乃整顿职工运动中三风不正之"矢"。如何拿□"矢"□□"的"，就是工代大会的责任。我们祝大会成功。

（原载一九四二年五月三日《太岳日报》第一版社论）

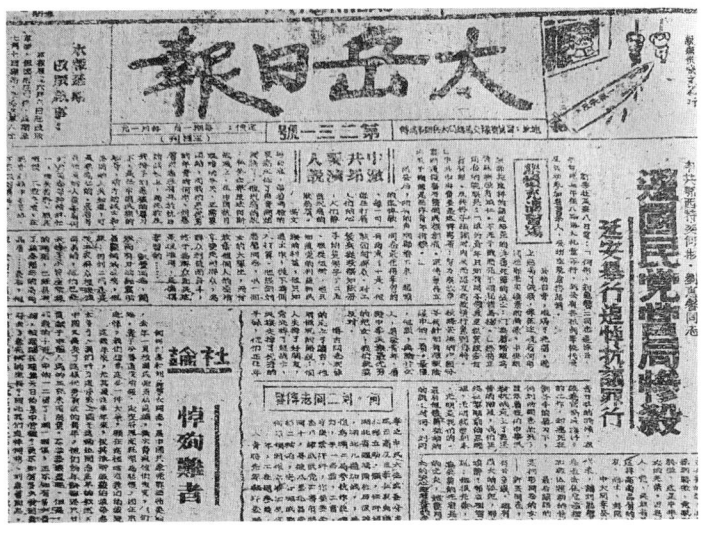

悼殉难者

何彬同志和刘惠馨女同志是中国共产党鄂西特委的书记和委员,去年一月被国民党当局逮捕,几次胁迫他们叛变,他们始终坚不动摇,竟于今春遭受枪杀。延安各界闻耗,深为悲愤,因在本月七日开会追悼。我们认为这是一件大事,愿在这里略述我们的感慨。

这几年来,尤其是这半年来,反共派所残杀的革命志士实在是太多了!我们听了追悼会上关于这两位同志生平的叙述,想起多难的中国又丧失了这样优秀勇敢的青年(他们的年龄都还只二十多岁,所能贡献于中国人民的正在未可限量),不禁热泪盈眶。但是他们只是被残杀的千百人中的一二罢了。在同一时候,正不知有多少爱国青年被秘密拘捕，被蹂躏在暗无天日的集中营里，更不知有多少爱国青年被无声地夺去了春花似的生命。因此，我们追悼何彬、刘惠馨同志，也就是追悼所有遇害的同志，也就是向国民党当局抗议这种无法无天的罪行。这些杀害青年的凶手一方面高喊国家至上民族至上，他方面无限制地□丧国家民族最珍贵的元气；一方面高喊力量集中意志集中，他方面蓄意破坏团结制造萁豆相煎的悲剧；一方面高喊军事第一胜利第一，他方面公然声称和实行反共第一。而在今年这一年以内，他们全力以赴的"中心"计划据说便是分期将共产党的全部力量"一网打尽"。我们严肃的告诉国民党当局，这种卑劣的阴谋是绝对违反抗战利益的，我们是绝对不能容忍的，我们是一定要向全国人民申诉的！

何彬、刘惠馨等同志的殉难，对于全民族全党当然是一个损失，但又须知道同时又是一种教育。这不但教育我们更加认清反共分子的惨无人道，教育我们对于这些反共分子应该如何提高警觉性，也教育我们在生死关头，被反革命所迫害时应该采取什么样的立场。我们看重我们的生命，我们活着有许多庄严神圣的工作要我们进行，因此我们反对轻易牺牲这份革命的财产；但是如果除了充当反革命的走狗再无保全生命的可能，那么杀身成仁就正是我们对于民族对于党的最后和最好的服务，何彬、刘惠馨两同志以智识份子出身，为了中华民族、中国人民和中国无产阶级的解放，就毅然脱离地主阶级的小家庭而投入工农群众的大家庭；他们入党不久，就遭受反共分子的压迫，直到被捕。但是他们在染满血腥的刽子手的面前坚持党的立场，引领就义，却是何等的慷慨，何等的从容！这样可歌可泣的青年男女，真不愧为伟大革命政党的党员，真不愧为伟大民族的新鲜血液！我们全党的同志和全国人民，都应该学习他们的不朽模范！我们相信，以这样的党员组织成的党，以这样的党为中坚的民族，必然能够渡过一切的难关，达到民族解放的完全胜利！

（原载一九四二年六月十五日《太岳日报》第一版社论）

加强对于学习的领导

从学习运动中证明,党中央和毛泽东同志所号召的整风学习,是完全合乎党员群众与党外交人们的迫切需要的,学习是开展起来了。

领导的加强,是使学习运动发展得更深入更正确的必要前提。

有些地方,对于学习的领导是不够的,这些地方学习不能得到应有的成绩,其主要原因就在这里,有些同志没有充分认识整风学习的重要性,没有认识这是对我们领导中国革命有极大意义的工作,这是肃清党员的小资产阶级思想,养成他们的无产阶级思想。这是加强党的思想的统一和组织的统一,这是提高党的战斗力。同时亦是推动中国革命的发展，对于这样有伟大历史意义的工作，多费些时间和劳力是应当的，是有代价的，这是目前时期中的主要环节，要抓紧这个主要的环节。

领导学习就是领导党内的思想斗争，领导党内无产阶级思想战胜小资产阶级思想的□□，我们党的广大的新党员，大部份是小资产阶级出身，非无产阶级出身，他们所保留的小资产阶级思想意识是很浓厚的，有些老党员虽然经过长期的革命锻炼，但他们也还有不少小资产阶级思想的残余，加上我们所处的环境是小生产者占多数的环境，同时，党是处在资产阶级与小资产阶级思想的包围之中，小资产阶级的散漫性、动摇性、个人主义、自由主义不断袭击着我们，小资产阶级思想对党的破坏性是很大的，它常常影响着我们的党，要求党按照它的面貌来建设党、进行工作，这对于党是一个重大的问题，整顿三风就是运用党内思想斗争的武器，以无产阶级的思想去克服党内的小资产阶级思想，把党的布尔塞维克化提到高度。所以无产阶级思想与小资产阶级思想斗争的方式有很多的，整个学习的过程就是个斗争的过程，廿二个文件是无产阶级思想的结晶，是党员手中的斗争武器，笔记、讨论会、漫谈、谈话、墙报等等，都是斗争所采取的方式，学习的每个步骤都应充满着思想斗争的内容，领导者的任务，就是要掌握这一切方式，帮助学习的同志们运用无产阶级思想的武器，向自己身上的和别人身上的小资产阶级的思想意识实行顽强的进攻，这种坚定的思想斗争，应当贯串着整个的学习生活。

必须提倡坚持党和阶级原则、立场的精神，对于错误思想进行不调和斗争的精神，反对对于错误的思想、言论、行动采取腐朽的自由主义态度，在党内热烈拥护无产阶级的思想和立场，反对非无产阶级的思想和立场，是每个党员应尽的义务，无论在任何场合、任何情况之下，对于错误思想都要组织有力的反驳，对于错误的思想不加反驳，就是允许小资产阶级向无产阶级和党进攻，就是对党和人民的事业采取不能许可的消极态度；但同时对于犯错误的同志，又不应操之过急，须知这种思想病，不是一个早上能治好的。

领导者的主要责任，是用□□□□的方法扩大并□□无产阶级的思想阵地，缩小并消灭小资产阶级思想的阵地。在学习的过程中，一方面不放弃任何机会对于错误思想进行反驳，同时对于正确的同志则要加以鼓励和发挥，对于追求正确思想而能力不够、方法不对的同志，则加以安慰和帮助，这样学习积极、思想正确的同志们，□□□□□□加紧起来的。

加强领导重要条件之一，就是加强领导者对于学习的同志们的联系：廿二个文件的学习，可以帮助同志们并得思想革命的□的方向，但帮助每个同志改造思想，还必须领导者对个别的同志加以详细考察，采取具体的办法、领导学习的过程，同时就应该是了解干部识别干部的过程，帮助每个同志实行具体改造的过程：帮助人进行思想改造和作风改造，是需要□赋功夫的。

学习的目的是为着实践，所以，学习的过程一定要和实践的过程结合起来，只有在实行的过程中，才能判别□的正伪，才能达到真正的知，离开了行，知就成为空洞的无意义的东西。领导者不仅帮助同志们学习，而且要把同志们所学的东西在实践中表现出来。我们要求的是：言行一致，表里合一；我们所反对的是：说一套做又是一套。□□好坏的真正标准，就是所学的东西的实行程度，就是自己本来面□改变的程度，要使现在□□表现的片面的主观主义的思想方法改变为全面的唯物辩论法的思想方法，自由散漫的小资产阶级习气改变为尊重集体服从纪律的无产阶级习气，要使同志们一步一步脱出小资产阶级的劣根性，□□无产阶级的情绪，这就是领导学习的主要的责任。

领导党内思想斗争，不是一件容易的事，领导者自己□□□□思想的武器，然后才能□□的帮助别人，因此，领导的同志必须成为学习的模范，及□的模范，必须成为改造思想□□作风的模范，只有做大家的模范才能领导大家，只有以□□□的领导，才能使领导获得□□的效果。

（原载一九四二年六月十八日《太岳日报》第一版社论）

澈底实行精兵简政

在很久以前，党中央即已明白指出："为进行长期斗争，准备将来反攻必须普遍实行精兵简政。"同时，也指出：为坚持敌后斗争，今后建军的方针"精兵主义，应为今天主力军的原则"。这个指示，在各抗日根据地部队中，都得到了很好的反应，各地部队认真实行之后，也收到极大效果，但在个别地区及少数干部中，对于中央这一正确的指示，还有误解或实行不够的地方。在此敌后斗争日益残酷尖锐的时候，精兵政策又为敌后军事建设当务之急，所以今天对精兵之义还有再为申论之必要。

中央指出这一敌后建军的原则，完全是依据敌我力量的诸般变化、敌后斗争客观形势之发展而正确规定的。血战进了五年，敌我斗争已进入一残酷的新阶段，在敌后，敌人□正倾其全力向我进攻；在军事上，对根据地"扫荡"之频繁，战术之严密鬼□；在经济上，对我生产力之破坏，实行惨无人道的"三光政策"、并散放毒菌；在政治文化上，实行"四次强化治安"，据点增多、特务活跃等等，都使敌后我军的活动遭遇较过去百十倍的困难，在这新的斗争阶段中，我们决不能死守成规、因循怠忽，我们要按照新的斗争形势，而采取新的灵活的组织形式，来适应目前的斗争环境，积蓄力量，争取时间，以配合将来的战略反攻，争取抗战胜利。

新的斗争形势是什么？

由于敌人残酷"扫荡"，我各抗日根据地中已有些地区开始部份的缩小，某些游击区逐渐变为敌占区，某些根据地部份的变为游击区，敌人的"三光政策"，更使人烟不留，蔽舍为墟，大大破坏了根据地的生产力量，甚至有个别地区，生产力减缩二分之一，再加以五年来长期的战争负担，不能不使根据地的经济更形困难；在此种情况下，我们不能不很好顾及到因地区缩小、生产力破坏而可能发生的供应缺乏、衣食不继的状态，华北军民同甘苦共患难五年了，在这严重的关头，我们更应该关心民□、照顾群众的利益，适当的紧缩部队，减轻负担，爱护民力。

坚决执行中央告根据地党员和将士书中的指示："始终和老百姓在一起，保护群众的生命财产自由。""不脱离群众，不浪费民力。"使敌后民众有休养生息的机会，使敌后部队有力继续为祖国生存而战，才不会□□"生之者寡，食之者众"，食用不继、兵与民争食的困境。

军事上，敌寇的□课更花样翻新。在战略上，由正面进攻转而为敌后"扫荡"，在战术上，敌人由"鲸吞"而分期"蚕食"。敌人"自鸣得意"的捕捉战术与奔袭战术，尤其是以我军主力或指挥机关为其进攻目标，而在敌我力量绝大悬殊之我军，只能发动广泛游击战争，消耗敌人，不以力取，而以智胜；加以敌人大小据点星罗棋布，封锁□□密如蛛网，地区分割极小，大兵团不易回旋活动，加以敌寇特务奸细潜藏，使□□的活跃。今天我们要坚持敌后斗争，一定要实行精兵政策，划小作战单位，充实野战兵团战斗力，符合战术上灵活机动的要求。

我们还清楚的认识到目前的困难只是暂时的，我们再熬过两年，胜利反攻的阶段即将到来，所以精兵政策不仅为了打破目前的困难，而且是为将来局势的开展。为了将来负担全面反攻的任务，因此我们必须加强部队战斗力，适当的保存干部，提高干部政治素养和□事技术，实行"精兵"之后，把抽出的干部送一些去加强下级的训练和领导，同时也送一批去进行正规化的教育，以□将来新局势的开展，准备反攻的新力量。

必须指出，所谓"精兵"，并不是说取消主力，消极的裁减主力兵团的名额，简单的缩小后方勤务机关，也不是裁兵减员、拆台散伙，而是要充实主力，加强主力部队的作战力量，而是要按照敌后各种不同的情况，规定何种应减、何种应缩、何种充实，按照敌后斗争形势发展的规律，主动的改变我们的战斗组织。目前我军力量的生长，应在质量中去求□进，而不是数量上去求扩大。

如果今天还有些地方企图把地方武装编成正规军扩大主力，只看到局部情况暂时利益，□不得把自己部队精简一下，这种作法，将来必然会处处撞壁，遭到不应有的损失的，这种作法，必须速予纠正。

很明显的，精兵政策是目前敌后建军的正确方向，是坚持敌后斗争和准备反攻力量的重要步骤，□抗日根据地应□□力量来彻底实行精兵政策，扩大民众的武装，只有这样，才能打破目前敌后严重的困难，争取抗战的最后胜利。

（原载一九四二年八月七日《太岳日报》第一版社论）

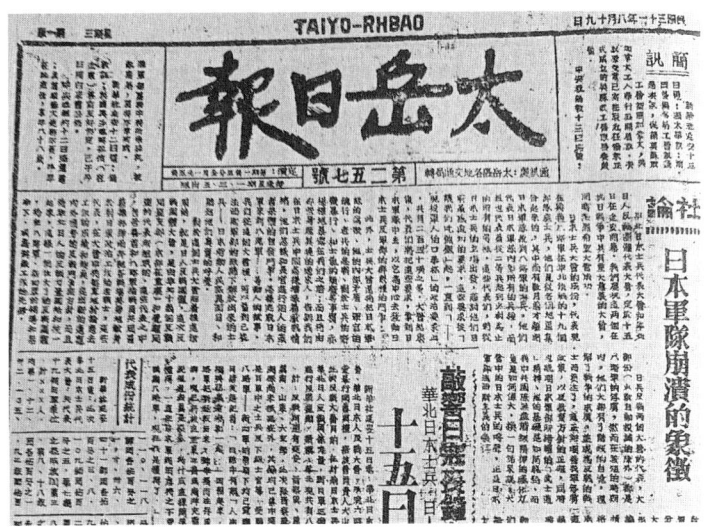

日本军队崩溃的象征

　　华北日本士兵代表大会和华北日人反战团体代表大会,定于十五日在延安开幕。我们庆祝这两个在抗日战争中具有重大意义的大会,同时热烈希望大会成功。

　　日本士兵大会的成份,代表现在与我八路军在华北作战的十九个部队底士兵,他们是从各个地区集合起来的,其中尚有数月前才离开日本军队投到八路军的士兵,他们代表日本军队内部所有的兵种,而且也代表着从二等兵起到少尉为止的所有的等级,这些代表们,将从日本士兵的立场出发,商讨他们目前最感迫切的要求,这些要求从"让我们吃饱饭"起,一直到"——现役军人的口举杯"的政治要求止,共有二百三十项之多。大会结束后,代表们将把这些要求，拿到日本军队中去，以它为中心去发动日本士兵反军部的群众性的斗争。

此外，士兵大会还将把日本军队的腐败，他的内部矛盾、军官的丑行、老兵的怠战、对于士兵的野蛮暴行和士气的颓废等事实，赤裸裸地暴露在我们之前；而且将由那些身历其境的过来人，告诉我们在日本士兵中间怎样增涨着厌战情绪，他们怎样和长官进行个人的或者集体的自发斗争，怎样逃脱日本军来到八路军等动人的故事。我们从这个大会里，可以看到已从法西斯军部的铁蹄下解放出来的士兵——日本劳动人民底真面目和听到他们真实的呼声。

对于这个士兵大会起着推进作用的，就是日人反战团体，这次反战团体大会，是由华北十几个反战同盟支部（本部在重庆）和觉醒同盟的代表所组成的。这些代表之中，包含着曾和八路军指战员共同冒着枪林弹雨奔驰各战场英勇地献身于对日军政治工作的老战士，这些代表，在大会中将认真地讨论过去工作的成绩和缺点，定出新的适应内外情势的反战斗争底方针，而且将华北日人的反战力量团结和统一起来，这样一个壮大了的反战团体，将在八路军、新四军的领导和帮助下，成为对敌工作的先锋。

日兵反战两个大会的代表，大部份（少数自动投诚的除外）都是八路军的俘虏，然而在□□的时期内，他们大都有了阶级的自觉，理解了战争的本质，并成为反战的战士而更生了。这正证明着我军俘虏政策，以及教育方针的正确，同时也说明日本军部所夸耀的"武士道"精神、他的基础是如何脆弱、而我中共国际无产阶级精神的感化力量是如何伟大。换一句话来说，大会中的日本士兵的呼声，正是日本军部法西斯主义的□□。

其次这两个大会，将给我们对敌政治工作以重大影响，我们的敌军工作从来就缺乏对日本军队的充分的具体的调查研究，而这次士兵大会将讨论日本军队内部的实际情形，士兵的真正的要求、情绪、意识，以及如何根据日本军队内部的情况去组织斗争。并且反战大会，将从我们过去对敌宣传工作的实际成绩出发，去讨论今后的新方针，这样一定可能克服过去敌军工作的弱点，并帮助这个工作进行新的划时期的转变。

这两个大会，对于日本革命运动也注入了新的力量，大会的代表们，从大会的准备工作以至大会讨论中，一定可以学到很多的东西，大会团结后，无论他们在前线工作或是在后方学习，一定都将被锻炼成长为革命的战士。这样，在华北他们将逐渐发展成为"日本的八路军"（朱总司令语）——将来日本的革命军，对于日本革命、对于在极端困难状况下战斗着的日本共产党，将是很大的援助。

总之，这次日本士兵大会，是日本军队崩溃的一个象征，同时又是促进这一崩溃过程的有组织的力量。在我们为实现当前的目标"今年打垮希特勒，明年打垮日本"而奋斗的时候，这个力量应该被计算进去，因此我们应该尽一切可能，来帮助日本弟兄使他们能够更顺利的进行工作，来完成我们的共同历史任务。

（原载一九四二年八月十九日《太岳日报》第一版社论）

论精兵简政的模范

上期本报登载了一篇《精兵简政的□□在晋冀鲁豫边区》，是一篇值得郑重介绍的文件，今春以来，各抗日根据地根据我党中央指示，实行精兵简政，晋冀鲁豫边区军政□□，在敌后战争的环境下，认真周密彻底地执行了中央这个指示，在工作上创造了不少的成绩。所以这篇晋冀鲁豫边区精兵简政经验的总结，不仅□□每个党员去细心研究而且是供各抗日根据地□□与效法。

晋冀鲁豫边区精兵简政工作，是有比较周密、精详而□合实际的办法。在纵的关系上，要从政治动员、工作的布置计划、工作的执行以至检查，都能有条不紊依次进行。在横的关系上，它能把□□的总方针，贯彻于各方面工作，它对政治工作、军事工作、财政工作等部门精简工作，都有一个全面的计划。

精兵简政的第一个步骤，就是在党、政、军、民中深入的传达与动员。光是□□机关□□中央精兵简政指示是正确的，□是不够的。没有使干部和群众了解今日□后的严重困难，敌后斗争的□□性，没有了解精兵简政是充满困难、精蓄力量、准备胜利□□的唯一正确出路，那末，□不能彻底完成任务。所以晋冀鲁豫边区，□精兵简政工作所采取的步骤。首先是军队政府自上而下的政治教育与动员，在动员中，检讨了各级组织机构、工作制度和人民负担情况，还建立各级领导机关□整编委员会，并使专人负责□统一领导，有计划、有步骤的进行□□□□□。

政令□□，不□□事无□，而且劳民伤财，政治机构庞大，各级机关，叠床架屋，浪费力量，又互相掣肘，□□□，精兵简政不只□□单的减少人员，而是加强行政机构，改善工作制度，提高工作效率。□□上层，加强下层，不□□独立存在或工作可以兼顾的机关，可以合并。□整□务员□□□□，可□□节省的，编入生产队伍。如晋冀鲁豫边区，规定政府各机关工作人员不超过居民人数百分之一，根据这规定，政府缩减人员百分之四十，节省经费百分之四十六，按各种条件实行并村、并县等等。□减冗员，□理公□，增加不脱离生产的干部，发挥干部的劳动作风。如邢台县二区，减少村干部十七人，全年节省经费不下二万余元。

在调整干部□，也详细注意到干部的情况，适合于何种工作，作何处工作需要，务使人尽其材，各得其所。对□□人员，亦妥善处理，有的升□，有的□入其他工作之部门，有的进工厂、农村参加生产，有的由政府□予小□□款项，助其经营工商业。使壮者有工可做，老弱者不致流离失所，在干部□□调整问题上，亦规定出三□与□□法：（一）不□□"三三制"之施行。（二）□先留□□□久的干部和大后方、敌占区来的干部。（三）不是挪拆某些人，对妇女干部尤须安插。由这个例子可以看到，事无巨细，□经过一番详细的筹划。

精兵简政工作。要配合爱护民力、培养民力与发展生产同时进行。军政机关□□动员一切的力量，投入生产力来自给自足，照顾人民利益。如今春□□□牲口共约五千余匹，大部份交给地方区政府，借给贫苦群众春耕。又如一二九师某旅，全军生产蔬菜即达二百五十万斤。菜金廿一万元，□□□主要应发展农业生产，增□荒地、难地来增加食□等收获。在工业上奖励私人□□，发展家庭小手工业□根据地的□□力量□以继续发展，战胜敌人的破坏。

实行精兵简政□□行□的，反对□□浪费，在□天根据地□□□难、物资缺乏的条件下，实行节约，尤所必需，晋冀鲁豫边区实行的粮食节约、被服节约、□□□节约、牲畜节约等，收效很大。□□禁止食粮养□、养鸡，被服每□□换交公家保存，写字用□纸，小□灯等，都有明白的规定，制定□□条例，切实□行，如有贪污□□□□，就是违反节省原则，或□□□□，私人动用公款等行□，办以食□□□。

精兵的意义，一方面不得战□上的灵活机动，另一方面也要□□□日阶段的经济困难□紧缩□。晋冀鲁豫边区规定：正规军与地方武装不超□居民数百分之二，因此□□紧缩后方机关，充实□队，减少人员马匹。战斗部队团以□□□与直□队人员，为□□一之□，□以下战斗人员与直□□人员均□□一之比，民兵□□，□□□□，不得超过居民数百分之五，□□的，并要□□节省□□，免□形式的自卫工作。□□□□精兵能执行，可以说是很□□□的。如□部□□□，在紧缩后，只□不□□人员百分之四，其余百分之九十六，□□□部份□以充实□□□外，□□正□去了。

晋冀鲁豫边区彻底精兵简政之□，已□到许多□□效果，首先是节省了大量的□力，□□直□□□□精兵简政之□，□计自六月至年□□间□□□□□□节省粮食四万九千余□□，□□经费四百二十□□元，□□政府□□已□□□□二万石，□作□□太行容□敌占区人民负担之□，不仅如此，部队□□□□加精□，战斗力□工作□□□大大提高，更

□□□□后的□□敌斗□□,而军政民的团结,亦□□□□了。

以上□□,都是晋冀鲁豫边区□□□行中央精兵简政指示□,所获得的成绩,□□□执行的精神和□□的办法,尤□□□□,□在已□行精兵简政而获有一些成绩的□区,要同晋冀鲁豫边区□□;个别精兵简政□□的□□,更应□□□□!

(原载一九四二年八月三十一日《太岳日报》第一版社论)

日本士兵，反战大会的收获

　　华北日本士兵代表大会和日人反战团体代表大会，经两星期热烈的讨论，已于廿九日闭幕了。在士兵大会上，提出了日本士兵的不满与对军部的要求，决定了怎样贯彻这些要求的斗争方法；在反战团体大会上报告与讨论了各地支部的活动情形，确定了适应于新的内外形势的工作方针，并统一华北反战团体的组织，成立了华北联合会，这对展开敌军工作，将具有划时代的政治意义。

　　两个大会的提议与决议，确定了今后敌军工作的中心，应把日本士兵在部队内从早到晚深切地感受到物质上和精神上的痛苦、不满与要求，作为我们对敌军进行宣传的主要内容，并为贯彻这些要求发动日本士兵起来斗争。在士兵大会上，就军队的物质生活、军风、精神教育、军事行动、书信来往、请假、伤病员、读书、政治活动、兵役制度与家庭的生活等广泛的范围，通过了二百卅□要求，所有的日本士兵都深切地痛感着，即使敌军的长官也难藉口是"八路军的宣传"而轻易拒绝。同时为这些要求而发动士兵起来进行斗争的可能性较多，而且大部可从下述事实中得到证明：日本士兵自动向我军投诚，日军里面反对长官的行动虽然还是小规模的，但是大部份暴动、逃亡、自杀事件，是起因于或关联于上述的要求，还有过去日本士兵曾联合起来提出上述要求的某些部份，使长官不得不采纳（虽系少数）。

如上述所示宣传（与组织）改善日本士兵日常生活的要求与斗争，是开展全部敌军工作的关键，在这些宣传（与组织）中，说明战争与日本军队的本质，启发日本士兵的阶级意识和长期反战的情绪，这样可能使他们从这些低微的斗争发展成为反战的斗争。我们过去敌军工作效果尚不大，主要原因即在于我们尚未掌握这一关键，而今天向我们提供这一重要关键的，却正是日本士兵大会和反战团体大会。

过去我们对敌宣传固然也提到了一些日本士兵的生活问题，但没有把它当做宣传的中心，我们忽略这样重要的问题，是由于我们没有尽最大努力去了解日军内部的实际情况，另外投诚我方的日本士兵，在政治上还没有开展到能够率直地吐露日军的内情，并为促进日军崩溃而予我们以积极帮助的程度。从士兵与反战大会的讨论与决议中，明确地反映着在我军内部的日本兄弟政治上已充分成熟，而且成为已经可以信任的战友和同志了，这是这次大会重要的收复之一。

要胜利地开展敌军工作，就绝对需要熟悉敌军的情况和善于根据日本士兵的情绪、意识与要求进行宣传工作的人才，不用说具有这样资本的最好人才，是我军内部的日本兄弟，但过去我们往往没有给这些日本兄弟充分发挥他们能力的机会，因为我们多少保留着把他们看作"俘虏"的倾向。这次大会证明□□□□□中印关系的关键，□□□了，这种□的建

□□□，大□□□我们，这些在我军内部的日本兄弟，的确是我们可靠的和有力的战友。

因此，必须帮助这些同志，使他们的能力能获得最高度的发挥，应该重视他们的意见，大胆地提拔他们，使他们真正担任负责的工作，同时改正将日本人反战同盟当做敌干部附□员的观点，应该给与相当于该同盟有力的政治地位，这些问题可说是开展今后敌军工作的第二个关键。因为新的工作方针确定后，就必要实现这些方针的干部，□干部□的一部份必须从反战同盟的盟员中去挑选。

以上是士兵和反战两大会给敌军工作的主要收获。

大会结束后，前方的代表已开始准备出发，我们热烈地希望各地代表，将这次对中国抗战与日本革命具有重要意义的大会的决议案带回去，将它具体地运用于实际，使敌军工作更获得飞跃的进展。

（原载一九四二年九月四日《太岳日报》第一版社论）

一九四三

YI JIU SI SAN

《太岳日报》

一九四三

大家都来庆祝取消不平等条约

　　一月十一日这一天，中国和美国、英国订了一个新条约，取消了过去对中国不平等的旧条约，于是全国各地人人喜欢，到处开大会庆祝，本区各地也要在今天开庆祝大会。这真是中华民族百年来的一件大事，是我国家民族自由平等的开始，实在是值得人人庆祝个个欢喜的。

　　回想自鸦片战争以来，已经一百〇一年了，这一百〇一年的历史，一方面是屈辱妥协投降历史由满清政府的腐朽，北洋军阀的卖国求荣，不抵抗主义者的奴颜婢膝，直到汪精卫的无耻投降甘作日寇走狗，使中华民族逐步丧失独立、沦为殖民地半殖民地的地位，使中国人民陷入于水深火热之中。同时在另一方面，百年来的历史，又是壮烈的前仆后继的争取独立解放的历史，从平英团、太平天国、义和团、辛亥革命、五四运动、五卅运动、第一次国共合作的大革命、十年反帝国主义反军阀的红军起□，直到现在全民族的抗日战争，从自发的散漫的目标不明显的斗争，一直发展到有高度觉悟的、有打倒帝国主义、取消不平等条约显明目标的伟大民族斗争，所以不平等条约的取消，是百年来全中国人坚苦奋斗的结果，尤其是这次团结抗战的结果。

当然，这其间政党及一切先进爱国人士，是起□先进的作用，如国民党和共产党等。现在单就共产党说吧，二十一年的历史，由五卅运动，而香港大罢工，而大革命，而收回汉口、九江等租界，而十年的红军反帝运动、一二九抗日运动，而北上抗日□二万五千里长征，而□□抗日民族统一战线。在抗战中，打破了十二月□□与茂林□□□两次投降危机，牵制了在华敌人的一半以上，斗争史□历历在目，始终不动摇的□在斗争的最前线。共产党之所以能够如此，完全是广大人民对共产党的主张无限□□和同情的结果，也就是共产党能够忠实于人民、代表人民利益的结果。

□就我们太岳区说吧，共产党决死队和八路军，在其友党及□共同团结共同抗日方针之下，协同百万人民坚持了五年的抗战，打破了敌人几次的"扫荡"，牵制了敌人的三四个师团，开□了新地区，从敌人的手中恢复了岳南和中条，建立"三三制"的抗日民主政府，促□了洛阳西安，扯住了敌人的后腿，使敌人不得渡河而西。所以今天废除不平等条约，也是我们全区的党政军和广大人民牺牲了许多生命财产所换来的代价，这也就是我们全区人民的光荣。

但是，全区的抗日同胞同志们，还要知道一件事，今天不平等条约的取消，只是中国国际地位获得平等的开始，现在日本强盗还占着我们半个中国，许多同胞同志还在日寇压迫之下过着痛苦的生活，应□所给的幸福、独立的民主共和国的幸福之完全获得，还是非打倒日本帝国主义不可。所以希望全区的同胞同志们，我们现在庆祝条约，今后就应当更要加强团结，扩大民主,改善民生,坚持本区抗战,专心一意赶走日本□□,现在□国已经败退,日本军阀恐慌已极,它还要对敌占区的人民作最后的剥削、屠杀与欺□宣传,它还要对抗日根据地作最后残酷的"扫荡",但无论如何,日本强盗的命运已□死不□了。过去由于团结民主与抗战取消了不平等条约,今后就更要加强团结民主与抗战,再经过一段严重而□□的斗争,就会把日本帝国主义赶出去。

(原载一九四三年二月十九日《太岳日报》第一版社论)

反对敌伪的奴役运动

汪精卫和日寇订立条约，把中国人民从祖宗百代到□□□□全部出卖，并对如何掠夺和奴获中国作了整□的□□。□一大阴谋，在华北首先表现于最近开始的所谓"新国民运动"。"新国民运动"是什么东西呢？据王□□□说，就是"治安强化运动"的扩大，其目的"在于求华北人民精神与物质的总动员"，以安□"大剿匪战争"，□□"参战体制"的任务，与日□"共生死同患难"到底，换句话说，就是要把华北的一切人力物力统统概括起来，以为其主子——日寇——殉葬。这该是多么凶险的勾当。

还是让我们来看一看它的具体内容吧，这可帮助我们更容易了解"新国民运动"的实质。

"新国民运动"标榜三个口号："剿灭共匪""增加生产""革新生活"，□□："□民""养民""敬民"。所谓"□民"，就是把敌占区许多美丽的村庄一扫而光，成为□□人□的"无人区"，另外建立许多反动黑暗的集中营（大编乡），并用保□和□□的□□，把我千万同胞囚禁起来；而又大□修□封矿沟墙，向我根据地不断□□"扫荡"，□断我根据地与沦陷区人民的联系（所谓"匪民分□"）。所谓"□民"，就是根本□夺人民□□□的自由使用□□□□，没收粮食房屋，□□□源□富，用伪合作社和不值分文的伪钞。将沦陷区同胞的□□□□（□联银券□票，同胞损失即不下数千万□，敌方自称：联银券的发行就已□十六万□），而最后当同胞们只剩下一付□白骨头的时候，则输送出境充当炮灰。日汪密的预定掠夺壮丁千□，伪□选会公开无耻宣称：华北敌占区廿亩田以下的农户已无法生活，都可以用"劳工"的名义加以征发，这一抓丁计划，现在正在疯狂实施中。所谓"□民"，就是加紧思想上的欺骗和麻醉，特别对我民族后代□施奴化教育、训练他们为日寇"勤劳奉公"，训练他们打□杀人，□久作为它"以华制华"的工具。

事实最明白的告诉我们：所谓"新国民运动"，就是最野蛮的奴役和掠夺，加上最无耻的欺骗和麻醉。它要把华北沦陷区变成一所暗无天日的大牢狱，一切土地财富均为日寇所有，□我无辜同胞则昏昏□□的为它作奴隶牛马，百世不得出头。每个由敌占区来的同胞都□□的告诉我们"敌占区是黑暗的地狱"，向我们画出一幅悲惨的图画，这些图画是完全□实的。如果说在"新国民运动"以前，敌占区已经是怨声载道，民不聊生，那么，在"新国民运动"以后，我们不能□□敌占区□有"人的生活"。

"只有斗争才是活路"！敌占区已经很广泛的发出这样悲壮的口号，□□不少地方已经自□的爆发出反抗的火花。是的，其民族的统治是□□的，但不是不能反抗的。敌占区和游击区的□□同胞，不论男女□□□富，都应该在 维持中国人利益、反抗敌□的奴役和掠夺的大目标下团结起来，从事坚决而又巧妙的斗争！要反对"新国民运动"，反对大□乡的牢□统治，反对掠夺土地、农产的所谓"推广计划"，坚决□用□钞，不给日寇做工□炮灰，要从斗争来减□□敌□担，□□敌伪的统治枷锁，从而保存民族元气，积蓄力量，准备□应□军的大反攻。一切伪军伪组织中人员，如果天良未泯，想□自己□后路，就在设法保卫中国人的利益，尽可能使他们少受蹂躏，如有甘心为虎作伥、死不悔悟，就要加以坚决的消灭！

敌占区同胞是处在刀锋斧钺之中，他们无日不在盼望根据地的□□和同胞给以援手。敌占区同胞的灾难，是整个民族的不幸，我们□□之痛，自属义□旁□。以往历次政治攻势，曾经严厉的打击了日寇和汉奸的战役和掠夺，予敌占区同胞以莫大的兴奋和鼓舞。于□以后，我们□应把政治攻势□□化。根据敌占区的变化，当时当地的具体情形和要求，配合各方面力量，在一元化斗争的□□下，不断深入敌占区和游击区活动，□应敌占区同胞的抗争。打□□们的各种新阴谋，□带□敌占区同胞以□□□战的消息，与他们切保精神上的联系。□□敌占区同胞们希望，也是我们对敌斗争的要求。

（原载一九四三年三月十八日《太岳日报》第一版社论）

急起生产救灾

春夏以来，天气大旱，各地庄稼大半旱死，丰收绝望。同时，白晋、同蒲、临屯沿线，曾遭日寇掠夺。赐阳城、士敏等地，又逢□八个"意外"的洗劫，如此天灾人祸，给今后全区以严重困难，对此应有足够的估计。

眼下的饥荒现象，日趋严重，断炊者比比皆是，饿死的日有所闻。如何克服将来的大困难，乃是我们坚持抗战争取胜利的关键。

近日，喜逢大雨，一般农民的情绪，有了显明的转变，如果，我们不能抓紧这个时机，发动群众，组织群众，对灾荒进行坚决的斗争，不仅一切工作无从开展，严重的局面，一定会来到的。

但是一般干部，还没有足够认识这种现象，因而，空言"有办法"，不积极发动群众来共同向灾荒奋斗及听天由命的观念还到处表现着，这是应该坚决纠正的。

今天，我们的口号，是："生产救灾"，我们应立即动员群众展开生产救灾运动。团结互助，自己救自己，只要大家动手干，困难是可以渡过的，要帮助群众解决种子的困难，□□种子，□说群众坚决毁掉已旱坏的秋苗，重新补救，劝说群众补种山坡上的庄稼，扩大秋禾地的面积。傍河下种□□、□□，要求每人生产五十斤菜蔬，做为冬粮。

为未雨绸缪，除此以外，还要进行以下三种工作：

一、采集野菜、树叶、树皮、树根、草籽，以及可吃的一切代用食品，大量储存，备做冬粮。山地居民，不乏此种知识，更要特别注意吸收林县人过荒年的经验，广为传播，并利用报纸向各地介绍。

二、发展农村生产合作事业，如妇女纺织、运输、采药及农村手工业，在这一工作上，本区有极优越的自然条件，在士敏等先期开展合作运动的地区，已有比较多的工作经验，可资借□。生产合作运动，在陕甘宁边区，是人民走向丰衣足食的道路，在士敏县，□证明是救济的有效方法之一，组织生产合作社，动员农民参加合作社，应做为生产救灾运动中的重要工作。

三、反对浪费，节约食粮，所有各机关部队，应该身体力行，认真做到行署所颁布的十五条节约粮食的办法，实现自己磨面和吃掉麸皮的号召，完成五个月菜蔬自给的任务。每个机关、部队，应该把节约食粮的检查工作，列入行政工作的议程，自觉的□□一切浪费食粮的漏洞。

以上几种工作，应分缓急马上着手，而且要做长期的打算，决非"一天打鱼，十天晒网"所能奏效的。在生产救灾运动中，各地的共产党员，应该起积极的模范作用，党政军民亲身动手，普遍动员群众按□计划，严格要求，将党的任务彻底实现完成之。

（原载一九四三年八月十三日《太岳日报》第一版社论）

《太岳日报》

一九四四
YI JIU SI SI

一九四四

抓紧时间深入冬学教育

从最近各地同志来信及□□民教处所召集的□氏、士敏、屯留、安泽等几□的教员座谈中所得材料来看，我们的冬学□□进行的不大好——□然不是没有成绩。

为什么没有办好呢？原因有两个：

第一，大家对于冬学教育的重视是不够的，党对冬学的领导尚很薄弱，不仅群众团体没有努力参加群众教育工作，就是教育部门也没有把这一工作很好的领导起来，这的确是不应该的，这种忽视冬学的现象必须立即纠正。希望各县很好的检讨一下，从认识上来克服这种忽视的观点，必须了解到我们一切工作必须动员群众来完成，如果群众不了解则一切工作的进行是不会有好的效果的，必须了解如果不能使广大群众认识到当前时事之发展，不能使群众真正认识到生产与反特务之重要及我党的宽大政策，则今年的生产与反特务斗争是不会顺利完成的。

第二，大家对于工作的次序与联系问题尚未解决，我们都说战争生产教育是当前及今后的三个中心工作，但这三个工作如何进行，其相互关系应该如何却未解决。比如说"在冬季生产准备工作是中心"，这是对的，我们要很好的集肥、打柴、添备工具、办合作社，从事担挑运输，加紧妇女纺织，但是不是因为生产与生产准备就不能进行冬学教育了呢？像有些同志所了解的："我们要动员，那极□有时间进行冬学"，以及什么"工作只能有一个中心，那里还能有两个呢？"我们说这样了解显然是错了，这就是把工作应有的联系截然分开与孤立起来。这种想法不仅是把教育与工作机械分开，而且没有认识到生产动员的最好场所与方式就是冬学，冬学与生产准备，不仅没有矛盾，而且是完全一致的东西，事实已经证明，那里冬学中的生产教育作的好，群众的生产情绪与准备工作也就做的好，士敏的福家山在区农救教育干部的领导下，不就是冬学也办好，生产也办好了吗？四分区的上河村在军政机关帮助下，不仅办好了冬学，而且在冬学中把纺织合作社也办起来了吗？绵上学的反特务坦白运动不就是与冬学的时事教育相辅相成的□□了吗？事实很明白，要想把生产运动深入，把反特务工作做好，就不能不首先在冬学中进行时事教育与生产教育；反之，忽视教育工作的地方，他的生产工作与各项工作都会受到阻碍，把互相联系的工作，反而孤立起来，分隔起来，当然会行不通。

时间已经过去了大半，我们再不能让他长此下去，估计今年春深（润四月）从现在到大规模的开荒与下种尚有一个月的时间，各县党的领导机关必须再加动员，检查冬学工作，将冬学教育作为生产动员、反特务的重要步骤，深入冬学运动。

在最后一个月的冬学教育中，应以生产教育与反特务教育（教材早已经分发下去了)配合当地群众的经验来进行,同时入春后,为了防备敌人"扫荡",战争动员也应适当进行。

"亡羊补牢未为晚也!"

(原载一九四四年三月三日《太岳日报》第一版社论)

一九四四

YI JIU SI SI

《新华日报》太岳版

一九四四

再号召全区掀起反抢粮斗争

本报五月十九日社论曾经指出:"由于敌人困难的增加,它今年对麦子的抢夺,只会更加毒辣,更会花样翻新。"两月来的事实,证明这个估计的正确。近来周围敌人对麦子的抢劫,较过去任何时候都更为疯狂狠毒。譬如敌人在洪洞计划掠夺二万二千八百石;在平遥则妄图抢劫三万六千石。这些数字与各该县的全部产量,几乎相等。很明显的,敌人是存心抢光敌占区、游击区老百姓的粮食,而不让他们继续生存下去的。

在掠夺的花样上,也是日新月异,比如洪赵一带的敌人,实行分散活动,寻找空隙,奔袭包围,进行更普遍的掠夺;襄漳一带的敌人,则打破过去"清早出发"的一般惯例,或清晨，或午后，或黑夜，四出抢劫；屯留、余吾一带，敌人则大量绑肉票勒索。而威胁"维持"，大量强征，实行"先要后抢"，更是普遍的现象。总之，敌寇是费了很大的心机与力量，在有计划、有步骤的掠夺我人民生命所系的麦子。

我边缘区的军民，在某些地方已开始展开了反抢粮斗争，并获得了一些胜利。但是由于我们许多地方的领导机关，对敌寇今年处心积虑的抢粮阴谋，认识不足，对反抢粮斗争的重要意义，认识不够，因而尚未能集中力量，采取各种各样的方法来打击敌人，致使反抢粮斗争，尚未形成一个轰轰烈烈的群众运动，而遭受了某些可以避免的损失。

因之，我们必须足够的认识，麦子是群众命根，是群众生命所系的东西，保卫群众的粮食，是我们应尽的天职，是团结群众的中心关节。否则保卫不住群众的切身利益，就要失掉群众。还要认识：要想粉碎敌人这一阴谋，必须经过一个艰苦斗争的过程，任何一点松懈麻痹，都可能招致莫大的损失。最后还必须了解，反抢粮斗争，是一个相当长期的工作，根据以往的经验，敌人抢麦最凶的时期，往往是在麦收以后，大家注意松懈的时候。千万不要突击一下，便认为万事大吉。

根据以上的认识，应当明确提出：反抢粮斗争，应是目前边缘地区一切工作的中心，因为在保卫群众粮食的切身利益下，才能动员起广大群众，动员起广大群众其他工作也才能做好。所以不论群众工作也好，民兵工作也好，宣传工作、政权工作也好，这些一切工作要服从于它，围绕着它来进行。某些同志将其他工作与反抢粮斗争平列看待，或因其他工作如只顾自己单位生产，而放松了反抢粮斗争，以致因小失大的错误作法，都必须立刻纠正。

必须把边缘地区的广大群众动员起来，组织起来，展开广泛的群众游击战争，掀起反抢粮斗争的热潮！敌人尽管凶恶，但它却有不可补救的弱点，如兵力不足，不得不分散活动，而越分散活动，越便于打击等。而我沦陷区、游击区以及根据地的群众，却有七年来游击战争的锻炼，与丰富的反抢粮斗争的经验，只要有正确的一元化的领导，广泛的动员，严密的组织，针对敌人各种不同的阴谋与花样，采取各种各样的打击办法，造成一个群众运动，则敌人抢粮的阴谋一定可以粉碎，斗争的胜利，一定是我们的。

（原载一九四四年七月十九日《新华日报》太岳版第一版社论）

紧急动员起来，准备粉碎敌人行将到来的大"扫荡"！

最近华北敌人调动频繁，自七月以来，大批□军进入□后□冀东冀中北岳等区周围各大城镇，敌人皆已集结换防，本区周围敌六十九师团大部已自河南开回，平汉路敌人西开已三万有余，现运城临汾石家庄新乡等地皆集有大批敌人，敌人"扫荡"部署已大体完成，根据敌人兵力及意图估计，今年的"扫荡"会比过去任何一次都要更加厉害的。很显然的大"扫荡"已不可避免，今特号召全区党政军民所有干部群众，紧急动员起来，进行一切的反"扫荡"准备工作。

时间已很迫切，为要减少损失，将备战工作做的更好，自目前起，全区应以备战工作为一切工作的中心。

要使这一中心工作深入和贯彻，首先必须在干部中群众中作普遍的思想动员，克服一切麻痹轻敌和侥幸心理。

这里麻痹轻敌心理之发生，由于一大部份人们只看到了希特勒就要垮台及日寇在太平洋上节节失败，日益走上死亡这一方面，于是就看轻敌人了。以为日寇救死尚且不暇，还来及"扫荡"吗？即便"扫荡"已无多大作用了；或以为敌人正在用兵正面打通粤汉，还顾及敌后吗？等等认识，于是就麻痹起来，安枕而眠。其次就是由于近年来敌后军民力量的发展与壮大，扩大了根据地，收复了成千成万的敌据点，于是就只看见了自己力量的上升，发生一种轻敌心理，松懈了自己的准备。最后还有一种就是由于大规模生产运动的成绩，陶醉于乐观心理，麻痹了自己的思想。所有这些片面观点，都足以招致不应有的莫大损失。殊不知正因为敌人将近死亡，越要争取时间拚命挣扎。虽然用兵正面，敌人仍可回师敌后，或从关外抽兵"扫荡"我们，我们力量愈大，打击敌人愈痛，在敌未死亡之前，敌人的主锋愈要对准我们作战。我们的生产越好，敌人越要加强抢粮"扫荡"，彻底破坏我们秋收。何况今年本区又有特殊的困难情况，就是有通敌叛国的六十一军之存在，该军已数度配合敌人向我进攻，在大"扫荡"来到时，彼必然配合日寇向我根据地人民进行烧杀抢夺，实行敌叛夹击，这就会使我们的反"扫荡"斗争□于异常复杂困难的情形中。

据上所云，所有一切的麻痹侥幸轻敌心理都是毫无根据的，都是有害无益的，都是应当立刻彻底肃清的。必须了解今年敌人的"扫荡"，会是更大规模的，更加长期严密毒辣和复杂困难的，对此必须有足够的认识，只有思想上有了足够的认识，才会有工作上足够的准备。至于备战的具体工作，应当立即进行以下几点：

第一，一切备战工作的主要方向，应当放在保卫群众的生命财产方面，保卫人力物力秋收方面，这是根据地的物质基础，抗战的源泉。要保卫每一个人民的生命，保卫生产运动的成绩，勿使敌人过多摧毁和杀伤。因此就须要很好的组织收割和埋藏，要研究快收、快打、快藏，随收、随打、随藏的具体办法，或先收禾穗，留杆子在地作青纱帐，多打暗窑洞，将鸡羊牲畜粮食皆放进去，实行军民互助大□工，发扬拥政爱民拥军的友爱精神，军队首先帮助群众收割，群众自动拥护军队，发挥过去变工经验，发扬每一个人民每一个战士每一个劳动英雄的创造性积极性。必须使广大群众了解保卫家乡保卫粮食是根据地每一个人民的天职，干部要深入农村按家检查，号召每一个人自动互助组织起来，进行这一反"扫荡"斗争，不要存在着单纯依靠别人的心理，或听天由命思想。

其次，其他一切备战工作皆围绕着这一主要工作来进行。例如要揭破六十一军通敌叛国的罪恶事实，大加宣传，教育群众同六十一军斗争，不要让六十一军抢走我们一颗粮食。在群众中加强战时除奸防谍工作，不准汉奸特务勾结敌人挖我们的窑洞，给敌人领路向敌告密，我们的人民军队和干部，如发现这种情况，得以军事间谍汉奸论罪紧急处理之。

此外，为要使这些一切工作做好，必须大大发挥群众性的游击战争，加强武委会民兵工作，健全指挥部领导，要派人深入检查，迅速完成武委总会反"扫荡"工作指示，真正开展起来爆炸运动及暗窑洞斗争，实行联村联防，密切情报联络工作，使敌人感觉处处危险，草木皆兵。

最后，各级党委政府军队县区村指挥部接到后，应立即讨论动员，将这一备战工作造成群众运动，提高大家胜利信心，我们有群众有经验有各根据地的配合，只要我们思想上工作上有足够的准备，粉碎敌人的"扫荡"是有绝对的把握的，敌人无论如何疯狂，其死亡的命运，已是无法挽回了。

（原载一九四四年九月四日《新华日报》太岳版第一版社论）

一九四五

YI JIU SI WU

《新华日报》太岳版

一九四五

发扬起来　贯澈下去

我们的第一届群英大会于一月二十三号闭幕了。大家都说大会开得很有成绩，是的，我们应该十分珍贵此次大会的成果。整整二十三天会议，确实给了我们很多启示与教育，但同时也给我们提出了许多新的问题，须要我们在今后工作中很好来解决。

二十三天大会给我们领导方法与工作作风上一些什么启示，什么教育呢？这是值得深刻研究的。

比如："从群众中来到群众中去"的问题，给我们的启示是很大的。就拿我太岳区来说，几年来在中央与毛主席的英明领导下，千百万群众会写下了许多可歌可泣的奇迹，创造了丰富宝贵的经验（大会的典型报告就可以说明），如果不即时进行调查研究，发现典型，发现规律，把这些天才的群众创造和榜样发扬起来，再拿到群众中去充实丰富，就会使得这许多珍贵的东西自生自流，得不到滋养，也就不能使我们的工作很快进步，使我们干部的理论水平与能力很快提高起来。在这次大会上，群众中无数的天才、圣人，聪明能干为群众爱戴的领袖，很好的表扬了树立了为人民服务忠实于革命事业的好榜样。这是一个很大的收获。大会教育了我们，使我们更深刻的了解到一切创造是在群众中，而领导的任务就是如何发现、总结、发扬与提高的问题。大会经过了七十多个研究员苦心调查研究，党政军负责同志也亲自参加向群众学习，初步总结了群众的创造和典型经验，又把它贯彻到今年任务与计划中去。这就是毛主席的思想作风"从群众中来到群众中去"的具体实践。

又比如："一般号召与具体指导相结合"的问题，也给我们以切实的启示。我们如果不能发现典型，总结典型经验，不发扬它，我们就没有什么东西来指导一般。还必须了解典型是群众来创造，而决不能由上边主观生硬的去凑作。只有我们的号召是合乎群众利益，群众中就会涌现出无数的典型来，在这次大会上，几百个英雄与模范工作者都是全面的，或代表一方面的及一技之长的好典型，我们把它很好的调查研究，总结交换广为传播，要大家向他们学习看齐，这就是"一般号召与具体指导相结合"的正确方法与作风。

还有，人与工作的关系问题。我们要求有模范的工作和模范的单位，提出了号召，这自然是对的。但如果不从发现与培养模范的人物入手，就会倒置了，不仅不能使模范的工作坚持推广起来，且必然会逐渐萎缩下去。大会上告诉我们，一切的模范工作与英勇事迹，都是这些英雄人物做的。沁源的对敌斗争，不就是这次杀敌英雄胡尚口、侯玉民及李德昌、史载辕这些英雄所创造的吗？因而今后如何发现与培养模范人物，进而把工作发展坚持下去，是很重要的问题。

最后，对表扬好的与批评缺点的关系上作用上，也给了我们较完全的理解。如果在工作中总是找毛病（钦差大臣），这样不对那样错了，不能把好的正确的具体榜样与标准拿出来，树立在大家面前，那么你光指出不好不够或空洞的说一套道理，大家仍然是没有方向与榜样的，正确的自我批评是要指出错误的原因及改正的办法，显然的，没有好的具体的典型与榜样，从那里来改正的办法与方向呢？同样我们表扬好的典型，正是批评了那些不对的与错的，这里就说明了任何工作，首先要发现发扬与树立典型与方向。当然正确的自我批评与表扬，乃是相辅相成而不可分离不可偏废的。

我们的大会开的所以有收获，正是因为总结了群众经验与创造，表扬了典型，指出了方向与道路，但如果不能把它发扬光大起来，再到群众中去，则将成为昙花一现，补益无几了！因而我们要求党的各级领导机关，要把此次党报上发表的大会新闻，特别是典型人物、事迹、经验的报导，有计划的研究讨论，做为自己学习的一个任务。学习这种作风，走马观花，看热闹，当故事看是不对的。

大会又给我们提出了一些什么新的问题？今后工作中如何去解决？这里只就几个重要的提出作为参考：

第一，就是如何开展新英雄主义运动的问题，也就是领导骨干与广大群众相结合的问题。要把这一个群众运动作为完成今年繁重任务的杠杆，由个人英雄变成为全班、全排、全连，变成全村庄的集体英雄。把英雄们的优良品质与典型经验，发挥成为广大千百万群众共同的东西，在群众运动中再把它发挥丰富起来。只有这样有千万群众的积极性与创造性，千百个连排、村庄的模范运动，才能顺利的完成任务。如何去领导这一个运动呢？当然还必须"从群众中来到群众中去"，还必须"一般号召与个别指导相结合"，行政命令、空洞号召是不能解决问题的。这就要求我们眼睛向下，深入群众，发现那些创造集体模范的人物，总结这些典型经验与人物，拿他们的方法与事实来指导推动一般，来开展集体模范与英雄运动。

其次就是如何把大会提出的任务与计划变成为全区群众自己的实际要求与自觉自愿的行动。将如何解决呢？这就要懂得群众利益与情绪。我们的一切任务都是为人民服务，因而如何把今年任务与群众的要求结合起来，按照群众的需要，倾听群众的反映，经过群众自觉自愿发扬群众一技之长，切勿要求太高。正确的办法就是把这些任务拿到群众中去商量，根据群众的意见，制定进行的步骤与标准，善于等待群众提高群众自愿的热情的动作起来。否则就会使计划落空，或者就会压制了群众的积极性。

最后，就是培养教育英雄的问题。在此次大会上告诉了我们，从群众中涌现出来的英雄，确实是具有高度的政治觉悟优良的品质和作风的，但这并不是说这些人就是十全十美的，由于过去被旧社会的压制与影响，还遗留了一些落后的东西，比如有的还很骄傲自大，"没有什么，我什么都可以"，不是虚心而是盲目的自大；有的还易于自满，因为在过去旧社会里长期受人压迫，易为今天的胜利处境而发昏，"今天还有什么，万事大吉"，而且有很多还保存了狭隘的习气，忌妒别人，抬高自己。这都是过去旧社会给他们的累赘，如果不能去掉这些，则会脱离群众。在这次大会上曾发扬了自我批评，得到了很大的效果，爱惜英雄就必须懂得英雄不是从天上掉下来，而是逐渐生长的，一方面要帮助他们，发扬其长处；另一方面还必须用耐心说服教育的精神克服其短处。大会的经验又说明了这些新人物是觉悟较高的，只要把道理说明白，很快就会改正。对于这些积极份子要十分珍惜，万勿什么也要他们来担负，那样就会使他觉得"当英雄是个负担"。把这些英雄培养成为"一世的英雄"，而不是"一时英雄"，这就是我们的任务。

我们的新英雄主义运动还是刚开始。因而接受大会的精神与大会总结出来的经验，把它发扬光大贯彻到每一个兵营、工厂、农村中千百万群众中坚持下去，这就是今后的长期工作中的一个重大任务。

（原载一九四五年二月二十三日《新华日报》太岳版第一版社论）

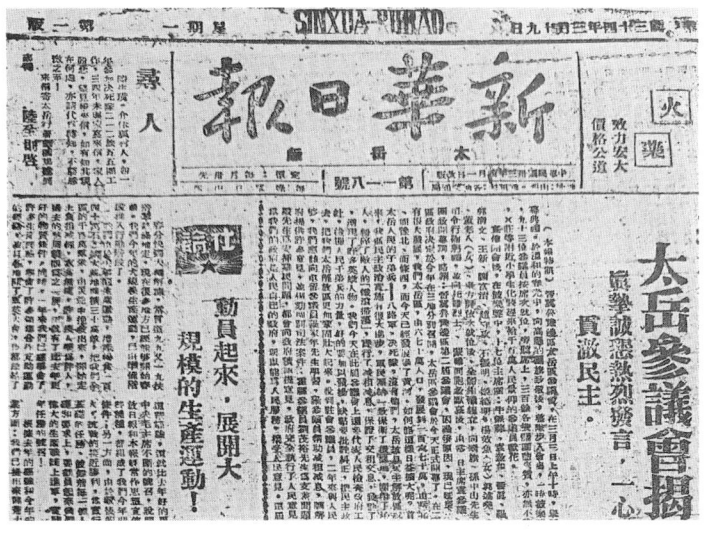

动员起来,展开大规模的生产运动!

春分快到大地解冻,常言道九九又一九扶着犁□满地走,现在很多地方已经能够开始春耕。我们今年的大规模生产运动,已由准备阶段进入行动阶段了。

我们由于□□的生产运动,增产粮食一百四十万石,扩大耕地面积三十万亩,把我们全区的千百万群众,由灾荒中挽救出来,开始走上负担减轻,衣食无忧,许多瘦人变为胖人,过去的秋□粮□为之一展,这就有了比去年更好的物质条件,同时,一年来我们已经学会了许多生产经验,学会了许多领导合作互助运动的经验,并且各地开了群英大会,□都总结了这些经验,这就比去年好的更多了;并加以□中央毛主席不断的号召,说明生产的重要,《解放日报》和本报经常作思想宣传和经验介绍。这些种种，都组成了我们今年开展生产运动的好条件；另一方面，由于敌后的发展解放区的扩大，抗战的接近胜利，为实行反攻□备好物质基础的任务，□□着每一个人心。在□□的基础和要求上，要动员起来我们全区的军民，向伟大的生产战线上进军，实现毛主席一九四五年任务的号召！

根据去年的经验和今年的实际情况。在农业方面：我们已提出来开荒十六万亩，凡有好荒地的地方，仍应尽量开荒（在开荒中禁止砍树）。其他一般皆应着重修地垒□开渠，深耕细作，多犁多锄多上粪，争取做到犁三遍锄三遍，每亩上粪四十担到六十担，如能更多，多多益善。要求每亩增产细粮三升，全区增产细粮二十万石，使军民不单吃饱还要吃好。同时，由于我们过去对工业副业生产重视不够，致使日用必需品仍感缺乏，影响军民生活的改善，所以我们今年除以农业为主外，还必须特别加强副业手工业及制棉纸□布□染料等必需品的生产。今年争取根据地内，能□棉上万亩，并要普遍发展熬制。熬盐种棉，既能赚钱又能改善军民生活，与国有功，与己有利，全区群众机关和部队皆应本此种精神进行生产，使根据地陆续达到生活必需品的自给。

为要完成上述任务，必须贯彻组织起来的方向，还是我们发展经济、生财致富的唯一道路。去年我们组织起来进行生产，不论是开荒垒□锄苗，许多互助组都已作到□工省一工□□三工省一工，在纺织运动中，固隆郝秀穗组织起来集体纺织也达到了□工省一工。去年实行组织起来的结果，对我们根据地的生产已起了很大的推动作用。今年还要大大发展组织起来的力量，要求在根据地内大部地区，在自觉自愿的原则下，争取一村有一个较好的互助组□，一个真正为人民服务的合作社，去年长期互助的互助组，要□上整顿继续发展进步！根据工作的需要，动员所有妇女儿童参加生产，藉以和睦家庭提高妇女地位并争取二流子使弃邪归正。在去年没有组织起来或组织起来中途散伙的村庄，要检讨原因，重新动员与组织。要学习殷望月一点一滴组织的办法，根据自愿由小而大，先作出成绩，然后典型示范，引导大家参加。在边缘地区要强调武装保卫生产，正规军游击队都要以保卫生产为主要任务并和群众变工，发扬劳武结合，学习沁源李德昌的范例，生产组织与战斗组织，灵活的结合起来，或者大家一手拿枪一手拿锄，一面生产，一面战斗，或者民兵种前边的地，互助组种后边的地；或者民兵专门进行警戒爆炸出击，打击敌人掩护生产，民兵的地由互助组换工耕种等。这些办法可根据具体情况去进行。

各个领导机关领导干部，要真正做到"首长负责，自己动手"，组织群众连系群众，总结经验，实行毛主席："用百分之九十的力量为人民增加生产"的指示。此外，对生产的具体领导上，还要抓紧下列几点：

首先必须作深入的宣传动员工作，宣传生产的重要，战争与生产结合是中国长期革命战争的特点。宣传劳动服务的可贵，反对二流子思想。宣传组织起来的好处。介绍劳动英雄赵金林、靳秉乾、石振明、殷望月等组织起来的成绩和经验。宣传政府的农贷和奖励生产政策，如开荒三年不出租，五年不负担，□□种棉皆不负担（植棉不如种谷时还□赔偿损失），一切增产超过应产量的概不负担。

其次还要及时解决群众生产中的实际困难问题，如□□农具牲畜等等。□□特别要加紧发动各合作社互□组购买棉子，并在群众中组织互助互济，多开骡马大会调到牲畜，政府农贷的分配要特别照顾赤贫户及牲畜农具缺乏地区，反对平均主义的分配办法，这些困难的解决要求及时和兑现。

第三，必需加强严密的计算和组织工作，在不同地区，应和各种不同工作相配合。在游击区□和武力结合与部队民兵变工，在未减租息或减租息不彻底的地区，应继续发动群众减租息，或检查减租息连系到生产，勿因生产妨害或停滞减租减息，使紊乱工作步骤。在已彻底减了租的地区，应全力进入生产。在一个互助组一个村庄中，应如赵金林一样先作按家计划，全家有多少人口、多少牲畜，全劳动力、半劳动力各有多少，土地种籽□

具等差多少，需要多少劳动时间，副业如何生产，余工如何处理，困难如何解决等等。然后再综合为全组全村的计划，分开时间和步骤，先做什么，后做什么，然后根据计算进行组织。

最后，还必需处处了解群众的需要，根据群众的自愿进行工作，反对行政命令作风。去年行政命令成立的生产组织虽轰烈一时，□□就垮台了。反之，凡自愿成立的，开初虽小，皆可由小而大，发展坚持下去。今年必须接受这个经验教训，要知群众的需要和自愿是两回事，从需要到自愿还是一个觉悟过程，如领导上只根据群众需要，不管群众自愿与否，就会失败碰壁，出力不讨好。这不论是做什么群众工作，都是如此。按家计划，互助组合作社等生产组织也不能例外。所以要想工作做好，必须善于等待，启发和诱导群众的觉悟□□，然后通过群众的自觉自愿，解决群众的需要。

（原载一九四五年三月十九日《新华日报》太岳版第一版社论）

沁源人民胜利了

——庆祝沁源县城的光复

"死守"沁源的敌人现在被我们赶跑了，二年来沁源围困敌人的斗争终于胜利了！

沁源的日寇是被八万余草民汇成的直流冲走的，它和一般县城的光复，有更其重大的意义，值得我们分外高兴。有更宝贵的经验值得我全区军民研究学习。诚如延安《解放日报》所指出的，沁源围困斗争，"是敌后抗战中模范典型之一"，"放出了光芒万丈的异彩"。

今天沁源的光复，是光荣完成了这个历史的奇迹。这里□向沁源人民及三八团、二五团、洪赵支队及沁源游击队致崇高敬礼！

沁源位于我岳北的腹心地区，敌人在"创造剿共实验区"的妄图下，于四二年十一月占领沁源县城，企图以沁源作为"蚕食""扫荡"我太岳解放区的前哨基地。因之，他不惜以最"精锐"的部队，进驻沁源城关与二沁大道之上，实行了惨绝人寰的烧杀政策与卑鄙无耻的怀柔政策，图以此来征服沁源人民，进而摧毁我太岳解放区。然而，敌人最后惨败了，事实已经证明，被征服的不是沁源人民，恰恰是征服者自己。

在敌人占领沁源之初，沁源城关与二沁大道人民在共产党的领导下，组织了一个大转移，二十三个村庄、一万二千人民，暂时放下了四万二千亩土地，有组织的转移到山区开荒生产，使城关□□找不到一个老百姓，八万人中没有一个人当汉奸，没有一个人"维持"敌人，充分发扬了中华民族坚贞不屈的光荣传统，接着便展开了困敌斗争，展开了劫敌战、麻雀战、地雷战……敌人的电线，一日数断，敌人的哨兵常常在"羊毛狗"（披着羊皮的民兵）的奔□下无□的死去，敌人的枪械、子弹、军装、□□、碾磨上的绳索、水井上的辘轳，以至睡觉时脱下的皮鞋，经常不翼而飞，□得敌人日夜不宁，叫苦连天。我沁源英勇的儿女们，更不放弃一个打击消灭敌人的机会，从敌占沁源到去年年底，仅民兵就作战二千七百三十次，毙伤敌伪三千零九十八人（炸死炸伤的在外），活捉汉奸特务（敌从外县抓来的）二百四十五人。

在敌人唯一的交通线——二沁大道上，处处都是"鬼门关"（敌人自称），敌人每通过一次，都要付出几条生命的代价，最使敌人谈虎色变的，是处处碰上的"地鸡蛋"（雷），我民兵□各种□的制造与安置上，有许多惊人的创造，普通使用的，就有踏雷、滚雷、拉雷、水雷、冰雷、空中雷、追人雷、老鼠架梯雷……以及□□在家中□上□内的□雷，□年□，就有四百四十一个敌伪葬身于这□□阵之中，有四百九十九个敌伪在雷阵中折肢断肢负伤逃窜。在敌伪中广泛流传这样一首悲歌："□了圣佛岭，进了鬼门关，低头乒乓响，抬头轰一声。□若死不了，就是活神仙。"二沁道上风声鹤唳的情景，于此可见一斑。

在这样英勇的斗争中，涌现了许多智勇双全、英勇善战的英雄人物，他们带领群众出生入死，创造了无数的奇迹，伪敌后抗战写下了光辉的史页。如全区第一名特等杀敌民兵英雄李德昌，便是沁源官军村人，他一人打死打伤的敌伪，在一百名以上。

在决死队各团直接帮助与参加下，八万人一条心的围困斗争，迫使敌人的"剿共实验区"不得不一天天的缩小，首先撤退了□寨（四三年一月）霍登（四三年八月）等外围据点，继而放弃了城关，最后连城内的碉堡也丢弃了，而退守城西山梁碉堡。从此，敌人的"剿共实验区"，就只剩下那铁锁□内不到半方里的咫尺之地。然而，敌人为了"政治影响"，为了"争口气"，还想拼命死守一隅。但自上月十四日开始，经正规军游击队全县民兵用四千颗石雷开展了最后围攻，经二十八天的猛烈围攻，困得敌人走投无路，只有滚出了沁源县城。不难想像，这对敌寇政治、军事上，该是一个多么严重的打击。

沁源县城的敌人最后被赶走，在我们太岳区说来是一个大的胜利。对于兴奋群众情绪，巩固太岳解放区，经济上的建设都有很重大的实际意义。

沁源困敌斗争中，积累了无□宝贵的经验，其中需要在这里特别提出的，则是：只要连系群众，依靠群众，没有不胜利的。它以生动的事实证明了群众力量的伟大，证明了共产党依靠群众政策的正确。沁源不是靠飞机大炮打下来的，它是靠八万老百姓在正规军游击队民兵人民的团结一致，经过长期围困与最后的围攻斗争而将敌人赶走的。

二年来沁源的对敌斗争不仅创造了党与群众血肉相依的模范典型，而且还创造了军政民团结、正规军游击队民兵自卫队配合的丰富经验，其他在□□与实现党的各种政策，如劳武结合生产互助互济救灾等都是有很多的创造，这些都值得我全区军民研究学习的。

我们庆祝沁源光复的胜利,并号召全区军民学习沁源军民,更加依靠群众,发动群众,展开广泛的群众□敌斗争,拔掉□敌人突出的□点,进一步扩大胜利,扩大解放区。

(原载一九四五年四月十七日《新华日报》太岳版第一版社论)

立即动员起来，准备粉碎从背后来的反动派的袭击！

从四月初我太岳发动的全面春季攻势，到目前为止，已持续进行了三十天。全面综合战果的总结，尚须待攻势结束以后，但仅就过去而论，则其成就之大、战果之辉煌已属空前，收复县城即有三个（沁源、晋城、阳城）。以豫北攻势来说，自四月二日发动攻势后，我军即以汹涌澎湃之势，转战于济、沁、孟、温四县之间，横扫敌伪，先后解决伪军张伯华、李惠溥、李正德、李更生、陈长裕等部，董色□及卫安生□部则在我作战影响下向我投诚。综计反正投诚及被我俘获伪军总数已达三千人，毙伤□溃者则达二千五百余人，豫北伪军□已全部瓦解崩溃。因之，六七年来在敌伪蹂躏下的济、沁、孟、温地区七千四百余平方里国土及八十余万在水深火热中的同胞□告解放，他们对我军欢欣鼓舞之状，远非笔墨所能形容。由于我军的胜利攻势，使太岳根据地的面积大大扩展了，人口增加了，而敌伪则被我紧紧的挤在极狭仄的城市与交通要道之中。我们初步执行了毛主席扩大解放区的号召。而在□斗中，我干部战士作战奋不顾身的牺牲精神，以及技术上的熟练准确，则更是去冬大练兵的直接结果。

正当我军□□攻势的时候，突然接获阎锡山又积极准备向我进攻的消息，据说河西又有四十八、卅八师，政卫一、二师等准备渡河东犯，已在河东之六十一军等部□连日四出抓丁抢粮。据被我抓获之侦探讲，他们确实准备向我区"开展"攻势，而且谣传纷纷，如箭在弦，有一触即发之势。我全区军民应该立即警惕起来，提防从背后来的给我们的袭击。

阎锡山为什么要在这个时候来积极准备进攻我们？这是有他"自己的"计划的。谁也不会忘记，当去年秋季我军在青□地区为阻止六十一军的进攻而战的时候，白晋线上的敌人是怎样费尽了心机，调集了兵力，对我区实行了"扫荡"，使我军遭受侧后的威胁；而今天当我军正在集中火力开展对敌伪攻势、震动豫北、白晋全线敌伪动摇的时候，突然又有自西边来的阎锡山积极准备进攻我区的消息。目前麦收又将临近，在他看来也是抢麦和进攻的好时机。

阎锡山对我区的军事进攻，去年以前已有三次：第一次是一九四零年六十军向我安泽晋家山的进攻，第二次是一九四二年向我浮翼地区进攻，第三次即去年春夏进占我浮北。而其特点则是每一次都有与敌伪的密切配合。又如四月初，阎部七十三师在汾南向我进攻中，被我俘虏的该师参谋主任曹鸿斋，从他的口袋中就检查出□封与上下丁村一带刘家场敌据点日寇互相连系向我进攻的信件。而在汾东之六十一军，则更公开地无耻地□□□进浮山城慰劳"皇军"。阎锡山对我抗日的八路军、决死队及民主的根据地是这样的仇恨，必消灭之而后□。他说："收复晋东南是生死问题。"这种出卖国家、叛变民族、向人民进攻的立场，不是已昭然若揭吗？

阎锡山向我区进攻的目的，就是要实行其封建军事法西斯主义的血腥统治，为了继续他过去"山西土皇帝"的美梦，保持几个大地主贵族阶级的□奢淫佚的生活，他想把山西再拖回到那灾难的深渊中去。现在阎锡山统治的晋西以及所侵占的汾南汾东地区，就是一个活榜样。他在那□□行了"兵农合一"的新农村制度，农民失掉了一切的自由。政治上则完全依靠血腥的特务统治，在他下边做事的人员，要就是做驯顺的奴隶，要就是给你绳子、手枪、毒药（阎锡山令其干部"自裁"时给的三件东西），你只能从中选择一条道路。在阎锡山统治的地区，不仅人民被抓、被抢、被□□，即中小地主、中小商人、资本家也不得不走向破产，所有人民已失掉最微小的生产情绪，而是在皮鞭底下□行着奴隶劳动，家破人亡，暗无天日，就是今日阎锡山统治区域的写照。

但是我们还要警告你一下，你和敌人实行妥协，你要发动内战，这是你自找死路，你的这种法西斯的阴谋是永远无法实现的。希特勒、墨索里尼的下场□没有看见吗？国民党反动派实行法西斯主义的结果，以致国际地位降低，国内人民反对，自己内部分崩离析，丧师失地，损兵折将，经济崩溃，日趋没落，你没有看见过吗？现在不是法西斯走运的时代，现在是法西斯倒霉的时代。强大的红军已经完全占领柏林，全世界法西斯主义的死期到来，你要是一直反动不思回头的话，你的命运也是注定了的。一切法西斯必将受到历史□无情裁判。

在法西斯反动派欺骗奴役下的一切人员和士兵们，你们更要认清法西斯主义的本质及其前途，全世界上的法西斯主义是这样迅速地走向死亡，你们是当机立断走出泥坑？还是犹豫不定而最后随着法西斯一块走向死亡的深渊？这是你们的自由。为了珍重你们自己的前途，请你们迅速决定！

我全区的军队和人民，应该立即警觉起来，并自上而下的进行普遍的思想动员，立即加强抗日戒严，捕捉反动派派进来的侦探奸细，严防造谣份子，特别是要开展群众性的爆炸运动，并和生产很好的结合起来。抗战八年来，我们在斗争中已经经历了无数次的严重锻炼，而每一次我们都获得了胜利，我们的力量是强大的，我们有足够的力量粉碎任何反动派的进攻，但是我们不应该有丝毫的麻痹和懈怠！为保卫我们的抗战事业，保卫我们的民主自由，保卫我们的家乡人民生命财产和我们的生产，我们必须作充分周到的准备。如果这些法西斯反动派真的敢把他的猪头伸进我们解放区的花园里来，我们就应当老实不客气的把这个猪头给他砍掉。

（原载一九四五年五月五日《新华日报》太岳版第一版社论）

防旱备荒中的几个问题

　　入春以来，我区除一分区及三分区的一部落雨外，其余各地均未下雨，秋苗多未下种，下种的也没"抓住苗"或是枯萎状态。近来尚无下雨征象，旱象渐趋严重。区党委及行署均发出紧急指示，指出这是"关系三百万军民生命的重大问题"，号召迅速兴办各种水利，准备晚秋作物，采集各种代食品以及厉行节约备荒。——这些便是我们战胜旱灾、战胜敌人争取生存的头等紧急任务，是我们目前最中心的工作。为了这一任务的完成，我们特提出如下几点意见，供工作中参考：

　　第一，首先要作深入的思想动员，否则要真正造成一个广泛的群众防旱备荒运动是不可能的。我们必须改变老百姓几千年传统观念和迷信，自然还不是轻而易举的事，是一个非常艰苦的工作，必须认真的下工夫去作才行。目前群众思想上主要有这样几种障碍：第一是靠天吃饭，认为不下雨就毫无办法，甚至认为是"劫数"。第二是侥幸心理，认为目前不下雨，过几天也许会下，等着吧，着急也没用。第三是瞧不起一点一滴浇地工作，认为"这□啥事呢？"于是宁自闲着也不浇地。由于这些障碍，许多地方农民早已停止作活，也有少数的互助组散伙了，这便是目前防旱备荒运动的最大障碍。我们要拿现实的事例，鼓起群众生产渡荒的情绪，说明只要大家一致努力，就能战胜灾荒；说明现在多出一点汗，今冬明春就少受一分苦；多开一条渠，多担水点种一亩玉荚，就能救活不少的命。最近下了雨当然好，但我们工作的布置上，能从□□着想，才能有备无患；否则，以希望代替现实，万一希望落空了，旱象继续发展下去，那就后悔莫及了。

第二，加强组织，加强互助，要以集体互助的力量进行防旱备荒工作。目前有些地区互助组停止活动（如士敏六区有三分之一的互助组散伙了）是一种不应有的现象，我们应把互助组的工作转到防旱备荒上才对。就过去的经验说，二分区各县□组织□□织、运输、割草、拾粪，才渡过了去年的春荒；就目前说，士敏等县是组织起来，才能开成大小数十条水渠。孔壁轩水渠的垒成，更是靠群众、驻军、学校三者结合的力量。因之，目前互助组不仅不应当停顿，而且要更加巩固与发展，将妇女儿童等半劳动力也全组织起来，转到助旱备荒上，如挑水抢种，多开小渠，开小渠最有利，常说"一亩园顶三亩田"。妇女儿童要帮助作修渠中的轻活，尤其大量采集野菜、野果、树叶及其他各种代食品。要多方组织技术人材（如石匠、木匠），进行粗工与细工的变工。各级领导机关也要首长亲自动手，从一个村一个单位做起，创造经验推动一般。军民之间，也要加强变工互助，驻军及机关学校，要多帮助群众进行开渠浇地等工作。从各方面组织力量，战胜旱灾，人就定能胜天。

第三，防旱备荒工作，须要有计划有步骤的去做。领导同志应帮助群众算算账，打打算盘，商□大家订出一家一组一村的备荒计划，作为共同奋斗的目标。各部队、机关、团体，尤应有周密的筹划。应迅即订出每日节约粮食的数目（中央办公厅已订出每日由两顿干饭一顿稀饭，改为一顿干饭两顿和合饭，每人每日节约二两米，可供参考），以及争取种多少晚谷、蔬菜，采多少野菜和其他代食品，储存多少糠、豆渣等，均应订出计划，分配每人以具体任务。在一定的目标下动员起来，并根据以□旱象的变化、随时增补□修正我们的计划。

最后，还要随时解决群众防旱备荒中的困难问题。如目前有些地区计划开渠，但因水位较低，群众不会测量，没有把握；有些地区想作水车，但不知怎样做，或做起不会安（士敏六区已作了两辆水车，因不会安，至今仍放在那里）；有些地区，村干部组织不起群众来，或组织起没法坚持……这些困难问题，□导上尤其政府水利部门，要用最大的力量，帮助解决。各部队、机关、团体，亦□帮助驻地群众，克服各种困难。其他如水利贷款的发放与分配、晚种作物种籽的购运与调剂等，政府均应及早筹划。总之，领导上要深入到群众中去，同群众多谈多商量多研究，以期随时发现问题，解决问题。

我们经过几年来和天灾人祸斗争的锻炼，许多地区已累积了丰富的渡荒经验，只要我们能紧急动员起来，打破思想上的障碍，总结过去的渡荒经验，订出计划，坚决响应区党委的号召，困难还是可以克服的。

（原载一九四五年六月三日《新华日报》太岳版第一版社论）

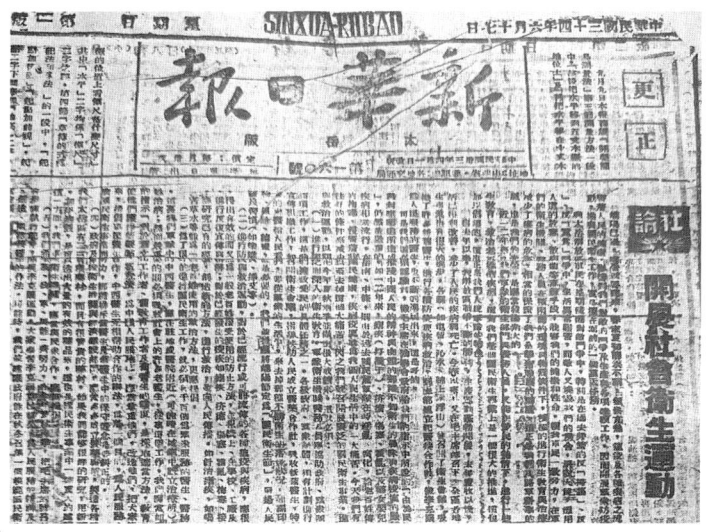

开展社会卫生运动

端阳已过，□□就要到来，春末夏初□水不□，气候亢热，瘟疫及各种疾病之流行、侵害着人民的健康，影响到我们对敌的斗争及生产□各项建设工作，因而开展群众防疫救治运动，推广国民卫生工作，实是搁在面前的一个重大任务。

我太岳解放区军民在长期残酷对敌斗争中，特别是在过去频繁的反"扫荡"、反"清乡"、反"蚕食"斗争中，生活异常艰苦，而敌人又烧毁我们的房舍，屠杀人民，还用了惨无人道的放毒、散病□等毒辣手段，戕害我们的健康和性命。□我军民一致努力，在军队中我们的卫生机关、医务人员在极困难的环境□物质条件下，积极的进行卫生教育与治疗工作，减少了疾病的危险，相当的保证了我们全体指战员的健康，这正是我们八路军科学的传统作□，也是我们的光荣，是应当发扬光大的。

近一二年来，我们军队的卫生部门与医务人员，又能□□民的热情下，进行一些社会卫生教育，救治老百姓的疾病，这□我们整个国民卫生事业上是一个很大的推进，□也是应当加以倡导的，这也正是我们人民军队的特色。

自去年以来，我解放区战争不断的胜利，生产运动蓬勃开展，去年丰收以后，人民生活已得到改善，减少了人民的疾病与死亡。今春以来，又在毛主席号召下，全区各地社会卫生事业也有很大的进步，各县（如屯留、沁水、绵上、浮山）曾召开了卫生会议，吸收与组织了许多新旧医生，进行各种防□□疾病救治，到□都建立起医药合作社，像李克□这样的为人民服务的医生，也不断的涌现出来，这是好的。

可是我们还必须认识到，像毛主席在《论联合政府》给我们的指示中所说的"由□民族压迫与封建压迫所造成摧残中国人民的精神与肉体的那□不知卫生的愚昧与疾病疫疠的□种情况"，仍然是严重的。如一二年来，疟疾（打摆子）、疥疮、伤寒、霍乱以及妇女婴儿等各种疾病相当流行。在岳南、中条，则由于过去国民党军队在时淫乱、腐化，给老百姓传染严重的梅毒，侵害着我国民健康，疾病疫疠成为我区人民生活中的一大痛苦。今天我们有了较以往好的条件来减少以至去掉这个大痛苦，因之我们号召开展广泛的国民卫生事业，进行防疫与救治运动，以期在今年夏秋两季能做出很大成绩来。这就必须：

（一）进行广泛而深入的卫生教育。军队卫生机关医务人员应协助政府、群众团体进行□项工作，这是我们拥政爱民的具体任务之一。各级政府、群众团体，须有计划进行有效的宣传组织工作，如召开卫生会议，指导扶助人民成立医药合作社，吸收新旧医生，特别是众多的□医给人民看病，要从群众的生活中，来去掉那种不讲卫生的落后状况，如编印通俗读物、标语、墙画，都是必要的。我们并提□将端阳节定为"国民卫生节"，发扬人民防疫的优良习惯（如涂雄黄、插艾等）。

（二）进行防□与救治运动，对于已经流行或可能流传的各种瘟疫与疾病，应很好□□得出有效的而又□为一般老百姓接受使用的防止方法，在报纸上，在学校、工厂及家□中进行反复宣传与□解；对于已经发生的疫疾如疟疾、疥疮、伤寒、霍乱、梅毒、接产等病应研究已有的□□，创造新的方法，进行救治，并向人民传播。如防治疟疾，如喝柴胡水苦草水等能为一□老百姓使用的救治方法，更应提倡。

（三）为了很好的进行国民卫生工作，就必须有千百个为群众服务的医生、医务工作者，这里我们军队中的中西医生，应在驻地或医院附近（可能时在城镇中设立治疗所）为老百姓治病；然而最重要的则必须吸收社会上的许多老医生，从事这个工作，我们应当如毛主席的指示"对于旧文化工作者、旧教育工作者及旧医生的态度，是采取适当方法，教育他们，使他们获得新观点、新办法，为中国人民服务"，应当尊重他们，改造他们，把大家组织起来，提倡□□医生合作，中西医生互相帮助合作的办法，为着一个目的，为人民服务，为推广国民卫生事业而努力，那种排斥旧医生与旧医生中的保守观念是要纠正的。

（四）政府及军队卫生机关与经济建设部门，应当多多成立制药厂所，制造各种药品。我们太岳区有二三□种药材，而且有很宝贵的药材，如果我们能够很好的研究，用新旧方法，加□泡制，是可以造出大量的有效的药品来，这也是国民卫生事业中一个重大的建设。在这一方面，我们军队卫生机关，应当与民众合作，应当提倡□□□。

（五）我们希望党、政、军、民能一齐努力，在今年□秋□□，把毛主席的号召有计划有步骤执行起来，开展李克让运动。大家学习李克让□□□公、为人民服务的精神，及他研究、创造、团结□医生的作法。可能时，我们并建议政府能在秋冬召集一个模范国民卫生工作者会议，总结经验，发扬群众创造，表扬为人民服务的医生与医务工作者，加强国民卫生事业的指挥，这样我□就会随着战争的胜利，随着生产的发展，把文化卫生事业也开展起来，□到人财两旺，打□日本，建立新中国。

（原载一九四五年六月十七日《新华日报》太岳版第一版社论）

关于扩军中的几个问题

随着敌人宣布无条件投降后新的局面的展开,太岳区党委、行署、军区及抗联总会已发出紧急号召,动员两万青壮年参军,这是我们目前后方工作中的首要任务。现各地参军运动已蓬勃展开,根据现有的材料,我们特提出如下几点意见,供同志们工作时参考。

第一,关于思想动员问题。根据各地经验"扩军工作是一个教育工作",宣传动员好了,思想关口一旦打开,轰轰烈烈的参军运动便展开了。在这方面,我们创造了许多典型的范例,如最近晋城召开的全县干部会议上,从讨论时事、认清目前新的形势、打通思想入手,掀起空前热烈的参军浪潮,值得我们今后学习。但是,据近来各地反映,在干部和群众中还存在着一些不正确的认识。对扩军的任务，有的认为"扩军是上面干部的事""扩军是军队的事"或"扩军是政权干部的责任，农会、武委会只是稍带的配合一下"。对减租减息以后群众觉悟程度的提高，也认识不够，有的认为："过去群众没吃喝，扩军容易，现在生活好了，谁愿离家""××处人离不开家，只能参加县大队"。在群众中，由于时事教育不够，还有怕"变天"的，以及"好铁不打钉，好儿不当兵"思想残余的作祟。所有这些及其他各种不正确的认识，必须加以克服。怎样来克服呢？应当了解：今天的扩军任务是在新的有利的形势下提出来的；日本已无条件投降，这是中国人民百年斗争的第一次伟大的胜利，只要中国人民进一步团结起来，壮大自己的力量，中国人民大翻身的日子已经来到了。这一新的形势一旦为干部，群众所明确认识，上述及其他糊涂观念，均将迎刃而解。所以应首先在干部中进行时事座谈、讨论、研究，然后深入□邻户，进行普遍的宣传动员，耐心的发现和解决各种思想问题，认识光明的前途，坚定胜利的信心，鼓起群众的高度情绪，掀起参军的热潮。

第二，关于走群众路线问题。参军是群众运动，必须走群众路线，各地经验证明，必须发动起群众，通过群众，来进行思想教育、发现对象、说服动员、欢迎、欢送，以及解决抗属的困难，才能真正解决问题，收到广泛的效果。因之，一定要眼睛向下，珍视群众的经验与创造，事实证明：有时群众的一半句话，胜过我们的千言万语。去冬洪洞参军运动中，将各级干部、群众中的积极份子、民兵英雄、劳动英雄、妇救会、儿童团、小学生……以及开明士绅，都动员起来，各参加一定的工作，所以能造成轰轰烈烈的群众运动，超过了参军计划的一半。

走群众路线，还须重视作为深入群众的桥梁人物——群众领袖。这些人物与群众千丝万缕的连系在一起，他们的号召与带头行动，对群众真有"草偃风从"之力。各地应根据具体情况，发现和培养这类的人物，通过他们，带起群众。阳城、神池在这次扩军中，由于宣龙同志的带头作用，一村就扩军一个排和一个班，这种典型的范例，是值得各地学习的。

第三，扩军是一个突击工作，一开始在力量上就应有适当的配备，运动展开之后，更应集中力量，将运动推向高潮。因之，各系统必须在统一领导下，统一步调，集中力量，任何藉口本位工作重要对扩军消极怠工的本位主义，必须纠正。其他次要工作都要围绕着这一中心任务，有重点的相扶相衬的进行。

最后，关于优抗问题，精神上物质上的优待都应重视。根据□□的检讨，过去扩军工作所以搞不好，抗属的地位不高是主要原因之一。因之，必须适当提高抗属的社会地位，给以精神上的安慰。在物质优待方面，在此灾荒年景，应着重在可能条件下解决抗属土地问题，组织劳力互助。根据具体对象，组织抗属到各种生产□上（如纺织、缝□及经营各种家庭副业），解决其生产上的□种困难，帮助抗属建立家务。在自愿原则下进行必要的实物优待是可以的，但过分强调实物优待因而形成变相的卖兵现象，必须纠正。

（原载一九四五年九月三日《新华日报》太岳版第一版社论）

索 引

《新华日报》（华北版、太行版）

A

哀悼伟大的国际主义者——白求恩同志　/388

爱国同胞动员起来踊跃参加抗日军　/817

爱护八路军　/1141

B

把当前整风中的思想领导紧紧掌握起来！　/1878

把冬学运动更提高一步　/1752

把民主建设推进一步　/1762

把我们的报纸办得更好些　/1612

把我们的负担政策贯澈下去　/1703

百倍提高警惕性　粉碎敌人新"扫荡"　/799

保护我们的粮食　/1707

保卫大西北　/53

保卫晋察冀边区，粉碎敌人的新围攻　/385

保卫莫斯科　/1282

保卫秋收　开展大规模的秋收秋耕运动　/1919

保障佃权是减租交租的关键　/1759

备战工作应成为经常工作　/1460

C

铲除暗杀团 / 393

澈底改造村政权 / 650

澈底禁毒 / 109

冲破敌寇的经济封锁 / 1239

初步的胜利 / 138

创立正规的教育制度 / 565

创造民兵堡垒——模范基干队与铁的青抗先 / 974

春耕与开荒 / 473

春耕运动的一个新步骤 / 1830

春耕运动已至紧张关头 / 1793

春耕运动中党的支部工作 / 1466

辞一九四一年 / 1340

从敌人魔爪中夺回自己的同胞! / 1539

村选的动员问题 / 1154

村选开始了 / 1204

D

大家都注意了政治攻势吗? / 1644

大量吸收知识份子来参加抗战 / 452

当心敌人的袭击 / 55

党与党报 / 1714

到钢铁民兵之路 / 1415

到群众中检查战时地方工作 / 1578

悼念陈宗平同志 / 1029

悼武士敏将军 / 1268

德国法西斯进犯苏联 / 1114

"的"在哪里? "矢"怎样放? / 1553

敌对平原"扫荡"再度开始 / 351

索 引

敌国的危机　/ 58
敌后的民主建设　/ 1724
敌后根据地生产运动的开展　/ 1911
敌后形势与我军政治工作　/ 1671
敌机的轰炸　/ 157
敌军工作是反攻的先锋　/ 1378
敌寇底困难　/ 723
敌寇水淹河北平原　/ 219
敌内阁五度改组　/ 680
敌人开始第五次治安强化运动　/ 1502
敌伪在四次"治强运动"中的动向　/ 1549
抵制仇货——加强对敌的经济斗争　/ 1073
帝国主义战争的继续扩大　/ 614
第三次国民参政会的辉煌业绩　/ 66
东条对美的要求和日美谈判的前途　/ 1297
动员大家来宣誓　/ 69
动员全体军民克服时局重大危机　/ 202
动员新战士上前线　/ 103
锻炼身心，提高素养　/ 1224
对晋冀豫边区临时参议会参议员的希望　/ 1117
对于晋冀鲁豫边区政府的希望　/ 1188
对症下药　/ 1370

F
发动归队　/ 105
发刊词　/ 3
发行建设公债　/ 1138
发扬光大解决河北问题的曙光　/ 197
发扬民主作风　/ 1517

发扬民族的自尊心与自信心　/ 16

发扬民族气节　/ 1168

发展家庭手工业　/ 787

发展群众的游击战　/ 232

法西斯主义的末日　/ 1845

反"扫荡"的胜利结束　/ 1300

反对查封没收抗战书报　/ 671

反对敌寇捕捉青年壮丁　/ 1145

反对敌寇诱征壮丁　/ 90

反对敌伪的奴役运动　/ 1781

反对敌伪五次治安强化运动　/ 1700

反对帝国主义制造进攻苏联的阴谋　/ 479

反对东方慕尼黑　/ 309

反对官僚主义　/ 1749

反对国联荒谬"决议"　/ 396

反对寇野蛮的经济掠夺　/ 1389

反对强征壮丁　/ 538

反对亲日派阴谋策动围攻新四军　/ 882

反对汪逆卖国条约　/ 820

反对武装建设中的形式主义　/ 1425

反对学习中的教条主义　/ 1233

反对英帝国主义无耻行为　/ 677

反对造谣中伤　/ 638

"反共"即是灭亡中国　/ 170

反共内战的必然恶果　/ 907

反侵略各国的空前团结　/ 1352

防止偏向　/ 1082

粉碎敌寇对冀中冀南的进攻　/ 28

粉碎敌寇政治阴谋　/ 143

索 引

粉碎敌人的"扫荡"首先要打击敌人新的阴谋 ／211
粉碎敌人清剿"扫荡"的几个重要教训 ／1456
粉碎敌人新的"以华治华"毒计 ／241
阜平之捷 ／1253

G
改进社会教育 ／656
改进我们的调查工作 ／1625
改善人民生活 ／244
甘地的错误政策 ／1622
"敢不敢胜利" ／179
根绝旧社会的遗毒——贪污 ／1418
工作为什么落后？ ／1563
公务人员的标准 ／43
公债运动，再努力！ ／1438
巩固春耕成果 ／1157
巩固反维持斗争的胜利 ／1616
巩固抗战部队的团结 ／205
巩固我们的抗敌堡垒 ／213
巩固与发展农村中的统一战线 ／293
巩固与扩大农村统一战线 ／851
关于互助劳动中的几个问题 ／1906
广泛发展和健全游击小组 ／123
广泛发展抗日的文化运动 ／500
广泛深入宪政运动 ／590
国参会第五次大会闭幕 ／559

H
邯长大道收复后的晋冀豫战局 ／421

好男儿参加到抗日武装中去　/ 917

号召华北各地组织宪政促进会　/ 440

号召华北军民高度紧张起来　/ 342

红军的伟大胜利　/ 1695

侯如墉投敌　/ 446

华北妇运的当前任务　/ 509

华北各抗日根据地正处在空前残酷斗争中　/ 1581

华北军民当前的严重任务　/ 891

欢送在乡战士迅速归队　/ 814

欢迎"抗大"　/ 530

欢迎冀东抗日联军领袖杨老先生　/ 194

欢迎聂吕二司令　/ 506

J

积极推行"南泥湾"政策　/ 1746

纪念"八一"　/ 694

纪念"八一三"　/ 714

纪念"八一三"　反对妥协投降　/ 238

纪念"二七"　/ 41

纪念"二七"　/ 470

纪念"二七"　/ 904

纪念"二七"与目前工人的任务　/ 1778

纪念"九一"记者节　/ 1198

纪念"九一八"　/ 756

纪念"九一八"十周年　/ 1221

纪念"七七"　/ 208

纪念"三八"　/ 956

纪念"三八"　庆祝晋东南妇救总会成立　/ 71

纪念"三一八"　/ 521

索引

纪念"三一八" 庆祝晋东南青救总会成立 / 85

纪念"四四"儿童节 / 1003

纪念"四一二" / 1016

纪念"五七" 肃清民族叛逆 / 136

纪念"五卅" / 162

纪念"五卅" / 623

纪念"五四"开展新民主主义文化运动 / 1051

纪念"五一" / 127

纪念"五一" / 581

纪念"五一"与华北工人阶级当前任务 / 1048

纪念"一·二八" / 30

纪念儿童节 / 541

纪念高尔基、瞿秋白同志 / 647

纪念国际青年节 / 1208

纪念国际青年节 / 264

纪念黄花岗七十二烈士 / 996

纪念抗大五周年 / 1086

纪念列、李、卢 / 885

纪念列宁 / 22

纪念列宁诞辰 / 1032

纪念双十节 / 301

纪念双十节，慰劳前线将士 / 790

纪念苏联红军的诞辰 / 931

纪念孙中山先生 / 512

纪念孙中山先生 / 962

纪念孙中山先生 庆祝晋东南农救总会成立 / 78

纪念五四整顿我们的文风 / 1542

纪念学习节 / 1054

纪念中共诞日 / 1120

继续正确深入负担法令 / 1740

寄勉武装工作队 / 1647

寄语今日之苏武 / 1382

"冀太联办"第二次行政会议的成就 / 1000

加倍深入群众工作 / 375

加紧除奸工作 / 61

加紧春耕运动 / 575

加紧动员 迎接敌寇新"扫荡" / 895

加紧动员，预防旱灾 / 641

加紧防空 / 101

加紧根据地的经济建设 / 741

加紧巩固和发展农村中的抗日民族统一战线 / 215

加紧节约运动 / 107

加紧秋收 / 768

加紧团结，反对枪口对内 / 568

加紧团结开展敌后华北的讨汪运动 / 556

加紧团结力争时局好转 / 494

加紧瓦解和争取敌伪军 / 1165

加紧瓦解和争取敌伪军 / 697

加紧武装民众 发展广泛的游击战争 / 217

加紧争取伪军 / 988

加紧准备反"扫荡"急起锄奸 / 1286

加紧准备纪念"九一八" / 744

加紧准备纪念"七七"三周年 / 659

加紧准备种麦以渡明年夏荒 / 1867

加强党性的锻炼 / 1236

加强对敌贸易战 / 1076

加强各抗日根据地的组织工作 / 705

加强军民团结 / 25

索引

加强抗日根据地的工作 / 762

加强青抗先工作 / 823

加强全国抗日军队的团结 / 708

加强人民武装工作 / 1318

加强思想准备举行国民誓约 / 1275

加强我们的民兵工作 / 1972

加强自卫队的工作 / 806

坚持敌后抗战反对悲观失望 / 1573

坚持华北抗战　加强军区工作 / 945

坚持华北抗战到底 / 970

坚持华北游击战争 / 141

坚持团结　反对伪"国民政府" / 544

坚决实行晋冀鲁豫边区施政纲领 / 1181

坚决展开对敌斗争 / 1060

坚决执行党中央关于参加经济和技术工作的决定 / 1066

检查春耕准备工作 / 515

检查和总结本年度工作 / 1304

检查减租工作　深入时事教育 / 1875

检查整风学习 / 1658

建立青年武装与半武装组织 / 485

建立统一的民兵制度 / 611

建立新中国的客观条件 / 1632

建设地方武装 / 1026

健全自卫队 / 279

奖励发明 / 796

教育上的革命 / 1395

接受"五四"给予我们的教训 / 584

接受群众团体民选经验积极开展村选运动 / 1151

揭穿敌寇各种政治阴谋 / 318

揭穿敌伪"三清"运动的阴谋 / 1710

今年春耕的组织与领导 / 1472

今年的中国青年节应该作些什么？ / 1532

今年完全击败希特勒 / 1546

今天的敌后战斗 / 1650

紧急动员起来准备粉碎敌寇的秋季大"扫荡" / 1177

紧急任务紧张工作 / 1974

紧急准备迎击敌寇"扫荡" / 1810

谨告山西军民 / 304

进一步贯澈精兵简政 / 1775

晋城高平相继克复与晋冀豫战局 / 261

晋东南农救二代大会 / 1201

晋冀豫边区三年实业建设计划 / 1136

晋冀豫各界紧急动员起来！ / 33

晋冀豫区宪政促进会的成就 / 635

晋冀豫区新闻界宪政座谈会的伟大收获 / 550

精兵简政 / 1358

精兵简政是当前工作的中心环节 / 1654

精兵之道 / 1408

精研十八种文件 / 1529

警惕反动份子新活动 / 1535

敬告敌占区同胞 / 324

纠正统一战线中的"左""右"倾错误 / 726

"九一八"八周年 / 284

旧阴谋新花样 / 1798

救济难民 / 455

举起增产的胜利旗帜 / 1493

剧战开始了 / 63

索 引

K

开展敌后方文化运动 /133

开展敌占区工作 /270

开展敌占区工作 /735

开展敌占区及接近敌占区工作 /951

开展冬学运动 /369

开展冬学运动 /826

开展反奸细底斗争 /461

开展反维持会斗争 /1099

开展工业生产建设 /1194

开展广泛的群众游击战争 /802

开展普遍的拥政爱民拥军优抗运动 /1948

开展全年生产总结运动 /1926

开展深入反汪的群众运动 /315

抗议暴敌残杀"俘虏"的罪行！ /1676

抗议成都事件 /547

抗议敌机轰炸重庆 /632

抗议非法摧残重庆《新华日报》的罪行 /1038

抗议英帝国主义的帮凶行为 /402

抗议英政府引渡程案爱国志士 /282

克服备战工作中的偏向 /1293

克服财政制度上的某些混乱 /1952

克复摩亚斯克 /1412

空前无比的两年 /1837

空室清野 /602

L

厉行节约，响应前线大胜利！ /738

立即动手加紧模范文教工作者会议的准备工作 /1945

立即克服屯积公粮工作中的不良现象　/ 377

连系思想开展反省　/ 1870

两个营垒间的外交战　/ 1314

列、李、卢纪念与青年运动　/ 19

林县人民的解放　/ 1903

论"百团大战"的伟大意义　/ 829

论"三三制"政权的理论基础　/ 966

论保障人权　/ 605

论兵役动员工作　/ 935

论德意日军事同盟　/ 781

论敌后财政经济政策　/ 363

论敌后方县政的改革　/ 307

论改进机构与调节人员　/ 599

论改进空室清野工作　/ 130

论干部的学习　/ 113

论公安工作　/ 977

论巩固革命的组织　/ 430

论合作社　/ 298

论红军冬季攻势　/ 1737

论华北敌后平原群众抗日游击战争的新形势　/ 1586

论华北战局　/ 6

论机动战　/ 125

论建设抗日民主政权　/ 873

论今后华北敌我的政治斗争　/ 1329

论晋察冀边区灵邱事件　/ 345

论晋冀豫目前战局　/ 115

论晋冀豫战局　/ 226

论经营山货　/ 1191

论军区工作　/ 848

索　引

论抗日民主政权　/ 562

论临代会工作　/ 1022

论领导与检查春耕准备工作　/ 959

论美国对我贷款　/ 497

论美日谈判　/ 1242

论磨擦（一）　/ 151

论磨擦（二）　/ 154

论目前参军运动　/ 876

论目前囤粮工作　/ 838

论目前国际形势　/ 46

论目前华北职工运动　/ 860

论目前粮食问题　/ 683

论目前时局　/ 221

论目前文化教育工作　/ 366

论南宁失陷　/ 383

论欧洲新的大事变　/ 97

论平定物价　/ 443

论群众团体的民选　/ 984

论群众武装建设　/ 1096

论日本的侵略动向　/ 1069

论日寇的新进攻　/ 1246

论日美英的矛盾　/ 711

论山西时局　/ 418

论山岳地区的破路修路工作　/ 608

论苏联第三个五年计划　/ 74

论屯积公粮　/ 357

论小学教员的工作　/ 399

论新阶段　/ 312

论新时期中敌我的困难　/ 185

论战后新中国　/1628

论支差　/1013

论中苏利害的一致性　/1174

论准备民选村级政权　/948

罗斯福的战略方针　/879

M

麻雀战之伟大成功　/866

马尼剌弃守后的太平洋战局　/1367

猛烈开展的世界革命运动　/992

勉励共产党参议员　/1124

缅甸战局与国内团结问题　/1556

民兵与民力　/1401

民兵——在反"扫荡"中　/1488

民众团体的训练班　/117

民主政治的创举　/747

民族败类的罪行　/434

莫斯科前线大战　/1308

N

拿出"脱裤子"的勇气来　/1526

努力粉碎敌寇"扫荡"　/223

努力争取新文化运动的开展　/1790

P

培养公私兼顾的群众骨干　加紧开展春耕运动　/1898

培养与教育革命的后代　/1499

平粜粮食与平抑物价　/1475

平沼倒阁　阿部组阁　/273

评国民党中央对于国民大会的指示　/ 503

破坏拆城要澈底　/ 83

扑灭四大浪费　/ 1505

Q

起来！克服时局的重大危机！　/ 191

起来！扑灭汉奸！　/ 360

起来！肃清汉奸　/ 1035

起来！准备迎接"扫荡战"　/ 553

强化群众运动的指导　/ 1727

抢种・锄苗・防旱　/ 1592

切实检查保卫秋收工作的进行　/ 1692

青年反法西斯运动到群众中去　/ 1361

清丈土地　/ 1481

庆祝"百团大战"在正太路上序战大捷　/ 729

庆祝八路军总攻胜利　/ 1089

庆祝百团大战第二阶段序战胜利　/ 774

庆祝道清线的辉煌胜利　/ 1956

庆祝粉碎九路围攻一周年　/ 111

庆祝华北各地的大胜　/ 532

庆祝冀南、太行、太岳行政联合办事处的成立　/ 720

庆祝晋察冀边区反"扫荡"胜利　/ 1278

庆祝晋冀鲁豫边区临时参议会胜利闭幕　/ 1185

庆祝晋冀鲁豫战役出击胜利　/ 1211

庆祝涞源大捷　/ 354

庆祝联合大会光辉成功　/ 777

庆祝全区杀敌劳动英雄战绩生产展览联合大会的成功　/ 1937

庆祝全区文教会议的成就　/ 1968

庆祝收复黎城东阳关　/ 405

庆祝苏联红军二十二周年纪念 /491

庆祝苏联红军节 /1787

庆祝苏联十月革命二十二周年 /339

庆祝中共晋冀豫区第一次代表大会 /287

庆祝中国共产党十九周年 /665

庆祝总攻白晋路的伟大胜利 /596

取缔特务机关 /488

全力保卫秋收 /1915

全力粉碎敌人"蚕食"阴谋！ /1569

全区军民动员起来声援陕甘宁边区准备迎击日寇的夹击和"扫荡"！ /1840

R

热情的期待 /99

热情的期待 /1006

人尽其材材尽其用 /1768

人人学会当家 /1428

认识困难，克服困难 /1250

认识困难与克服困难 /662

认真的把群众发动起来与组织起来 /1731

认真贯澈减租法令 /1930

日本士兵代表大会与日人反战团体大会开幕 /1641

日本议会的新花样 /1432

日本总选举及其今后之政局 /1566

日寇加紧南侵 /1171

日寇经济困难的增加 /476

日寇侵入越南 /771

日寇占领海南岛和华北的新形势 /51

日益高涨着的世界革命运动 /841

日益扩大中的帝国主义大战 /578

S

三论国民党在敌后的特务政策　/1863

三论时事教育　/1885

三五两区扩大行政会议的成功　/36

"扫荡"华北还是进攻西北　/188

善于应付一切封建迷信组织　/255

谁不举起剑来谁将死得更可耻　/1103

谁未执行诺言？　/689

深入反维持斗争　/1604

深入群众中去　/295

神圣的壮举　/1045

慎防敌人的袭击和轰炸　/1107

十八集团军发言人谈反"扫荡"战况　/1444

实施民主政治促进全国宪政运动　/467

实行民主政治　改革地方行政机构　/252

实行三三制　/1513

实行真正有钱出钱的合理负担　/258

适当的改善人民生活　/753

斯城解围　/1735

送别晋西北绅士参观团　/1619

送一九三九年　/409

苏联的胜利发展与我国抗战　/811

苏联和平外交的新胜利　/330

肃清伪币　/93

孙中山与马克思　/527

T

太平洋战争的形势　/1325

太平洋战争中日寇在我沦陷区的动向　/1355

太行区反"扫荡"的胜利 / 1447

提倡牧畜 / 793

提高革命的警惕性 / 424

提高警惕 厉行锄奸 / 845

提高抗战信心 反对悲观失望 / 717

提高农业生产 / 835

提高战斗的积极性 / 247

提高自力更生的信念 / 668

提醒一件极重要工作 / 146

听信谗言的危险 / 176

停止危害青年的行动 / 626

团结到底，抗战到底 / 686

团结的力量 / 1784

W

亡国灭种的协定 / 458

危在旦夕的阿部内阁 / 437

伟大的纪念节 / 13

伟大抗战的四周年 / 1130

为党的一贯方针而奋斗 / 1608

为坚持河北抗战与巩固团结进一言 / 160

为扩大抗日部队而奋斗 / 380

为普遍建立子弟兵而斗争 / 427

为什么两年就能胜利 / 1559

为实现真正的三民主义而奋斗 / 167

为完成六百万生产建设公债而奋斗 / 1218

文化战线上的一个紧急任务 / 1398

我军收复辽县 / 39

我们的感觉要更敏锐些 / 1806

我们的困难在那（哪）里 / 1374

我们对于在乡知识份子的希望 / 1771

我们胜利的粉碎了敌人的"扫荡" / 1822

我们始终要同老百姓在一起 / 1667

我们要向敌人复仇！ / 1463

我们再作一次呼喊！ / 1271

武力劳力结合加紧保卫春耕 / 1960

武乡段村事件的实质 / 1638

武装保护春耕 / 95

武装保卫春耕 / 1019

武装保卫秋收 / 235

武装保卫夏收 / 1093

武装保卫夏收 / 617

X

希特勒败局已成 / 1289

希特勒将干什么 / 1435

希特勒闪击战的破灭 / 1161

现时太平洋战局与对敌伪宣传 / 1522

向敌人展开猛烈的货币战 / 1079

向蟠武线的军民致敬 / 1894

消灭浪费节省民力 / 1422

消灭时疫　预防春瘟 / 914

消灭熟荒 / 870

新大陆上的狮子吼 / 1386

新加坡告急 / 1405

新年献辞 / 857

新时期中除奸工作的新任务 / 182

新四军杀敌讨逆大胜 / 940

新形势下的对敌经济斗争 / 1333

学习晋察冀的经验教训 / 518

迅即成立各级民意机关——参议会 / 321

迅速把文化推广到群众中去 / 1834

迅速救济五六专区的灾荒 / 1689

迅速救济灾区同胞 / 1450

Y

严格检查动员工作 / 81

严格进行统制贸易 / 49

严厉镇压反动派！ / 449

严整抗日阵容　坚持抗日到底 / 924

严重的时局 / 898

遥祝苏联最高苏维埃第七届大会开幕 / 703

一定要反省自己 / 1600

一个划时期的盛典 / 1133

一个新任务的号召 / 1520

一个严重而又光明的转变关头 / 119

一切要为克服困难和准备反攻打算 / 1765

一致起来克服严重灾荒 / 1849

以改进整风来纪念五五 / 1817

以加强国民教育工作来纪念"四四"儿童节 / 1802

以抗日民主政权消灭汉奸傀儡政权 / 535

以新的胜利来纪念双十节 / 1256

意大利参战 / 644

应当怎样认识和准备二届参议会的选举运动 / 1934

英国政局 / 1441

英苏谈判与德意军事同盟 / 148

英勇奋斗的十八周年 / 199

索 引

迎接晋冀豫边区临参会 /1127

迎接民国二十九年 /415

迎接战斗的五月 /572

拥护成立晋冀鲁豫边区政府 /1148

拥护成立晋冀豫边区临时参议会 /981

拥护划时代的两大文献 /1826

拥护冀钞统一冀太三区货币 /750

拥护冀南太行太岳行政联合办事处施政纲领 /784

拥护坚持河北抗战的八大纲领 /173

拥护救国十端 /482

拥护抗日的货币政策 /653

拥护模范的施政纲领 /1057

拥护十八集团军的七大纲领 /290

拥护世界和平 反对帝国主义战争 /348

拥护中共中央北方局对于晋冀豫边区目前建设的主张 /1009

拥护中共中央对时局宣言 /674

拥护中共中央九项主张 /888

拥护中央迅即召开国民大会制定宪法实行宪政 /333

拥护朱彭叶项四将军八日联电挽救时局严重危机 /809

优待抗战将士家属 /249

预祝晋冀豫区各界宪政促进会胜利成功 /620

预祝太行青年支队的生长 /901

愈困难愈要团结 /1469

Z

再论粉碎日寇秋季大"扫荡" /1227

再论国民党在敌后的特务政策 /1854

再论检查减租 /1881

再论节约 /1063

再论粮食保卫和检查 / 1743

再论全力保卫秋收 加强计算和组织工作 / 1922

再论深入冬学运动 / 1891

再论政权改造问题 / 524

再论准备春耕 / 927

再为河北呼吁 / 267

再祝"百团大战"的大胜利 / 732

在惊涛骇浪中坚持既定的正确方针 / 921

怎样登记公民 / 1110

怎样实施真正抗战教育 / 759

展开春耕运动 / 1453

展开交通战，加紧反"扫荡" / 593

展开节省运动 反对贪污浪费 / 629

展开群众性的除奸运动 / 1860

展开宣传战线上的攻势 / 1337

展开一个复工运动 / 1496

展望前程 纪念本报三周年迎接一九四二年 / 1347

战备工作经常化 / 1721

战后新世界的展望 / 1595

战时人民武装问题 / 88

战争与生产 / 1813

站在反法西斯斗争最前线 / 1322

赈救河北灾黎 / 229

争取粮食战线上的胜利 / 1259

争取伪军反正和反对敌寇捕捉壮丁 / 276

整风运动从何着手？ / 1679

正确的实行新的合理负担 / 765

正确的学风正确的党风 / 1685

正义的控诉 / 804

政治攻势与整风 / 1664
"只有挖掉烂肉才能增长新的抗战力量" / 165
中国对帝国主义战争所应取的态度 / 327
中国共产党忠实于自己的诺言 / 1635
中国协助同盟国的主要方策 / 1364
重申共产国际宣言的伟大意义 / 372
重提"节约民力"旧话 / 1484
重新调整英印关系 / 1661
注意！晋察冀边区反"扫荡"的经验教训 / 1263
壮大子弟兵 / 1311
准备春耕 / 464
准备春耕 / 863
准备秋季反"扫荡"的工作 / 1682
准备迎接敌寇对晋冀豫的大"扫荡" / 587
组织广大妇女到抗战中来 / 10
组织国民宪政促进会 / 390
组织起来开展春耕运动 / 1964
组织强有力的游击战争 / 1478
组织人民防止毒气毒菌 / 1510
最近的国际事件和中国 / 1215

《太岳日报》《新华日报》（太岳版）

B
把武装和生产结合起来！ / 2134
边参参议员的推选工作应该加紧一些了！ / 2183

C

彻底实行减租减息 /2219

彻底实行精兵简政 /2315

创造药彦明式的群众英雄! /2143

春耕到了,大家动员起来吧! /2124

春耕的劳动互助组织问题 /2149

春耕工作怎样了? /2295

春耕工作中的偏向 /2304

D

打破旧观念 /2283

大家都来庆祝取消不平等条约 /2331

悼殉难者 /2310

抵制仇货 /2235

动员起来,展开大规模的生产运动! /2359

F

发掘民间艺术 /2174

发扬"二七"革命精神,驱逐亲日派 /2100

发扬起来 贯彻下去 /2355

发展抗日武装 /1991

发展贸易 /2022

反对敌寇四次"强化治安"运动! /2289

反对敌寇组织伪军 /2278

反对敌伪的奴役运动 /2334

反对工作上的空谈主义 /2076

反对日寇的掠夺 告敌占区同胞 /2266

反对挑拨者造谣中伤 /1982

防旱备荒中的几个问题 / 2371

粉碎日寇秋季"扫荡"！ / 2252

G

给太岳区知识青年 / 2082

关于扩军中的几个问题 / 2378

国民党当权派的反动行为 / 2127

H

"合理负担"作得怎样了？ / 2005

J

积极筹备晋冀豫边区临时参议员的选举 / 2155

亟应整顿的小学教育 / 2216

急起生产救灾 / 2337

急速完成去年冬季的囤粮工作 / 2146

纪念"八一" / 1994

纪念"三八"节 / 2116

纪念"五一"节 / 2161

纪念国际青年节 / 2241

纪念孙中山先生 / 2121

寄语工代大会 / 2307

加紧抗日戒严 / 2008

加紧人民武装保卫春耕 / 2169

加紧瓦解敌军争取伪军 / 2010

加强对敌斗争 / 2198

加强对于学习的领导 / 2312

加强政权工作 / 2091

坚决实行边区施政纲领 / 2238

建立货币对照所 /2025

建议成立晋冀豫边区政府 /2119

揭露亲日派的阴谋罪行 /2097

节省物力 /2003

紧急动员起来，准备粉碎敌人行将到来的大"扫荡"！ /2350

精兵简政 /2275

精兵简政到底 /2292

K

开展村民主运动 /2207

开展调查研究工作 /2254

开展妇女工作 /1988

开展坚决的对敌斗争 /2079

开展农村民主斗争 /2064

开展群众的文化娱乐运动 /2137

开展社会卫生运动 /2374

抗议潭株地方官宪的非理罪行 /2088

L

老乡们！振作起来准备春耕 /2110

黎明前的黑暗 /2298

立即动员起来，准备粉碎从背后来的反动派的袭击！ /2367

论"百团大战" /2039

论村选的试选 /2225

论村选的宣传工作 /2213

论恢复集市、庙会、骡马市 /2131

论基点村的试选工作 /2249

论精兵简政的模范 /2321

论目前的民兵工作 /2210

论农工业品展览 /2030
论太岳合作事业 /2019
论英美协定 /2048

M
目前发展群众武装上的障碍 /2107

N
拿武装斗争打击敌寇征捕壮丁 /2177

O
欧非战事及国际形势 /2113

P
普遍地建立民众学校 /2231

Q
起来！保卫我们的大西北！ /2180
起来！准备反"扫荡"！ /2201
沁源人民胜利了 /2363
庆祝"百团大战"在正太路上序战大捷 /2033
庆祝"联办"成立 /2042
庆祝晋冀鲁豫战役出击胜利 /2245
秋收到了！ /2061
全区人民起来声讨亲日派 /2094
劝募公债 /2257

R
日本军队崩溃的象征 /2318

日本士兵，反战大会的收获 /2325

如何完成半年建政计划 /1985

S

肃清汉奸特务机关 /2067

T

推选边参参议员的宣传动员工作 /2171

W

维护廉洁政治，反对贪污浪费！ /2140

伟大的队伍 /2222

卫生问题 /1997

稳定金融 /2016

武装保卫麦收 /2192

X

西南太平洋形势紧张 /2263

新文化与大众结合起来！ /2164

Y

严防汉奸活动 /2013

一点一滴的节约 /2045

迎接"九一八" /2053

迎接"七七"四周年 /2195

迎接晋冀豫边区临时参议员的选举 /2158

迎接困难 加强团结 /2301

迎接县临时代表会议 /2189

拥护边区政府！拥护正副主席！ /2228

拥护中共北方局十五项主张 / 2167
拥护中共中央"七七"宣言 / 2204

Z

再号召全区掀起反抢粮斗争 / 2347
再揭露敌寇的"治强"阴谋 / 2260
再论合理负担的调查工作 / 2027
再论互助互济工作 / 2085
再祝百团大战的大胜利 / 2036
怎样爱护根据地 / 2058
怎样调查合理负担 / 1979
怎样健全村自卫队的工作 / 2073
怎样组织春耕竞赛 / 2152
展开粮食争夺战 / 2000
站在反法西斯斗争最前线 / 2269
拯救沦陷区青年 / 2272
中国共产党中央关于"三八"妇女节的指示 / 2104
注视远东慕尼黑！ / 2186
抓紧时间深入冬学教育 / 2341
准备秋收 / 2056
自我批评从何着手？ / 2286

后记

本丛书的编撰工作是在中共山西省委宣传部的组织指导下，由山西传媒学院、山西大学新闻学院的青年教师组成的研究团队来完成的。其中，《晋察冀根据地卷》由李霞负责，李杰、卫昕怡、牛杰、侯赛华、吴泊瑶、刘运洲、王鹏媛编撰；《晋冀鲁豫根据地卷》由周恒负责，李浩然、韩雅琳、李家宜、罗丹萍、李俊、王博编撰；《晋绥根据地卷》由黄小白负责，张玉、苏颖编撰。《山西抗日根据地红色经典报人》由张汉静著，《山西抗日根据地新闻史：中国共产党推动民族认同的媒介动员策略研究》由庞慧敏著，《山西抗日根据地外国记者传略》由梁红艳著。王鹏飞对本丛书进行了统稿。

王先明、高策、郝平、曹天忠、李玉、邢云文、宋建平、王志超、高生记等特邀专家教授对本丛书提出了宝贵意见。在丛书编撰过程中，中共山西省委宣传部文化传承发展处做了大量协调组织工作，并就丛书的内容、体例、编写等提出了许多指导意见。山西传媒学院党委及办公室、宣传部、人才部、科研部、计财部、资管部等部门，为本丛书的研究和撰写工作提供了优质的服务和良好的环境。本丛书的出版工作由山西人民出版社社长、总编辑梁晋华和副总编辑崔人杰牵头负责，社内编辑在工作中充分展现了精益求精、担当负责的职业精神。在丛书临付梓之际，我们对给予本丛书大力支持的单位和同志表示衷心的感谢。

"道阻且长，行则将至；行而不辍，未来可期。"我们将继续认真贯彻落实中共山西省委宣传部的总要求、总目标，不断深入挖掘红色历史文化，全力以赴，扎实工作，打造经得起历史检验的学术精品，为历史留下永恒的精神财富。

编者

二〇二五年八月

图书在版编目（CIP）数据

山西抗日根据地红色新闻经典文献. 晋冀鲁豫根据地卷 / 张汉静主编. —太原：山西人民出版社，2025.8. —（山西抗日根据地红色文化经典文献大系）.

ISBN 978-7-203-14061-0

Ⅰ．I253

中国国家版本馆CIP数据核字第2025F9W668号

山西抗日根据地红色新闻经典文献·晋冀鲁豫根据地卷

主　　编：	张汉静
编　　撰：	周恒　李浩然　韩雅琳　李家宜　罗丹萍　李俊　王博
责任编辑：	宣海丰　刘淳　冯灵芝　韩硕　郭向南　尹效军　姚澜 蔡咏卉
助理编辑：	王逸雪
复　　审：	傅晓红
终　　审：	梁晋华
装帧设计：	张镤尹
封底篆刻：	刘争义

出 版 者：	山西出版传媒集团·山西人民出版社
地　　址：	太原市建设南路21号
邮　　编：	030012
发行营销：	0351-4922220　4955996　4956039　4922127（传真）
天猫官网：	https://sxrmcbs.tmall.com　电话：0351-4922159
E-mail：	sxskcb@163.com　发行部 sxskcb@126.com　总编室
网　　址：	www.sxskcb.com
经 销 者：	山西出版传媒集团·山西人民出版社
承 印 厂：	山西出版传媒集团·山西人民印刷有限责任公司
开　　本：	720mm×1020mm　1/16
印　　张：	156.75
字　　数：	2160千字
版　　次：	2025年8月　第1版
印　　次：	2025年8月　第1次印刷
书　　号：	ISBN 978-7-203-14061-0
定　　价：	696.00元（全七卷）

如有印装质量问题请与本社联系调换